A Love like Winter
Schneeküsse und Flockentanz
Cosima Lang

AF219313

Bibliografische Information der Deutschen
Nationalbibliothek: Die Deutsche Nationalbibliothek
verzeichnet diese Publikation in der Deutschen
Nationalbibliografie; detaillierte bibliografische Daten
sind im Internet über dnb.dnb.de abrufbar.

© 2020 Cosima Lang
Redaktion: Emily Bähr
Korrektorat: Patrizia Spanke, Tintenweber Lektorat
Umschlaggestaltung und Satz: Emily Bähr
Herstellung und Verlag: BoD – Books on Demand,
Norderstedt

ISBN: 978-3-75267-244-2

A Love LIKE Winter

Schneeküsse und Flockentanz

COSIMA LANG

ROMAN

PROLOG

*D*icke Regentropfen klatschen in einem unglei-
chen Rhythmus auf das Dach, so laut, dass
sie beinahe die monotone Stimme meines Profes-
sors übertönen. Obwohl es erst kurz nach zwei Uhr
nachmittags ist, sind die Deckenlichter bereits ange-
schaltet, so dunkel ist es dank der dicken Wolken am
Himmel. Gelangweilt tippe ich mit den Nägeln auf
den alten und verschmutzten Tisch vor mir, während
ich verzweifelt versuche, der Vorlesung zuzuhören.
Doch meine Gedanken wandern immer wieder ins
Nichts. Nach den Weihnachtsferien fällt es mir immer
besonders schwer, mich wieder zu konzentrieren. Die
letzten zwei Wochen des Semesters fühlen sich jetzt
schon wie eine Ewigkeit an.

Vorn wechselt die Folie. Schnell nehme ich meinen
Stift und schreibe sorgsam alles ab, was dort steht,
ohne wirklich darüber nachzudenken. Aber bevor ich
damit fertig bin, spüre ich, wie mein Handy in meiner
Hosentasche vibriert. Kurz überlege ich, ranzugehen,
nach wenigen Augenblicken hört es allerdings wieder
auf. Dann war es sicher nur meine Mama, die kann ich
auch später zurückrufen. Keine zehn Sekunden später legt es aber schon wieder los. Erneut ignoriere ich
den Anruf. Aber als es ein drittes Mal vibriert, stehe

ich so leise wie möglich auf und verschwinde aus dem Raum.

Im Flur herrscht die übliche Stille während der Vorlesungen. Ich suche mir einen halbwegs bequemen Platz neben einem Heizkörper, wo ich mein Handy hervorziehe. Drei verpasste Anrufe von Onkel Reinhardt. Ein ungutes Gefühl macht sich in mir breit, denn ich kann mir schon denken, wieso er anruft.

Noch bevor ich auch nur einen Finger bewegen kann, beginnt das das Ganze erneut. Schnell nehme ich ab. »Hallo, Reinhardt.«

»Meli, gut, dass ich dich erreiche.« In der Stimme meines Onkels schwingen Stress und Sorge mit. »Ich störe dich doch nicht, oder? Es ist wirklich wichtig.«

Über die Schulter hinweg luge ich zurück zur Tür des Vorlesungssaals. »Nein, ich habe gerade Zeit.« Er würde mich nicht anrufen, wenn es nicht dringend wäre.

»Ich muss dich um einen riesigen Gefallen bitten«, kommt er direkt auf den Punkt. »Bei uns im Hotel findet nächste Woche eine große Hochzeit statt und schon jetzt läuft gefühlt alles schief. Ich brauche dich dringend hier, ansonsten gehen wir unter.«

Irgendwie hatte ich bereits mit so einer Anfrage gerechnet, als ich seine Anrufe gesehen habe. Fest schließe ich die Augen und verkneife mir den langen und ausführlichen Fluch, der mir gerade auf den Lippen liegt. »Ist es absolut nötig, dass ich runterkomme?«, hake ich vorsichtig nach.

Ein langgezogenes Seufzen ist am anderen Ende der Leitung zu hören. »Es tut mir ehrlich leid, aber ja. Uns fehlt das Personal, damit wir eine perfekte Hochzeit abliefern können. Das Brautpaar ist sehr bekannt und hat sich für uns entschieden, was eine große Chance ist, bekannter zu werden. Das Hotel braucht dich.«

Bei seinen Worten dreht sich mir der Magen um. Aber was soll ich dagegen sagen? Ich habe noch Vorlesungen, dazu Klausuren und Hausarbeiten. Außerdem wollte ich mit meinen Freunden wegfahren. Zwar nur für ein paar Tage, um vor den Klausuren noch einmal zur Ruhe zu kommen, aber das habe ich bitter nötig.

Ich zögere so lange mit der Antwort, bis Reinhardt wieder zu sprechen beginnt: »Wenn es bei dir nicht geht, Meli, dann finde ich jemand anderen! Ich hätte dich in dieser Zeit nur gern an meiner Seite.«

Sofort setzen die Schuldgefühle ein. Er meint es nicht böse und kann auch nichts dafür, dass er nun einmal in Schwierigkeiten steckt. »Wann muss ich da sein?«, frage ich niedergeschlagen.

»Nächstes Wochenende. Danke, auf dich ist wirklich immer Verlass.«

»Natürlich. Bis dann.« Mit zittrigen Fingern lege ich auf. So viel zu meinen Plänen für die kommenden Wochen. Mein Onkel und das Familienhotel brauchen mich, also werde ich tun, was ich tun muss.

Noch unmotivierter als zuvor schleiche ich zurück in die Vorlesung, mit geringer Hoffnung, doch noch etwas davon in meinen Kopf zu bekommen.

Eine verschneite Ankunft

*D*ie erste Schneeflocke landet auf meiner Windschutzscheibe, als mich nur noch wenige Kilo-
meter von meinem Ziel trennen. Breit grinsend
widerstehe ich dem Drang, aufs Gas zu treten, und
konzentriere mich stattdessen auf die Fahrbahn vor
mir. Obwohl ich nicht mit dieser Reise gerechnet
habe, kann ich nichts gegen meinen Anflug Vorfreude
tun. Denn es fühlt sich an wie nach Hause kommen.
Sobald das Ausfahrtsschild in Sicht kommt, stimme
ich sogar in die Musik mit ein.

Inzwischen hat sich eine feine Schneeschicht auf
den Bäumen und Büschen um mich herum gebildet.

Am liebsten würde ich die Autofenster herunterlas-
sen und meine Freude laut hinausschreien, doch leider
ist es draußen viel zu kalt. Stattdessen werfe ich einen
kurzen Blick auf die Welt hinter der Glasscheibe. Die
süßen Fachwerkhäuser des kleinen Dorfes besitzen
bereits Hauben aus feinem Schnee, als ich über die
einzige Hauptstraße fahre. Dahinter erstrecken sich
brach liegende Felder bis zum Horizont, nur ab und
an unterbrochen von kahlen Bäumen und Sträuchern.
Auf den Zäunen sitzen schwarze Krähen, die sich

von dem fluffigen Weiß abheben. Wie lange Finger hängen die kahlen Äste der Bäume über dem Waldweg, den ich mich bald mit dem Auto hocharbeite. Meine kleine Knutschkugel hat immer Probleme, diesen letzten Berg zu schaffen, was durch das schmerzliche Aufheulen des Motors deutlich wird. Das ist auch der Grund, wieso ich dieses Mal das Auto meiner Mutter geliehen habe. Auf diese Art kann ich die einzige Straße, die zu meinem Ziel führt, schnell und ohne Bangen hinter mich bringen.

Vor mir erheben sich die Allgäuer Hochalpen in all ihrer verschneiten Pracht. Der Turm des alten Jagdschlosses ist selbst aus der Ferne gut zu sehen, denn er überragt den Rest des Hotels um einiges. Gerade sieht das ganze *Schlosshotel Alpenrose* aus wie das Motiv einer Postkarte. Wunderschön, verschneit, beinahe wie aus einem Märchen, erhebt es sich vor den Bergen und liegt sicher eingebettet in einem kleinen Tal. Je näher ich komme, desto mehr Details kann ich ausmachen, bis die Straße schließlich endet. Das uralte schmiedeeiserne Tor steht offen. In den kleinen Häuschen daneben haben früher die Wachen gesessen, jetzt wird es als kleine Infosäule für ankommende Gäste und vorbeiziehende Wanderer genutzt. Die schmale Zufahrtsstraße ist nicht geräumt, doch unter der dünnen Schneeschicht kann ich den groben Kies noch erkennen. Im Garten sehen die sauber geschnittenen Büsche beim Vorbeifahren so aus, als wären sie mit Puderzucker bedeckt.

Anstatt vor dem prunkvollen Haupteingang zu halten, folge ich der engen Seitenstraße um das Hotel herum. Dahinter verbirgt sich ein altes Fachwerkhaus, in dem die Saisonarbeiter untergebracht sind. Dort werde ich die nächsten Tage verbringen.

Mit einem leisen Knirschen parke ich meinen Wagen auf dem winzigen Platz und hole mein Gepäck aus dem Kofferraum, bevor ich mich auf den Weg zur Tür machen will.

Als ich plötzlich wegrutsche und beinahe mit der Nase zuerst in einer Schneewehe lande, greife ich hektisch nach dem Autodach. Unter dem weichen, frischen Schnee hat sich bereits eine Eisschicht gebildet, doch bisher hat niemand sich die Mühe gemacht, hier zu streuen. Vielleicht sollte ich das selbst in die Hand nehmen, ehe sich jemand verletzt.

Neben der alten Tür befindet sich ein nagelneues Tastenschloss. So schnell wie möglich gebe ich die Zahlenkombination ein und rette mich ins Warme. Mein Gepäck stelle ich neben der Tür ab, dann greife ich nach dem Eimer mit Streusalz, der wenigstens schon bereitsteht.

Mit Schwung verteile ich reichlich Salz auf dem Schnee. Hoffentlich hilft das gegen das Eis. Auf dem Parkplatz stellen auch die Mitarbeiter aus dem Dorf ihre Autos ab, und sicher will keiner von ihnen eine Bruchlandung hinlegen.

»Meli?«, ruft jemand hinter mir aus dem Haus.

Agnes hat ihren Kopf aus der Tür gesteckt und blickt sich suchend um. Als sie mich erkennt, hellt sich ihr Gesicht auf. »Dachte ich mir doch, dass das deine Taschen sind.«

Breit grinsend stapfe ich zurück zum Eingang und falle der Hausdame des Hotels um den Hals. Wie immer riecht sie nach sauberen Laken, Blumen und Früchtetee, ein Geruch, den ich für immer mit ihr verbinde. In ihrem dunkelbraunen Haar zeigen sich schon die ersten grauen Strähnen, die sehr gut zu den sanften Falten um ihre Augen passen.

Liebevoll streicht sie mir übers Haar. »Wir hatten noch gar nicht so bald mit dir gerechnet.«

Nur widerwillig löse ich mich von ihr. »Ich bin heute Morgen super früh aufgewacht, damit ich dem blöden Verkehr aus dem Weg gehen kann.« Außerdem kommt man viel schneller hierher, wenn man früh losfährt. Und auf eine lange, stressige Fahrt hatte ich echt keine Lust.

»Bist du denn gut durchgekommen?« Sie nimmt meine Reisetasche und geht vor mir in das hübsche, aber etwas altmodische Wohnzimmer.

»Die üblichen siebeneinhalb Stunden, aber die sind schnell vergangen.« Hier hat sich seit meinem letzten Besuch vor sechs Monaten nichts verändert, genau wie in den zwanzig Jahren zuvor - als würde die Zeit hier oben einfach stillstehen.

»Mach es dir erst mal gemütlich, ich muss leider wieder weg. Gerade kam ein Anruf aus dem Hotel. Anscheinend haben wir nicht genug saubere Bettlacken, keine Ahnung, wie das passieren kann.«

Entschuldigend blickt sie mich an, doch ich winke rasch ab. »Ich finde mich hier allein zurecht und wir quatschen einfach heute Abend.«

Mit meinem Koffer beladen steige ich die schmale Treppe nach oben, während die Tür ins Schloss fällt. Es ist früher Nachmittag. Die meisten Bewohner des Hauses sind wahrscheinlich gerade im Hotel beschäftigt, also ist es still um mich herum.

Mein Zimmer liegt im obersten Stock, direkt unterhalb der Schräge. Die alte Holztür schwingt leise knarrend nach innen auf und gibt den Blick auf die antike Einrichtung darin frei. Ächzend stelle ich meinen Koffer in die Ecke, meine Reisetasche werfe ich unachtsam aufs Bett.

Für einen Moment öffne ich das Fenster und lasse die kalte, aber frische Luft hinein. Hier drin riecht es immer nach altem Holz, Staub und Mottenkugeln. In den letzten Jahren habe ich Lufterfrischer, Öle und Räucherstäbchen versucht, aber nichts hat wirklich geholfen.

Meinen Koffer lasse ich geschlossen stehen, aus meiner Tasche fische ich lediglich mein Aufladekabel und schmeiße mich erst einmal aufs Bett. Während der Fahrt sind ein Haufen Nachrichten eingetrudelt, durch die ich mich schnell und mit wenig Aufmerksamkeit arbeite.

Die meisten meiner Kommilitonen freuen sich, dass in zwei Wochen das Semester endlich vorbei ist. Mich interessiert das nicht mehr. Auch wenn mein Onkel immer viel Wert auf mein Studium gelegt hat, das Hotel geht vor. Also keine letzten Vorlesungen, keine Lerngruppen, kein Kurztrip, um auf andere Gedanken zu kommen, sondern die Arbeit hier.

Schnell schreibe ich meiner Mutter, dass ich sicher angekommen bin, und schicke ihr ein Bild von der Schneelandschaft unter mir. Bei uns in Köln hat es dieses Jahr nur ein einziges Mal geschneit, und dann ist der Schnee nach wenigen Stunden schon wieder geschmolzen. Dafür freue ich mich jetzt umso mehr über die weiße Pracht.

Doch auch, wenn ich Stunden damit verbringen könnte, einfach nur den Schneeflocken beim Tanzen zuzusehen, sollte ich jetzt langsam in die Pötte kommen. Immerhin muss ich mich noch bei jemand anderem melden. Seufzend springe ich vom Bett auf und mache mich bereit, zurück in die Eiseskälte zu treten.

Hinter dem Angestelltenhaus führt ein schmaler Pfad zum Hotel. Durch eine Tür gelangt man in die Eingeweide des Schlosses, direkt neben der Wäscherei. Von hier aus führen versteckte alte Gänge und schmale Stiegen in jedes Stockwerk.

Ich folge der linken Treppe nach oben, dann gehe ich einen langen Gang entlang, der zum Büro des Hoteldirektors führt. Fest klopfe ich gegen die dicke Holztür und warte, bis sich dahinter jemand räuspert.

»Deine Rettung ist da!«, begrüße ich ihn, als ich das ausladende Büro durchquere. Mein Onkel erhebt sich hinter seinem großen Schreibtisch, die darauffolgende, feste Umarmung fühlt sich vertraut und beruhigend an.

»Meli, da bist du ja schon.« An den Schultern drückt er mich ein Stück von sich weg, um mich genauer zu betrachten. »Gut siehst du aus.«

»Du aber auch«, gebe ich lachend zurück. Sein schicker Anzug sitzt wie immer perfekt, und dank des vollen schwarzen Haares sieht man ihm sein Alter gar nicht an.

Während Reinhardt sich erneut hinter seinen Schreibtisch setzt, nehme ich auf einem der breiten Sessel davor Platz. Auch dieses Zimmer kenne ich in- und auswendig. Als Kind habe ich auf dem dicken Teppich gespielt und später meine Hausaufgaben am Schreibtisch gemacht oder ein Buch gelesen.

»Gibst du mir jetzt ein paar mehr Details, was hier bald los ist?«, frage ich neugierig.

»Sofort, Meli. Aber erst mal will ich mich noch einmal dafür bedanken, dass du so kurzfristig hergekommen bist.« In einer für ihn üblichen Bewegung nimmt er seine schmale Brille ab und wischt die nicht vorhandenen Flecken mit seinem Ärmel ab.

»Dafür hat man doch Familie. Außerdem hatte ich sowieso vor, dich bald mal wieder besuchen zu kommen«, erkläre ich und verberge meinen Unwillen hinter einem Grinsen. Onkel Reinhardt sieht jetzt schon so gestresst aus, da will ich ihn nicht mit der Wahrheit belasten, dass ich eigentlich andere Pläne hatte.

»Wie schon gesagt, nächste Woche Sonntag findet hier eine große Hochzeit statt«, rückt er endlich mit der Sprache heraus. »Das komplette Hotel ist dafür ausgebucht, und schon jetzt läuft alles schief.«

Zwischen den Zähnen stoße ich einen Pfiff aus.

»Holla, das klingt sogar für unsere Verhältnisse riesig.«

Müde schüttelt mein Onkel den Kopf. »Ursprünglich sollte es nur eine einfache Feier sein, aber dann habe ich herausgefunden, wer das Hochzeitspaar ist. Nun steht uns wohl eher eine Großveranstaltung bevor. Und dann ist auch noch Franziska die Treppe hinuntergefallen, Madeleine hat gekündigt und bei Lisa sind alle drei Kinder gleichzeitig krank geworden. Inzwischen habe ich das Gefühl, dass diese Hochzeit verflucht ist.«

»Okay, das klingt gar nicht gut.« Ich spare mir die Frage, wer denn nun heiratet, denn eigentlich interessiert es mich nicht. Für mich zählt nur die Arbeit, die nun leider auf mich wartet. »Aber jetzt bin ich ja da und kann euch unter die Arme greifen.«

»Ja … nur deine Semesterferien wolltest du bestimmt anders verbringen.« Entschuldigend blickt er mich an, während er über den Tisch hinweg nach meiner Hand greift.

»Mach dir mal um mich keinen Kopf«, winke ich schnell ab und drücke seine rauen Finger. »Du weißt doch, dass ich dir immer sehr gern helfe. Außerdem lenkt mich so nichts von meinen Hausarbeiten ab, und Urlaub ist das auch noch. Besser kann es gar nicht sein.« Ich deute zu dem großen Fenster hinter ihm, von dem aus man den Flocken beim Tanzen zuschauen kann. Doch mein Lächeln kommt mir falsch vor, so falsch wie meine gespielt gute Laune. »Außerdem sehe ich zum ersten Mal seit langem wieder richtigen Schnee.«

Kurz wirft er einen Blick über die Schulter, doch anstatt wie ich zu grinsen, zieht er besorgt die Augenbrauen zusammen. »Mit diesem Wetterumschwung habe ich auch nicht mehr gerechnet. Bisher hatten wir diesen Winter nicht viel Schnee, nur jede Menge

Regen. Natürlich passt es wundervoll zum Thema der Hochzeit, aber hoffentlich wird es uns nicht noch zum Verhängnis.«

Ich mache eine wegwerfende Handbewegung. »Was kann so ein bisschen Schnee schon groß anrichten?«

»Sag das nicht so einfach, Kind. Unsere Straße war schon einmal komplett eingeschneit, weshalb einige Gäste erst viel später abreisen konnten als geplant. Die Hochzeitsgesellschaft ist noch nicht einmal eingetroffen, und wir hängen bereits mit dem Zeitplan hinterher. Bleibt uns nur noch zu hoffen, dass alle Lieferungen es hierher schaffen.«

Mein Lächeln erlischt, als ich die besorgte Falte zwischen seinen Augen bemerke. Aufmunternd tätschle ich ihm die Hand. »Am Wetter können wir vielleicht nichts ändern, aber bei allem anderen haben wir die Kontrolle.«

Einen Moment blickt er mich nur schweigend an, dann zeichnet sich ein halbherziges Lächeln auf seinem Gesicht ab. »Aber du sollst deinen Urlaub natürlich auch genießen. Ich habe mit Agnes gesprochen, und wir beide werden unser Bestes geben, dass du so viel Freizeit haben wirst wie möglich.«

»Macht euch um mich und meine Freizeit mal keine Sorgen«, beruhige ich ihn noch einmal. »Wenn ihr mich braucht, bin ich jederzeit für euch da.«

»Du bist ein gutes Kind.« Liebevoll lächelt er mich an. »Dein Vater wäre sehr stolz auf dich.«

Unsicher senke ich den Blick. »Sicher.«

»Heute werden wir deine Hilfe noch nicht brauchen«, wechselt er das Thema, wofür ich sehr dankbar bin. »Unsere restlichen Gäste checken gerade aus, und dann müssen wir die Zimmer für nächste Woche vorbereiten.«

»Also auch die Hochzeitssuite?« Bei dem Gedanken daran muss ich grinsen. Ich liebe dieses Zimmer einfach. Es befindet sich ganz oben im Turm und bietet einen umwerfenden Ausblick. Dazu ist es eingerichtet wie in einem Märchen, mit einem riesigen Himmelbett und allem, was dazugehört.

Zustimmend nickt Reinhardt. »Nur das Beste für unsere Braut.«

»Wir werden das schon hinbekommen«, verspreche ich erneut und erhebe mich dann. »Ich lasse dich mal weiterarbeiten.«

»Es ist so schön, dass du hier bist. Reinhardt lächelt mich voller Liebe an.

»Ich freue mich auch sehr!«

Während ich im Büro saß, sind die Schneemassen rings um das Schloss gewachsen. Inzwischen kann man die Straße und das Gras darunter nicht mehr erkennen. Noch immer türmen sich die grauen Wolken am Himmel, und in der Ferne ist keine Besserung in Sicht.

Zurück in meinem Zimmer zwinge ich mich dazu, den Koffer auszupacken und meine Sachen in den alten Kleiderschrank zu räumen. Die Malereien auf dem Holz sind lange verblasst außer diejenigen, die ich als Kind hinzugefügt habe.

Bis zum Abendessen sind es noch einige Stunden, also hole ich meinen Laptop und mache mich an eine meiner Hausarbeiten. Im Gegensatz zum Empfang ist das Internet hier oben erstaunlich gut. Trotzdem ist es nicht mit dem der Uni-Bibliothek oder meines Lieblingscafés zu vergleichen, wo ich jetzt viel lieber sitzen würde. Zusammen mit meinen Freundinnen und einem starken Kaffee, die Köpfe über die Laptops gebeugt, während wir immer mal wieder drauflosquatschen. Allein beim Gedanken daran muss ich seufzen.

Irgendwann ist die einzige Lichtquelle in dem kleinen Zimmer mein Bildschirm. Es ist gerade einmal kurz vor fünf, und die Welt um mich herum ist bereits von der Dunkelheit verschluckt worden.

Mein Rücken knackt laut, als ich aufstehe und mich gründlich strecke. Nachdem ich die Deckenlampe eingeschaltet habe, kann ich die feinen Flocken draußen vor dem Fenster erkennen.

***

Pünktlich um sieben gibt es hier Abendessen, woran jeder, der keine Schicht hat, teilnimmt. Das große Esszimmer ist bereits gut gefüllt, als ich reinkomme.

Eine quietschende Gestalt rennt freudestrahlend auf mich zu und wirft sich mir um den Hals. »Da bist du ja endlich!« Helens Umarmung drückt mir beinahe die Luft ab.

»Ist schon verdammt lange her!«, erwidere ich ihre Freude.

Zusammen gehen wir zum Esstisch, an dem bereits die meisten Platz genommen haben. Helen zieht mich auf den Stuhl neben sich und fängt sofort an zu plappern. Wir kennen uns schon mehr als vier Jahre. Als Sechzehnjährige hat sie im Hotel als Zimmermädchen angefangen. Damals haben wir uns angefreundet, und auch jetzt ist sie meine engste Vertraute, wenn ich hier bin.

Uns gegenüber sitzt Frida, die uns wie immer mit ihrem leicht mürrischen Blick betrachtet, dem Gespräch aber genau folgt. Vor ihr auf dem Tisch liegen einige Klatschblätter, auf deren Titelseiten überall das Thema Hochzeit zu sehen ist.

Schnell schnappe ich mir eins und betrachte das Bild eines Paares vorne drauf. »Darum geht es also dieses Wochenende. ›Millionär Steffen van Hausen heiratet endlich große Liebe Mila‹«, lese ich die Überschrift mit sarkastischer Stimme vor.

Mit großen Augen blickt sie mich an. »Darüber reden doch gerade alle!«

»Anscheinend bin ich nicht alle«, lache ich schulterzuckend.

Ich habe wirklich anderes zu tun, als mich über Promis zu informieren. Mal ganz abgesehen davon, dass sich mir bei Schlager die Zehennägel hochrollen. Da muss schon sehr viel Alkohol im Spiel sein, damit ich das ertrage.

»Dieses ganze Drama ist doch übertrieben«, merkt Frida an. »Eine Woche voller Stress und Buckeln für Leute, die es kaum interessiert.«

Ihren Worten schenke ich wenig Aufmerksamkeit, immerhin ist sie für solche Ausbrüche bekannt. Sie ist die Art von Mensch, die sich immer übers Wetter beschwert, ganz egal, wie es ist. Ohne weiterzulesen, pfeffere ich die Zeitschrift auf den Tisch. »Solltest du nicht eigentlich gerade im Service sein?«

»Sämtliche Gäste sind schon heute Nachmittag abgereist. Dank des Schnees mit Verspätung.«, erinnert sie mich. »Im Hotel ist es gerade wie in einer Geisterstadt.«

»Deshalb sind auch alle Zimmermädchen da«, meldet sich Helen zu Wort. »Wir haben es nicht geschafft, alle Zimmer fertig zu machen, also dürfen wir später und morgen früh noch ran, weil alles perfekt sein muss.«

»Und ich darf die neue Weinkarte für nächste Woche aufsetzen.« Genervt schüttelt Frida den Kopf.

»Soll ich euch helfen?«, frage ich an Helen gewandt und lasse Frida und ihr Gemurre links liegen. Mir steht so gar nicht der Sinn danach, aber wenn die Zimmermädchen um diese Zeit noch da sind, dann verheißt das nichts Gutes.

»Das wirst du schön bleiben lassen.« Agnes kommt als letzte zu uns an den Tisch. »Offiziell bist du erst ab morgen hier, und nach der langen Fahrt solltest du früh ins Bett gehen. Danach werden wir dich schon genug einsetzen.«

»Na gut.« Locker zucke ich mit den Schultern. »Wenigstens kann ich das Abendessen mit euch verbringen.«

EINE HALBNACKTE
ÜBERRASCHUNG

*A*m nächsten Morgen empfängt mich strahlendes Weiß vor meinem Fenster. Dank der Uni und einem blöden Stundenplan ist mein Körper noch auf frühes Aufstehen eingestellt, weshalb ich es nicht länger als bis sieben Uhr schaffe zu schlafen. Mit einem schmalen Lächeln ziehe ich mir die dicke Decke bis unter die Nase und beobachte den Schnee, der vor meinem Fenster fällt. Bei dem Anblick kann ich fast vergessen, dass ich jetzt eigentlich in einer Vorlesung sitzen sollte. Um acht Uhr schwinge ich endlich die Beine aus dem Bett und tapse über das kalte Parkett ins Badezimmer. Ein Gutes gibt es hier oben auf jeden Fall: immer heißes Wasser. Nach einer langen und ausführlichen Dusche bin ich hellwach und bereit, den Tag zu beginnen. Im Haus herrscht eine unheimliche Ruhe, die von der dicken Schneedecke draußen noch verstärkt wird. Lediglich die Rohre rumoren leise im Hintergrund. In der Küche bediene ich mich am Kühlschrank für alle, während gleichzeitig mein Kaffee durchläuft. Das Gute daran, sich eine Küche mit anderen zu teilen, ist, dass die Maschine bereits eingeschaltet ist.

Ich muss dringend einkaufen gehen, doch zum Glück hat das Dorf einen kleinen Supermarkt. Mit einem Frühstück verziehe ich mich wieder auf mein Zimmer, klappe den Laptop auf und versuche mich erneut an meiner Hausarbeit.

Keine Ahnung, wie lange ich auf die leere Seite schaue, aber ich schaffe es einfach nicht, etwas zu schreiben. Kundenbindung im E-Commerce ist kein einfaches Thema, und langsam rückt mein Abgabetermin näher. Normalerweise hätte ich jetzt mit einigen Unifreundinnen zusammensitzen und fleißig tippen sollen. Stattdessen hocke ich hier allein und schaue dem Schnee beim Fallen zu, ohne Hilfe oder Unterstützung.

Tief atme ich durch, lasse meinen Kopf kreisen und versuche, mich zu konzentrieren. Nicht einmal einen Satz bekomme ich geschrieben, bevor mein Handy am anderen Ende des Zimmers klingelt. Sofort und auch etwas dankbar springe ich auf und gehe ran.

»Meli, Schatz, es tut mir so leid, dass ich dich stören muss«, meldet sich Agnes mit gestresster Stimme. »Hier geht die Welt unter und ich brauche deine Hilfe.«

Mit einer Mischung aus Erleichterung und Frust schließe ich meinen Laptop. »Was kann ich für dich tun?«

»Die Hochzeitssuite ist noch nicht fertig und ich muss mich selbst darum kümmern.« Oh, da möchte ich nicht in der Haut der Zimmermädchen stecken, die das versaut haben. »Kannst du die anderen Zimmer überprüfen und sicherstellen, dass dort alles stimmt?«, fährt sie fort.

»Wird erledigt«, flöte ich vor mich hin. Mein schlechtes Gewissen, weil ich die Hausarbeit mal wieder verdränge, schiebe ich einfach zur Seite. Immerhin habe ich es versucht, aber jetzt werde ich halt woanders gebraucht. Aus dem Schrank hole ich meinen königsblauen Blazer mit dem Hotellogo und eile die Treppe hinunter.

Etwas zu schwungvoll reiße ich die Haustür auf und stolpere in einen riesigen Haufen Schnee. Inzwischen reicht er mir bis weit über die Knöchel, und vom Himmel fällt immer mehr. Irgendjemand hat einen Pfad zum Hotel freigeschaufelt, doch auch der wird schon bald wieder verschwunden sein. Die feinen, weißen Flocken bleiben in meinen Haaren hängen, und ich muss sie immer wieder aus meinem Gesicht wischen.

Im Hotel herrscht aufgeregte Hektik. Agnes hat mir gestern Abend erklärt, dass die Gäste nach dem Mittagessen ankommen werden. Eine ganze Woche Hochzeitsurlaub zusammen mit einem Großteil der zur Feier eingeladenen Gäste, das hatte ich bisher auch noch nie gehört. Aber hey, wenn man das Geld und die Lust darauf hat, warum nicht? Also bleiben uns gerade einmal drei Stunden, um alles fertig zu bekommen.

Sorgsam klopfe ich mir den Schnee von den Schuhen, bevor ich einen der Gänge hinaufeile. Da noch niemand hier ist, nehme ich mir die Freiheit und gehe durch das eindrucksvolle Foyer, wo man den Glanz des ehemaligen Schlosses besonders spürt. Weinrote Teppiche schlucken sämtliche Schritte und stehen in einem starken Kontrast zu den elfenbeinfarbenen Wänden mit den goldenen Verzierungen. Das Schmuckstück ist allerdings das große Deckengemälde, welches eine Jagdszene im Wald zeigt. Als Kind habe ich oft versteckt zwischen den Sofas auf dem weichen Teppich gelegen und zu ihm aufgeschaut.

Zimmermädchen, Putzpersonal und Pagen rennen fleißig durch die Gegend, stellen neue Blumen in die Vasen, wischen die Tische und den großen Kamin ab oder staubsaugen bestimmt schon zum zehnten Mal den alten Holzboden.

Doch egal, wie nostalgisch dieser Ort auch ist, ich kann nicht anders, als mir zu wünschen, gerade nicht hier zu sein. So hatte ich mir die letzten paar Wochen der Vorlesungszeit nicht vorgestellt. Wenn ich an die Arbeit denke, die noch vor mir liegt, verdrehe ich unwillkürlich die Augen. Agnes hat mich zwar gebeten, schnellstmöglich nach den Zimmern zu schauen, aber ein oder zwei Minuten sollte ich noch haben.

Mit den Händen in den Hosentaschen schlendere ich zur Rezeption. Zwei Männer stehen dahinter, ein älterer Herr mit ergrauten Haaren und ein junger Kerl, der immer noch schlaksig in seiner Uniform aussieht.

»Lange nicht mehr gesehen«, begrüße ich Fabian und lehne mich auf den Tresen.

»Melina, die verschollene Prinzessin«, gibt er grinsend zurück. »Hat der Schneesturm dich hereingetrieben?«

»Nope, nur der Anruf meines Onkels. Und wenn Reinhardt ruft, dann kommt man, ob man will oder nicht.« Es ist schön, Fabian wiederzusehen. Als Teenager war ich total verknallt in ihn, immerhin ist er hier oben einer der wenigen Jungen in meinem Alter gewesen. Inzwischen ist er aber glücklich verlobt.

»Hast du mal einen Generalschlüssel für mich?«, frage ich.

»Agnes verliert sicher bald den Verstand.« Er reicht mir die Schlüsselkarte. »Den ersten Stock hat sie noch geschafft, der Rest liegt an dir.«

»Ich werde euch nicht enttäuschen.« Mit ernster Miene schnappe ich mir das Stück Plastik und husche zu den Aufzügen am anderen Ende der Halle. Durch eine Tür daneben kommt man zu den Treppen, denen ich schnell in den zweiten Stock hinauf folge.

Hier ist es deutlich ruhiger. Wahrscheinlich, weil die Zimmer bereits vorbereitet sind. Mithilfe der Schlüsselkarte öffne ich die Tür zu meiner linken und betrete den Raum dahinter.

Obwohl das Schloss recht groß ist, gibt es lediglich vierundzwanzig Zimmer plus eine große Hochzeitssuite oben im Turm. Jedes davon ist geräumig, hat ein Doppelbett, ein großes, luxuriös ausgestattetes Badezimmer sowie einen kleinen Balkon, der durch den Schnee nicht mehr zu benutzen ist.

Agnes legt unglaublich viel Wert darauf, dass alles mehr als nur makellos ist. Kein Staubkorn darf auf den Flächen liegen, das Bettzeug wird mehrmals gewaschen und gestärkt. Keine der im Raum stehenden Blumen hat auch nur ein einziges welkes Blatt. Perfektion an jeder Stelle.

Sorgsam gehe ich meiner Aufgabe nach und stelle sicher, dass jeder Zentimeter Agnes' Ansprüchen genügt. Das kleine Stück Schokolade aus einer Manufaktur nicht weit von hier richte ich noch einmal auf dem Kissen gerade, bevor ich mit dem nächsten Zimmer weitermache.

So arbeite ich mich durch die Hälfte des Flurs, ohne auch nur einen winzigen Fehler zu entdecken. Während ich die nächste Tür öffne, ziehe ich mein Handy hervor und schicke Agnes eine aufmunternde Nachricht. Sorgen muss sie sich auf jeden Fall keine machen.

Das Handy wandert wieder zurück in die Innentasche meines Blazers, und ich nehme alles in Augenschein. Verwirrt erstarre ich mitten in der Bewegung. Auf den ersten Blick sieht es hier sauber und aufgeräumt aus, wären da nicht das Paar Männer-Sneaker neben dem Bett, der Koffer in der Ecke und die Jacke über dem Stuhl. Sollten nicht alle Gäste gestern verschwunden sein? Unsicher blicke ich mich noch einmal um. Das sollte ich besser mal überprüfen. Auf den Fersen drehe ich mich um und will zurück auf den Gang treten.

»Und du bist wer?«, erklingt eine Stimme hinter mir.

Ein peinlicher Quietscher entfährt mir. Schnell wirbele ich herum und schaue zum Bad, während die Tür hinter mir lautstark ins Schloss fällt. Dort lehnt ein mir unbekannter junger Mann, bis auf ein Handtuch unbekleidet, die Arme vor dem Oberkörper verschränkt.

Fragend hebt er eine Augenbraue.

»Ähm.« Panisch suche ich nach Worten und einer Erklärung. »Ich soll das Zimmer überprüfen.«

Klasse, was Blöderes hätte ich aber echt nicht sagen können.

»Auch wenn schon ein Gast drin ist?« Mit einem breiten Grinsen kommt er auf mich zu, sodass sich seine nackte Brust direkt vor meinen Augen befindet. Eine sehr durchtrainierte Brust.

Trocken muss ich schlucken und suche erneut nach Worten. »Niemand hat mir gesagt, dass bereits jemand angereist ist.«

»Niemand hat mir gesagt, dass das Zimmermädchen einfach reinkommt.«

»Ich bin kein Zimmermädchen.« Wieso kann sich der Typ nicht was anziehen? Und warum kann ich nicht aufhören, auf seinen Oberkörper zu starren?

»Das macht die ganze Situation nur noch schlimmer«, reißt er mich aus meinen unangebrachten Gedanken.

Mehrmals blinzele ich und versuche, mich wieder in den Griff zu bekommen. »Ich arbeite hier«, erkläre ich stotternd. »Nur bin ich kein Zimmermädchen. Ich soll die Räume überprüfen und sicherstellen, dass alles für die Gäste perfekt ist.« Besser kann ich es wirklich nicht beschreiben.

»Und man hat vergessen, dir Bescheid zu geben, dass schon jemand hier ist«, führt er meinen Gedankengang fort.

»Anscheinend.« Unsicher wische ich mir eine braune Haarsträhne aus dem Gesicht. »Dann werde ich mal wieder gehen und dich … Sie allein lassen. Es tut mir sehr leid, dass ich hier so hereingeplatzt bin, und ich wünsche Ihnen noch einen schönen Aufenthalt.«

»Ich bin zufrieden.« Er legt den Kopf schief, ein freundliches Lächeln auf den Lippen.

»Was?«, hauche ich völlig verwirrt. Er sieht verdammt gut aus mit den ausgeprägten Wangenknochen, den strahlend blauen Augen und den etwas zu langen Haaren, die nass einen dunklen Braunton besitzen.

»Das Zimmer, ich bin damit sehr zufrieden«, beantwortet er meine Frage. »Das kannst du gern so weitergeben.«

»Mach ich.« Rückwärts stoße ich gegen die Tür und taste blindlings nach der Klinke. Nur weg von hier, bevor ich mich noch mehr zum Affen mache.

Immer noch grinsend beugt er sich vor und greift an mir vorbei. So nahe wie er mir dabei kommt, kann ich sein Duschgel riechen. Minze und Limette. Mein Herz schlägt auf einmal so laut, dass ich es in meinen Ohren hören kann. Hektisch schnappe ich nach Luft und versuche, mich wieder unter Kontrolle zu bekommen.

»Einen wunderschönen Aufenthalt noch«, presse ich verzweifelt hervor, bevor ich endlich die Flucht ergreife.

Vorsichtig öffne ich die Tür zum nächsten Raum und luge erst mal hinein, um sicherzugehen, dass ich nicht schon wieder jemanden überrasche. Aber die Luft ist rein.

Meine Knie geben unter mir nach und ich sacke auf den weichen Teppich. Was war das eben? Wo in drei Teufels Namen kam der Kerl her, und wieso habe ich angefangen, ihn anzustarren? Nicht unbedingt freiwillig, aber trotzdem. Von mir selbst entsetzt vergrabe ich mein Gesicht in den Händen und schüttle ungläubig den Kopf. Seit ich sechzehn bin, fünf Jahre schon, arbeite ich hier im Hotel, und noch nie habe ich mich so vor einem Gast blamiert.

In meiner Tasche vibriert mein Handy. Eine Nachricht von Agnes, in der sie nachfragt, wann ich mit den Zimmern fertig bin. Eilig rapple ich mich vom Boden auf, atme noch einmal tief durch und mache mich wieder an die Arbeit. Mein Herz will sich allerdings nicht wieder beruhigen. Als ich die nächste Tür öffne und in den Flur schiele, schlägt es immer noch viel zu schnell. Niemand ist zu sehen, alles ist ruhig, weshalb ich zum nächsten Raum weितereile.

Auch hier ist alles perfekt, so, wie ich es mir schon vorher gedacht habe. Jedes der Zimmermädchen wird hier von Agnes persönlich eingearbeitet, sodass sie genau wissen, was sie tun müssen. Dass die Hausdame noch einmal auf Nummer sicher gehen will, zeigt mir nur, wie wichtig diese Hochzeitsgesellschaft ist.

Vorsichtig trete ich aus dem letzten Raum und will so schnell wie möglich zurück zur Treppe rennen. Doch entweder hat der Kerl auf mich gewartet, oder das Glück ist mir an diesem Tag nicht treu.

Kurz bevor ich an seinem Zimmer vorbeikomme, öffnet sich die Tür, aus der er zu mir auf den Flur tritt. Am liebsten wäre ich im Erdboden versunken oder hätte mich irgendwo versteckt, aber das ist leider nicht möglich.

»So sieht man sich wieder«, begrüßt er mich grinsend. Wenigstens hat er diesmal Klamotten an.

»Ist ein kleines Hotel«, murmle ich ausweichend. Leider gibt es hier oben nur einen Weg, nämlich der zu den Aufzügen beziehungsweise der Treppe. Schweigend laufe ich neben dem Kerl her, dessen Namen ich immer noch nicht kenne. Meine Wangen glühen, also halte ich den Kopf gesenkt und betrachte die Fasern des Teppichs unter mir.

»Trotzdem ist es wirklich schön hier«, redet er weiter. »Kennst du dich hier gut aus?«

Beinahe hätte ich erleichtert geseufzt. Über das Hotel kann ich stundenlang reden. »Ich weiß alles, was man wissen muss.«

»Was kannst du mir dann darüber sagen?« Mit dem Finger deutet er auf das Hirschgeweih, welches an der gegenüberliegenden Wand des Aufzugs hängt.

»Ein Sechsender, wurde hier Anfang des zwanzigsten Jahrhunderts von einem Grafen geschossen, der hier zu Gast war.« Schnell rufe ich den Lift und verschränke dann die Arme hinter dem Rücken.

»Das hast du dir gerade ausgedacht.« Lachend schüttelte er den Kopf.

»Natürlich nicht. Über jedes Kunstwerk oder Ausstellungsstück in diesem Schloss gibt es genaue Aufzeichnungen. Wir sind fast so gut aufgestellt wie ein Museum.« Mit einem leisen Ping öffnen sich die Aufzugtüren und erlösen mich aus meiner Misere.

Immer noch grinsend tritt er hinein. »Fährst du nicht mit?«

»Nein, Angestellte nehmen immer die Treppe.«

Erleichtert atme ich durch, nachdem sich die Türen endlich geschlossen und mich allein zurückgelassen haben. Betont langsam steige ich die Stufen nach unten, um dem Fremden Zeit zu geben, aus dem Foyer zu verschwinden. Als ich ankomme, spähe ich um die Ecke, doch ich kann niemanden entdecken.

»Wieso bist du denn so rot im Gesicht?«, fragt Fabian mich mit verwirrtem Blick hinter der Theke.

Anstatt zu antworten, winke ich nur ab und gehe so schnell wie möglich in Reinhardts Büro. Dort kann ich mich wenigstens sicher vor allem verstecken.

Die Reichen und Schönen

*P*ünktlich um ein Uhr versammelt sich das gesamte Personal in der Eingangshalle, um das glückliche Brautpaar zu begrüßen. Gemeinsam mit Onkel Reinhardt stoße ich zu ihnen, als die ersten Wagen vor der Tür halten.

»Wieso genau muss ich noch einmal hier stehen?«, frage ich meinen Onkel nun zum gefühlt hundertsten Mal. Eigentlich sollte ich jetzt weiter an meiner Hausarbeit schreiben.

»Das ist dein Platz«, gibt er die immer gleiche Antwort zurück.

Frustriert zupfe ich meinen Blazer zurecht und streiche mir über die Haare. Vier Pagen eilen zur Eingangstür, um die Gäste dort zu empfangen, während wir an der Rezeption Stellung beziehen. Mit stolzgeschwellter Brust und einem breiten Lächeln blickt Reinhardt der Hochzeitsgesellschaft entgegen, während ich meiner Neugierde nachkomme und mich nach jemand ganz anderem umschaue.Unauffällig sondiere ich die Eingangshalle nach dem Kerl. Er muss zu dieser Hochzeit gehören, ansonsten würde er nicht hier übernachten.

»Herr van Hausen, Frau Franzka, es ist mir eine Ehre, Sie hier begrüßen zu dürfen. Ich hoffe, Sie hatten eine angenehme Anreise«, spricht Reinhardt und tritt auf das Paar zu, welches gerade durch die Tür kommt.

Endlich stehe ich dem Millionär und dem Schlagersternchen gegenüber. In Wirklichkeit sieht er deutlich jünger aus als auf den Fotos – und sie weniger arrogant. Steffen van Hausen hat ein sympathisches Lächeln, das gut zu seinen leicht ergrauten Haaren und dem Anzug passt, den er trägt. Mila hängt an seinem Arm, Schneeflocken in den langen blonden Locken, während der teure Wintermantel ihre perfekte Figur betont.

Reinhardt schüttelt beiden die Hand. »Herzlich willkommen im Hotel Alpenrose. Es ist uns eine Freude, Ihre Feier für Sie auszurichten.«

Hinter den beiden tritt eine weitere Frau ein. Ihrem Aufzug nach hat sie das Hotel mit einem Nachtclub verwechselt. Mit diesen hohen Schuhen wird sie sich bei dem Wetter sicher das Genick brechen, von dem Minikleid ganz zu schweigen. »Wow, ganz schön anders hier«, ruft sie mit hoher Stimme aus und stellt sich neben Mila.

»Ihre Zimmer sind bereits vorbereitet«, fährt Onkel Reinhardt fort, ohne auf den Kommentar einzugehen. »Sollten Sie noch irgendeinen Wunsch haben, dann zögern Sie nicht, sich an uns zu wenden.«

»Es wird sicher alles perfekt sein«, brummt Herr van Hausen freundlich.

»Gern möchte ich Ihnen auch meine Nichte Melina vorstellen. Sie wird eines Tages in meine Fußstapfen treten und das Hotel übernehmen. Bis es soweit ist, hilft sie hier aus.«

Liebevoll legt Reinhardt mir die Hand auf die Schulter.

»Herzlich willkommen bei uns«, begrüße ich die Gäste. Das nervöse Ziehen in meinem Magen verdränge ich genauso wie das leichte Zittern meiner Hände.

»Bitte bring doch Frau Franzka schon einmal in die Hochzeitssuite«, weist er mich an. »Wir erledigen solange den Rest.«

»Wenn Sie mir bitte folgen würden?« Freundlich winke ich die Braut hinter mir her. »Nach der langen Reise können Sie eine Pause sicher gut gebrauchen.«

»Das wäre großartig.« Mit einem zuvorkommenden Lächeln kommt die Sängerin gefolgt von der anderen Frau auf mich zu.

»Die Hochzeitssuite ist bereits für Sie vorbereitet«, erkläre ich auf dem Weg zu den Aufzügen, wobei ich den Mann erkenne, der halb versteckt auf der Treppe sitzt und alles beobachtet.

Ich bin nicht die Einzige, die ihn sieht. »Maxim! Da bist du ja!«, ruft Frau Franzka aus.

Für einen Moment rührt der Kerl sich nicht vom Fleck, dann steht er auf und kommt zu unserer kleinen Gruppe. »Mila, schön, dich zu sehen.« Etwas steif umarmt er die Sängerin, während er die andere Frau völlig links liegen lässt.

»Dein Vater sucht sicher schon nach dir.« Über die Schulter deutet Frau Franzka zur Rezeption.

»Dann lass ich ihn mal nicht warten«, murmelt Maxim und entfernt sich wieder von uns, allerdings nicht, ohne mir einen kurzen, aber intensiven Blick zuzuwerfen, der meinen Herzschlag sofort wieder in die Höhe treibt.

»Wollen wir?«, frage ich mit zittriger Stimme und hole den Aufzug. Unauffällig wende ich das Gesicht ab, damit die beiden Frauen meine glühenden Wangen nicht bemerken. »Wie gesagt, es ist bereits alles für Sie vorbereitet«, fahre ich fort, während wir in den zweiten Stock fahren. »Leider führt kein Aufzug hoch in den Turm, aber es ist nur eine kurze Treppe.«

»Müssen wir unsere Koffer etwa selbst rauftragen?«, ruft die zweite Frau so schockiert aus, dass man denken könnte, wir sprächen hier von Mord.

»Selbstverständlich nicht«, erwidere ich etwas irritiert. »Die Pagen werden Ihr Gepäck für Sie nach oben bringen.«

Mir brennt die Frage auf der Zunge, was sie das überhaupt angeht. Soweit ich informiert bin, wohnt erst einmal nur die Braut in der Suite.

»Deine Koffer kommen doch sowieso in dein Zimmer, Shirin«, erinnert Frau Franzka die andere Dame. »Und selbst wenn nicht, kann ich meinen Koffer auch mal selbst tragen.«

Abwertend stößt Shirin ihren Atem aus. »Wenn wir schon irgendwo im Nirgendwo sind, dann sollte der Service besser einwandfrei sein.«

»Du wirst schon sehen.« Liebevoll legt die Braut ihr die Hand auf den Arm. »Dieses Schloss hat einen Zauber. Schon als ich zum ersten Mal hier war, wusste ich, dass wir hier heiraten werden.«

Sofort ist sie mir sympathisch. Wer so über unser Hotel denkt, kann kein schlechter Mensch sein. Ich führe die beiden durch den zweiten Stock und komme dabei auch an der Tür von Maxim vorbei. Gegen meinen Willen ziehe ich den Kopf ein, auch wenn ich weiß, dass er gerade unten ist.

Die Tür zum Turm ist mit feinen Zeichnungen der Umgebung verziert, die Treppe dahinter schmal, ihre Stufen abgetreten. Doch das Zimmer, welches oben auf uns wartet, ist den Aufstieg absolut wert.

»Oh, es ist noch viel schöner, als ich es in Erinnerung habe«, ruft die Braut aus, die Hände vor dem Mund zusammenschlagend. »Genau so habe ich es mir vorgestellt.«

Die Hände hinter dem Rücken verschränkt, bleibe ich neben der Tür stehen und beobachte sie und Shirin dabei, wie sie alles unter die Lupe nehmen. Der Braut hat es vor allem die freistehende Badewanne vor der großen Fensterfront angetan, während ihre Begleiterin bloß mit dem Handy in der Hand herumrennt, um nach einem Signal zu suchen.

»Hier ist mieser Empfang«, meckert sie mich an. »Kann man da was tun?«

»Im ganzen Hotel steht WLAN zur Verfügung.« Mit einem falschen Lächeln wende ich mich an sie. »Damit haben sie im ganzen Schloss ausgezeichneten Empfang.«

»Ich bezweifle es«, murrt sie weiter, lässt mich aber endlich in Ruhe.

Die Braut bekommt von den Nörgeleien ihrer Begleitung offenbar nichts mit. Sie wandert mit großen Augen durch das Zimmer und schaut sich um. »Ich fühle mich jetzt schon wie eine Märchenprinzessin.«

»Dafür ist unser Hotel bekannt«, springe ich sofort darauf an. »Einige bayerische Könige und Prinzessinnen waren hier zu Besuch.«

»Sissi soll ja mal hier gewesen sein«, ruft Frau Franzka aus.

»Das ist allerdings ein Gerücht. Die Kaiserin war niemals hier zu Gast, auch wenn das wirklich sehr schön gewesen wäre.«

»Was kann man hier eigentlich den ganzen Tag machen?«, mischt sich Shirin wieder in unser Gespräch ein und drängt die Braut zur Seite.

»In der Nähe gibt es zwei hervorragende Skipisten. Außerdem hat das kleine Dorf unten einen Wintermarkt, den man gesehen haben muss. Dazu kann man hier reiten, Schlitten fahren, spazieren gehen …«

Mit angewiderter Miene starrt sie aus dem Fenster. »Und was kann man machen, wenn man das Hotel nicht verlassen will?«

Langsam schmerzen mir die Wangen von dem ganzen falschen Grinsen. »Wir haben hier eine große Bibliothek und natürlich unseren Spa-Bereich mit Schwimmbad, Sauna und Kaltbad. Dazu bieten wir auf Anfrage noch eine Auswahl an Massagen und Schönheitsbehandlungen an.«

»Na, wenigstens etwas.« Genervt verdreht Shirin die Augen und wendet sich von mir ab.

»Nimm ihr ihr Verhalten bitte nicht übel. Die Fahrt war echt lang«, entschuldigt sich die Braut für ihre Freundin.

Schnell winke ich ab. »Kann ich sonst noch etwas für Sie tun, Frau Franzka?«

»Nenn mich doch bitte Mila und sag Du. Ich hätte da noch ein paar Rückfragen zum Ballsaal und dem Ablauf der Hochzeit. In den letzten Wochen gab es ein ganz schönes Chaos, und ich will alles noch einmal durchgehen.«

»Da kann ich dir leider nicht weiterhelfen. Die Planung besprichst du am besten mit meinem Onkel, der kennt sich da besser aus.«

»Gut, dann werde ich das machen. Wo finde ich ihn denn?«

»Ich gebe ihm Bescheid. Dann kannst du dich erst einmal in Ruhe frisch machen, und sobald du Zeit findest, wird er alles Weitere mit dir klären.«

»Danke. Es wäre toll, wenn du das übernehmen könntest.«

Kurz drückt sie meine Hand.

»Sehr gern. Abendessen gibt es ab achtzehn Uhr unten im großen Speisesaal. Sollte noch irgendetwas sein, zögere bitte nicht, dich an uns zu wenden.«

Ein letztes Mal lächle ich sie an, dann verschwinde ich aus der Suite und eile zurück in die Eingangshalle.

Ich schaue kurz bei Reinhardt vorbei, um ihn darüber zu informieren, dass die Braut in ihrer Suite angekommen ist und sich noch einmal mit ihm unterhalten will. Daraufhin nickt mein Onkel zufrieden, bevor er sich wieder seinen Aufgaben zuwendet.

Am Empfang hat sich inzwischen alles beruhigt. Fabian steht allein hinterm Tresen und tippt etwas am Computer. »Alle sicher untergebracht?« Fragend blickt er mich an.

»Bisher schon. Es gab da ein paar Probleme, wer welches Zimmer bekommt, aber jetzt sind erst mal alle zufrieden.«

»Sag das bitte nicht zu laut.« Seine Stimme klingt flehend. »Ich habe das Gefühl, dass noch eine ganze Menge Ärger auf uns zukommt.« Als hätte er es heraufbeschworen, klingelt in diesem Moment das Telefon. Hinter der Hand versuche ich mein Lachen zu verbergen, während Fabian mit gequältem Ausdruck abnimmt. »Rezeption, was kann ich für Sie tun?« Kurze Stille. »Tut mir sehr leid, alle Zimmer sind bereits vergeben.« Genervt verdreht er die Augen. »Unglücklicherweise steht kein größeres Zimmer zur Verfügung und auch keine weitere Suite. Kann ich Ihnen sonst noch helfen?«

Ich schenke ihm ein entschuldigendes Lächeln und suche schnell das Weite, bevor ich noch in das Chaos mit reingezogen werde. Auf dem Weg durch den Keller zurück zum Haus stoße ich direkt mit Frida zusammen.

»Nach dir habe ich gesucht«, begrüßt sie mich, wie immer kurz angebunden. »Wir brauchen heute Abend noch jemanden für den Service, im Restaurant sind wir unterbesetzt.«

»Ich bin um fünf da«, verspreche ich sofort.

So viel dazu, heute Nachmittag noch was für die Uni zu schaffen. Eine Mischung aus Erleichterung und Frust nistet sich in mir ein. Wortlos nickt Frida mir zu, bevor sie auch schon wieder davonrauscht. Wäre ich nicht bereits an ihre Art gewöhnt, dann wäre ich jetzt vielleicht angefressen oder verwirrt. Aber so zucke ich einfach mit den Schultern und gehe weiter.

»Also ist sie bei allen so?« Hinter der nächsten Ecke tritt eine junge Frau hervor, die mir gestern schon beim Abendessen aufgefallen ist. Ihre krausen, roten Haare sind zu einem unordentlichen Dutt gefasst, dazu trägt sie die Uniform der Zimmermädchen.

»Du musst die Neue sein!« Sofort gehe ich auf sie zu und reiche ihr die Hand. »Ich bin Meli.«

»Ingrid. Ich arbeite seit einer Woche hier.« Unsicher erwidert sie meinen Händedruck.

»Du wirst dich schnell eingewöhnen, hier sind alle supernett. Sogar Frida, auch wenn sie manchmal etwas unterkühlt rüberkommt«, versuche ich, sie aufzuheitern.

Ingrid lächelt zittrig. »Wenn du das sagst. Du scheinst dich hier auszukennen.«

»Ja, ich gehöre hier schon fast zur Einrichtung«, antworte ich lachend. »Darf ich dir einen Tipp geben?«

»Klar, gern sogar.«

»Auch wenn wir hier alle freundlich sind, kein unnötiges Gequatsche während der Schicht. Wenn Agnes das sieht, hagelt es Standpauken.«

»Okay, gut zu wissen. Dann werde ich mal schnell weitermachen.«

Einen Moment sehe ich ihr hinterher, wie sie den Gang entlang rennt. Es ist eine Ewigkeit her, seit wir ein neues Gesicht hier hatten, und Ingrid scheint nett zu sein. Noch schnell schaue ich bei Agnes vorbei, die gerade im Wäschezimmer zugange ist. »Brauchst du mich noch für irgendwas?«

Sie antwortet mir, ohne von ihrer Arbeit aufzuschauen. »Aktuell nicht, aber behalt bitte dein Handy im Auge.«

Bis ich mich zum Abendessen fertig machen muss, sind es nur noch drei Stunden, weshalb ich schnell zurück ins Wohnhaus eile, in der Hoffnung, wenigstens noch etwas an meiner Hausarbeit tippen zu können. Der Pfad ist inzwischen wieder komplett zugeschneit, und als ich endlich am Haus ankomme, ist meine Hose völlig durchnässt und ich bin durchgefroren.

In eine dicke Decke gekuschelt, fahre ich meinen Laptop hoch, schalte meine übliche Playlist ein und versuche, wenigstens eine Seite zu schreiben. Eine halbe Stunde lang halte ich durch, bevor meine Gedanken woanders hinwandern. Zurück zu Maxim, dem mysteriösen Hochzeitsgast. Kurz überlege ich tatsächlich, ihn einfach mal zu googeln. Immerhin ist er der Sohn des Bräutigams. Im letzten Moment schließe ich den Tab jedoch wieder und kehre zu meiner Hausarbeit zurück, bevor ich mich noch vor mir selbst lächerlich mache. Aber so sehr ich mich auch anstrenge, ich schaffe es einfach nicht, an etwas anderes zu denken. Müde reibe ich mir die Stirn und lese den Absatz, den ich gerade geschrieben habe, noch einmal durch. Irgendwie haben sich der Name »Maxim« und das Wort »Sixpack« eingeschlichen.

Bin ich denn wirklich gerade so einsam? Meine letzte Beziehung ist schon mehr als ein Jahr her, und Sex habe ich seit über neun Monaten nicht gehabt. Sicher drehen meine Hormone gerade nur durch. Neun Monate sind eine verdammt lange Zeit, wenn man plötzlich einen attraktiven, halbnackten Kerl vor sich hat.

Mit größter Mühe schaffe ich es, mir noch zwei weitere halbwegs brauchbare Seiten aus den Fingern zu saugen, ehe ich mich fürs Abendessen fertig machen muss. Schnell springe ich unter die Dusche, schminke mich, mache mir die Haare und schlüpfe in meine Kellner-Uniform.

Pünktlich um zehn vor fünf wage ich mich erneut in den Schneefall hinaus. Inzwischen rieseln nur noch winzige Flocken vom Himmel, und ich mache mich auf zu einem verheißungsvollen Abend.

WALNÜSSE UND CHAMPAGNER

*D*er übliche Trubel empfängt mich, als ich in den großen Speisesaal trete. Außer mir sind heute noch drei weitere Kellnerinnen und zwei Barkeeper da, die alle aus dem Dorf stammen. Sie sind bereits dabei, die Tische zu decken und den Raum für das Abendessen fertig zu machen. Da sollte ich schnell zur Hand gehen. Kurz begrüße ich alle, dann gehe ich durch die Schwingtür in die dahinterliegende Küche.

Auch hier herrscht geschäftiges Treiben herrscht. Die Beiköche bereiten gerade alles vor, schnippeln die letzten Zutaten und setzen die ersten Soßen an. Eine weitere Tür führt in den kleinen Vorraum des Weinkellers, wo Frida wie jeden Abend die Weine vorbereitet.

»Hallo!«, rufe ich in die Runde und bekomme ein paar verhaltene Antworten zurück. Die meisten Köche schenken mir keinen Blick, ignorieren mich wie eigentlich immer. »Was soll ich machen?«, frage ich Frida und stelle mich neben sie.

»Die Tische sind soweit gedeckt, und alles Weitere ist auch vorbereitet«, murmelt sie, ohne groß aufzusehen. »Du kannst mir gleich helfen, den Champagner auszuschenken.«

Vorsichtig nehme ich eine der Flaschen in die Hand und betrachte das Etikett. »Es werden echt weder Kosten noch Mühen gescheut.«

»Wir sind umgeben von reichen Geschäftsleuten und Möchtegern-Superstars. Geld ist aktuell keine Frage.« Mit einem kurzen Seitenblick nimmt sie mir den Champagner wieder aus den Händen.

Schulterzuckend drehe ich mich um und will zurück in den Speisesaal gehen, als ein hochgewachsener Mann mit einem langen roten Bart in die Küche tritt. Für eine Sekunde erstarren alle mitten in ihren Bewegungen, während Scott seinen Blick durch den Raum gleiten und am Ende auf mir ruhen lässt. »Wenn das nicht die verschollene Hotelerbin ist.«

»Wenn das nicht das Arschloch vom Dienst ist«, gebe ich sofort zurück.

Einen Moment blicken wir uns ausdruckslos an, dann verzieht Scott den Mund zu einem bösen Grinsen. »Schön, dich mal wieder hier zu haben.«

»Ist mir wie immer eine Freude.« Neckisch zwinkere ich ihm zu.

Wie ein König in seinem Reich schlendert der Chefkoch hinter die Absperrung für die Kellnerinnen und winkt mich zu sich. »Was gibt's Neues bei dir?«

»Nicht viel. Und du hast mal wieder eine Kellnerin verscheucht, wie ich gehört hab?«

Wütend funkelt er mich über die Schulter an. »Es ist halt schwer, gutes Personal zu finden.« Aus einem der großen Kühlschränke holt er ein kunstvoll dekoriertes Dessert aus Schokolade und hält es mir zusammen mit einem Löffel wortlos hin.

»Nachdem jetzt mehr als ein Dutzend Mädchen das Handtuch geschmissen haben, könnte das Problem auch woanders liegen«, murmle ich unschuldig und probiere einen Bissen, der himmlisch schmeckt.

Böse schnaubend baut Scott sich vor mir auf. »Wie ist es?«

Nachdenklich löffle ich mehr und lasse mir mit meiner Antwort ausgiebig Zeit. »Okay.« Mit einem breiten Lächeln reiche ich ihm das Schälchen.

»Raus aus meiner Küche«, brummt er, doch ich kann den belustigten Unterton heraushören.

Frida wartet bereits an der Tür auf mich. »Du bist wirklich die Einzige, die so mit ihm reden kann.«

»Aber auch nur, weil er ganz genau weiß, dass er mich nicht rausekeln kann.« Grinsend nehme ich ihr eins der Tabletts ab und gehe zurück in den Speisesaal.

Ein letztes Mal schreitet Frida alle Tische ab, um sicherzugehen, dass alles zu ihrer Zufriedenheit ist. Wir Kellnerinnen stellen uns solange am Eingang auf, bereit, die Gäste mit Champagner zu begrüßen.

Um sechs Uhr öffnen wir die Flügeltüren zum Saal, wo die ersten Hungrigen bereits ungeduldig warten. Jeder von ihnen bekommt ein Glas in die Hand gedrückt und wird dann zu seinem Tisch geführt.

»So sieht man sich wieder«, erklingt eine mir inzwischen bekannte Stimme, als ich mich kurz umdrehe, um zwei neue Getränke in die Hand zu nehmen. Mit einem schelmischen Lächeln auf den Lippen kommt Maxim auf mich zu, wobei er eine nett aussehende alte Dame am Arm führt.

»Schönen guten Abend", begrüße ich sie, ohne auf seinen Kommentar einzugehen.

Eine der anderen Kellnerinnen übernimmt die beiden und erlöst mich, bevor ich mich noch mal zum Affen mache. Doch so sehr ich mich auch zusammenreiße, ich kann es mir nicht verkneifen, einen kurzen Blick über die Schulter zu Maxim zu werfen.

Als Letztes trifft das Brautpaar ein, leider wieder in Begleitung von Shirin. Während Mila erholt und zufrieden erscheint, sieht die andere Frau immer noch genervt aus.

»Hast du eine Ahnung, wer die ist?«, frage ich Michelle, eine der anderen Kellnerinnen, nachdem alle Platz genommen haben.

»Das ist Shirin Valka. Sie war mal beim Bachelor dabei und dann im Dschungelcamp, hat zumindest Google gesagt«, erläutert sie. »Jetzt ist sie Trauzeugin und Möchtegern-Schlagersängerin.«

»Also muss ich sie nicht kennen. Gut zu wissen.«

»Zurück an die Arbeit«, unterbricht Frida unser kleines Gespräch, und Michelle sucht sofort das Weite. »Meli, du kümmerst dich um den Tisch des Brautpaares.«

Direkt wandert mein Blick zu besagtem Tisch, an dem auch Maxim sitzt. »Aber natürlich«, nuschle ich und mache mich auf den Weg.

Während ich unauffällig zwischen den voll besetzten Tischen hindurchhusche, atme ich tief durch. Heute Morgen hat er mich überrascht und auf dem falschen Fuß erwischt, aber jetzt ist es an der Zeit, wieder mein professionelles Auftreten an den Tag zu legen.

»Hallo, Meli«, begrüßt Mila mich mit einem herzlichen Lächeln, noch bevor ich überhaupt ein Wort sagen kann. Liebevoll legt sie die Hand auf den Arm ihres Verlobten. »Das ist die nette, junge Frau, von der ich dir erzählt habe.«

»Schön, Sie kennenzulernen.« Freundlich lächelt er mich an.

»Ich wünsche Ihnen allen einen wunderschönen guten Abend«, kann ich endlich meine übliche Begrüßung hervorbringen und verteile unsere Menüs. »Wie Frau Franzka bereits erwähnt hat, mein Name ist

Meli, und ich bin heute Abend ihre Kellnerin. Kann ich Ihnen schon einmal etwas zu trinken bringen?«

»Was für Tee haben Sie hier?« Die alte Dame neben Maxim blickt fragend zu mir hoch.

»Wir haben einen großartigen Darjeeling-Tee aus Indien, Kamille und Pfefferminz aus dem eigenen Schlossgarten und einen fantastischen, winterlichen Früchtetee direkt aus dem Dorf.«

»Danke, Mädchen. Ich nehme den Darjeeling.«

»Ja, Meli kann schon sehr hilfreich sein«, meldet sich nun auch Maxim zu Wort.

Für einen Moment gefriert mir das Lächeln auf den Lippen, dann habe ich mich wieder im Griff. »Das ist meine Aufgabe.«

»Ihr beide kennt euch schon?« Fragend blickt Mila zwischen uns hin und her.

»Sie hat mir heute Morgen einen kleinen Besuch abgestattet. Um zu sehen, ob mit meinem Zimmer auch alles in Ordnung ist, natürlich.«

Am liebsten hätte ich ihm in diesem Moment eins mit den Speisekarten übergezogen, stattdessen beschränke ich mich darauf, ihn mit meinen Blicken zu erdolchen. Schnell und ohne weiter auf Maxims Kommentar einzugehen, nehme ich die Getränkebestellungen auf.

An der Bar atme ich mehrmals tief durch. Maxims Kommentar war echt unnötig, und ich habe keine Ahnung, wieso er so etwas sagen musste. Irgendwie geht mir dieser Kerl echt unter die Haut.

Mit den Getränken und einem Block bewaffnet kehre ich zum Tisch zurück. Nur kurz streift mein Blick Maxim, der seine Nase in die Karte gesteckt hat und nicht weiter auf mich achtet.

»Womit können wir Sie heute Abend verzaubern?«, frage ich, nachdem ich die Getränke verteilt habe, und halte meinen Stift bereit. Obwohl das Hotel inzwischen sehr modern ist, konnte ich Reinhardt bisher noch nicht von den Vorzügen eines digitalen Bestellsystems überzeugen. Ihm liegt einfach sehr viel daran, dass wir alles auf Papier des Hotels und mit einem mit unserem Logo versehenen Kuli notieren.

»Habt ihr auch etwas ohne Gluten? Und wenn es geht, vegan?«, meckert Shirin sofort los und wirft mir einen Blick zu, als wäre das allein meine Schuld.

»Ich werde sämtliche Wünsche sehr gern an die Küche weiterleiten«, biete ich ihr höflich an.

Ohne mir etwas zu antworten, wendet sie sich wieder der Karte zu. Nach und nach nehme ich jede Bestellung entgegen und mache mich dann wieder davon. Diesmal hat Maxim mir auch keinen Spruch reingedrückt oder mich angeschaut.

Während ich auf die Amuse-Bouche warte, beobachte ich das Brautpaar genau. Sollte Frida bemerken, dass ich nicht sofort bei ihnen bin, sobald sie auch nur daran denken, wird sie mir eines überziehen. Ich lehne an der Theke und halte nach etwas Ausschau, wobei ich helfen kann, als Maxim auf mich zukommt und sich neben mich stellt. »So sieht man sich wieder.«

»Das könnte daran liegen, dass Sie Gast sind und ich hier arbeite.« Ausdruckslos blicke ich ihn von der Seite an. Ich schaffe es gerade so, meine Gesichtszüge unter Kontrolle zu halten, aber der Schock, dass er auf einmal neben mir auftaucht, geht mir bis ins Mark.

»Das muss es sein.« Verstehend nickt er und streckt mir die Hand entgegen. »Ich bin übrigens Maxim.«

»Meli.« Sein Händedruck ist fest, aber nicht unangenehm. Seine Haut warm und rau auf meiner. Einen Moment lang will ich mich nicht von ihm lösen, doch auch er macht keine Anstalten, sich zurückzuziehen.

Hinter mir räuspert sich jemand, und Michelle drängt mich ein Stück zur Seite, um die Getränke für ihren Tisch entgegenzunehmen. Schnell löse ich mich von Maxim. »Kann ich was für dich tun?«

»Ich wollte nach etwas Milch für den Tee meiner Oma fragen.«

»Dafür hättest du echt nicht aufstehen müssen. Ich wäre sofort zu euch gekommen«, sage ich schnell.

Lässig zuckt er mit den Schultern. »Ich dachte, ich kann dir etwas unter die Arme greifen.«

»Das ist nett von dir.« Unsicher lächle ich ihn an. Sein intensiver Blick bringt mich immer noch durcheinander. »Die Milch bringe ich gleich an euren Tisch.«

»Danke.«

Nach einigen Augenblicken lässt er mich endlich allein und ich kann zum gefühlt hundertsten Mal an diesem Tag tief durchatmen.

»Da steht wohl einer auf dich.« Mit einem Glas in der Hand taucht Raphael, einer der Barkeeper, hinter mir auf. »Der Millionärserbe und die Hotelerbin, wie süß.«

»Mix du mal lieber weiter«, gifte ich etwas zu heftig, drehe mich auf dem Absatz um und rausche in die Küche davon. Gerade in diesem Moment hat Scott die Amuse-Bouche fertig, weshalb ich mich daran mache, das frisch gebackene Brot mit Käse und Schmalz aus dem Dorf zum Tisch zu bringen. So weit, so gut.

Die Vorspeise macht keine Probleme. Jedem schmeckt es und soweit ich es einschätzen kann, sind alle zufrieden. Ich achte darauf, dass die Gläser immer gefüllt sind, ansonsten störe ich nicht weiter.

»Habe ich eben gegen eine unausgesprochene Regel verstoßen?«, flüstert Maxim mir auf einmal zu, als ich mich gerade neben ihn beuge, um sein Weinglas aufzufüllen.

»Entschuldigung?« Meine Hand zittert so sehr, dass ich beinahe daneben gieße.

»Du und der Barkeeper habt euch gestritten. War das, weil ich zu dir gekommen bin?« Fragend blickt er zu mir hoch.

»Nein«, erwidere ich schnell. »Raphael redet nur manchmal Schwachsinn und denkt nicht nach. Du hast rein gar nichts falsch gemacht.«

Mit einem beruhigten Ausdruck in den Augen lächelt er zu mir hoch und streift für einen Moment meinen Arm mit seiner Hand. Etwas zittrig erwidere ich es, bevor ich die Weinflasche zurück in den Kühler auf dem Beistelltischchen stelle. Als ich mich wieder ihm zuwende, hat Shirin, die neben ihm sitzt, bereits ihre Krallen in ihn geschlagen und hängt an seinem Arm. Den Stich in meinem Magen ignoriere ich.

»Wenn die Herrschaften bereit sind, wird nun der Hauptgang serviert«, informiere ich den Tisch. Diese Sätze sind mir in den letzten Jahren in Fleisch und Blut übergegangen, genauso wie das Lächeln und die Körperhaltung. Doch mein Herz pocht jedes Mal aufs Neue viel zu schnell, wenn ich Gästen gegenüberstehe. Mit einem letzten flotten Nicken suche ich Sicherheit in der Küche. Dort warten bereits die Gerichte für den Tisch auf mich, die ich zusammen mit einer anderen Kellnerin hinausbringe.

Ich habe noch nicht einmal den letzten Teller abgestellt, als Shirin mich bereits wieder zu sich heranwinkt. »Das habe ich nicht bestellt.« Mit angewiderter Miene deutet sie auf ihren Teller.

Schnell hole ich meinen Block hervor und überprüfe alles. »Ein Salat mit frischen Birnen und Walnüssen.«

»Ohne Walnüsse«, kommt es hochnäsig zurück. »Ich bin allergisch.«

»Oh … Das tut mir leid. Ich bringe das Essen sofort zurück und lasse einen Neuen machen.« Das Gericht nehme ich mit, dabei bemerke ich ihren genervten Blick in meine Richtung.

»Seit wann bist du denn auf Nüsse allergisch?«, höre ich Mila ihre Freundin noch fragen, bevor ich ganz außer Hörweite bin.

Michelle wirft mir einen mitleidigen Blick zu, als ich das abgelehnte Gericht zurück in die Küche trage.

»Scott, auf dem Salat sollten keine Nüsse sein«, rufe ich in das Klappern von Töpfen hinein, welches sofort verstummt.

Wie ein heraufbeschworener böser Geist erscheint er vor mir und starrt mit düsterem Blick auf mich herab. Sein englischer Akzent tritt noch stärker hervor, als er noch einmal nachfragt: »Was ist daran nicht richtig?«

Normalerweise habe ich keine Angst vor ihm und seiner Art, aber gerade will ich einen Schritt zurückweichen. »Die Dame wollte den Salat ohne Walnüsse.«

Die Ader an seiner Stirn zuckt, als er mir den Teller abnimmt. »Den Birnen–Walnuss-Salat ohne Walnüsse. Aber natürlich, wird erledigt.«

»Sag Bescheid, wenn ich es abholen kann.«

»Das werde ich selbst rausbringen«, knurrt er.

Ohne ein weiteres Wort ergreife ich die Flucht zurück in den Speisesaal. Keine fünf Minuten später kommt Scott aus der Küche und sämtliches Personal erstarrt mitten in der Bewegung. Die arme Michelle hat einen heißen Teller in der Hand, traut sich jedoch nicht, ihn abzustellen.

»Das wird lustig«, murmle ich leise zu mir selbst und trete etwas näher an das Schauspiel heran.

»Hier der neue Salat.« Als wäre der Teller ein rohes Ei, stellt er ihn vorsichtig vor Shirin ab. Seine Miene wirkt auf den ersten Blick freundlich, doch sein Lächeln könnte durch Stahl schneiden.

»Danke«, haucht sie so leise, dass es kaum zu verstehen ist, und greift nach der Gabel. Unter Scotts eindringlichem Blick nimmt sie einen Bissen und nickt dann etwas verkniffen. Zufrieden mit sich selbst zieht Scott sich in sein Reich zurück, aber nicht ohne sich an der Tür noch einmal umzudrehen und zu beobachten, wie Shirin einen zweiten Bissen nimmt. Auch wenn die ganze Situation zum Totlachen ist, das würde sicher noch ein Nachspiel haben.

Während die Hochzeitsgesellschaft sich glücklich über ihr Essen hermacht, stochert Shirin lustlos in ihrem Salat herum. Ich kann sie verstehen. Ohne Walnüsse fehlt dem Ganzen irgendwie der Kick; man könnte schon fast sagen, das Gericht sei langweilig. Nach einigen Minuten entschuldigt sie sich leise und verschwindet.

Der Rest des Abends verläuft ohne weitere Vorkommnisse, denn alle anderen Gäste sind mehr als nur zufrieden mit ihrem Essen.

Als ich den Nachtisch bringe, greift Emma, Maxims Oma, nach meinem Arm. »Würdest du dem Koch etwas von mir ausrichten?«

»Aber natürlich.«

»Danke, dass er uns diese Frau vom Hals geschafft hat.« Sie kichert leise und zwinkert mir zu.

»Das war ihm sicher eine große Freude. Ich richte es ihm aus.« Mit einem breiten Grinsen gehe ich zur Küche. Wer hätte gedacht, dass dieser Abend doch noch ganz lustig werden würde?

Die Zicke zwischen den Büchern

*A*ls mein Wecker am Morgen klingelt, dämmert es gerade, und ich höre, wie sich vor dem Hotel ein Bus mit den Gästen auf den Weg zur Skipiste macht. Einen Moment bleibe ich im warmen Bett liegen, um die Ruhe zu genießen. Immerhin steht heute erst mal nichts Offizielles für mich an. Die Hochzeitsgesellschaft ist aus dem Haus, und die Zimmermädchen kommen auch ohne mich klar.

Aber leider lässt mir mein Gewissen keine Ruhe, sondern treibt mich kurz darauf doch aus dem Bett. Diese dumme Hausarbeit schiebe ich nun schon so lange vor mir her, dass es allmählich lächerlich wird. Also kehre ich jeden anderen Gedanken zur Seite und mache mich an die Arbeit.

Drei Stunden später blicke ich zufrieden auf meinen Laptop. Die Arbeit ist lange nicht fertig, wahrscheinlich kommt auch keine Eins dabei heraus, aber gerade bin ich glücklich. Noch fehlen zwar die ganzen Quellen und ich muss den Text auch dringend noch einmal aufhübschen, nach Fehlern suchen und am Ende wahrscheinlich komplett überarbeiten, aber immerhin steht mein Grundgerüst.

Normalerweise fallen mir Hausarbeiten nicht schwer, eine der guten Sachen an meinem BWL-Studium. Doch hier unten kann ich mich einfach nicht so gut konzentrieren, so sehr ich es auch will. Mein Magen knurrt. Schnell presse ich die Hand darauf. Dank meines Tatendrangs habe ich ganz vergessen, etwas zu frühstücken, was ich langsam nachholen sollte. Doch sobald ich den Kopf in den Kühlschrank stecke, wird mir klar, dass ich dringend einkaufen gehen muss. Ein schwieriges Unterfangen bei dem Wetter. Wenn ich so durch die großen Fenster in der Küche schaue, kann ich einen Blick auf die Welt um das Schloss werfen. Heute schneit es zwar nicht mehr, aber die Massen sind einige Zentimeter hoch. Mein Auto ist sicher komplett zugedeckt und gerade habe ich keine Lust, den Schnee zur Seite zu räumen.

Die Haustür knallt und Schritte nähern sich mir. Ingrid wischt sich die Tränen von den Wangen und weint leise. Als sie mich bemerkt, zuckt sie erschrocken zusammen.

»Was ist passiert?« Besorgt gehe ich auf sie zu und greife behutsam nach ihrer Schulter.

Ihre Schluchzer werden nur lauter, und dicke Tränen rinnen über ihre Wange. »Ich habe … Agnes war so wütend.«

Es dauert nur eine Sekunde, bis ich verstehe, was sie meint. Leider ist sie nicht das erste Zimmermädchen, welches hier weinend auftaucht. Denn so lieb und nett Agnes auch sein kann, manchmal platzt es einfach so aus ihr heraus.

»Alles wird gut.« Freundschaftlich tätschle ich Ingrid den Rücken. »Komm, wir gehen jetzt zurück und suchen nach Agnes, dann klärt sich wieder alles.«

Hektisch schüttelt Ingrid den Kopf. »Nein, ganz sicher nicht.« Ihre Tränen werden von einem Schluckauf abgelöst. »Ich will nicht mit ihr reden.«

Leise seufzend verdrehe ich die Augen. »Na gut. Dann bleib du hier und atme erstmal durch, währenddessen rede ich mit Agnes.«

Bevor sie mir widersprechen kann, ziehe ich mich schnell an und eile zurück ins Hotel. Ich kann mir nicht mit ansehen, wie verzweifelt Ingrid ist, und ich weiß auch, dass Agnes eigentlich eine sehr Nette ist. Nur manchmal etwas aufbrausend – vor allem, wenn sie unter Stress steht.

Ich finde sie in der Wäscherei, wo sie auf dem Handy herumtippt.

»Ich muss mal mit dir sprechen«, beginne ich das unangenehme Gespräch. Mein Tatendrang von eben verpufft, als ich Agnes' genervte Miene bemerke.

»Worum geht es denn?« Abwartend und verschlossen blickt sie mir entgegen.

»Ich habe eben Ingrid getroffen. Sie hat geweint. Anscheinend ist etwas mit dir vorgefallen.« Besser kann ich es wohl nicht beschreiben.

Einige Augenblicke schaut Agnes mich ausdruckslos an. »Es tut mir leid, dass sie wegen mir weinen musste. Aber aktuell ist hier Land unter, und wir können uns solche Fehler einfach nicht mehr leisten.«

Nachdenklich nicke ich. »Was ist denn passiert?«

»Das Kind hat es irgendwie geschafft, Kaffee auf eine ganze Ladung frische Wäsche zu verschütten. Ich verstehe nicht einmal, wieso sie diesen Kaffee in der Waschküche dabeihatte.«

Tatsächlich kann ich Agnes' Frust verstehen. Das war eine verdammt dumme Entscheidung von Ingrid. »Aber es war nur ein ungeschickter Fehler einer neuen Angestellten. So etwas ist uns allen schon passiert.«

Meine Rede scheint Agnes wenig zu beeindrucken.

»Fehler machen wir alle mal, aber wir rennen dann nicht heulend davon und drücken uns vor unseren Aufgaben. Immerhin hat Ingrid hier immer noch genug zu tun. Stattdessen versteckt sie sich jetzt im Haus.«

»Das hätte sie nicht tun sollen, da hast du recht. Aber wir beide wissen doch, dass du etwas angsteinflößend sein kannst, wenn du wütend wirst. Ich werde gleich noch einmal mit ihr reden und sie wieder hierherschicken. Vielleicht hast du ihr bis dahin verziehen und wir vergessen diesen kleinen Vorfall einfach?« Bittend lächele ich sie an.

Einige Momente lässt Agnes sich meinen Vorschlag durch den Kopf gehen. »Wenn sie wiederkommt und weiterarbeitet, dann kann ich darüber hinwegsehen.« Müde reibt sie sich den Nasenrücken.

»Normalerweise regst du dich über so einen Vorfall aber nicht derart auf«, taste ich mich vorsichtig weiter voran. »Was ist los?«

»Schwierige Gäste«, bringt Agnes es knapp auf den Punkt.

»Macht die Braut Stress?« Das kann ich mir bei Mila gar nicht vorstellen.

»Nein, Frau Franzka ist ein wundervoller Gast. Ihre Trauzeugin hingegen …« Verzweifelt schüttelt Agnes den Kopf. »Gestern durften wir noch einmal ihr Bett neu beziehen und heute Morgen musste ihr ganzes Badezimmer noch vor dem Frühstück geputzt werden. Außerdem ist sie der Meinung, dass der Speisesaal nicht sauber ist und wir nicht genug Auswahl haben. Scott würde ihr am liebsten den Hals umdrehen.«

Schnell verstecke ich mein Grinsen hinter der Hand. »Was für ein Albtraum.« Irgendwie habe ich schon mit so etwas gerechnet. »Jetzt dürften wir sie fürs Erste los sein.«

»Vielleicht bricht sie sich ja beim Skifahren das Bein«, grummelt Agnes weiter, woraufhin ich mein Lachen nicht mehr zurückhalten kann.

»Das darfst du doch nicht sagen«, japse ich.

»Aber du hast es auch gedacht.«

»Montagnachmittag sind sie alle wieder weg. Das sind nur noch sechs Tage«, versuche ich sie aufzuheitern.

Sie schüttelt den Kopf und verdreht die Augen. »Ich kann es gar nicht erwarten.«

»Dito. Ich gehe jetzt mal schnell nach Ingrid sehen, dann hast du wieder eine helfende Hand.« Bevor Agnes noch etwas erwidern kann, eile ich davon und zurück ins Haus. Dort finde ich Ingrid zusammengesunken auf dem Sofa, gefasster, aber mit geröteten Augen.

»Alles wird gut. Ich habe mit Anges gesprochen, alles ist vergeben und vergessen, wenn du jetzt einfach wieder an die Arbeit gehst.«

Wenig überzeugt blickt sie zu mir auf. »So einfach?«

»Weniger diskutieren und mehr losgehen.« Ich ziehe sie am Arm hoch und hinter mir her, zurück durch den Schnee ins Hotel. Dort liefere ich sie unten in der Waschküche ab. »Du schaffst das schon. Agnes verliert manchmal schnell die Nerven, aber sie meint es nicht böse. Entschuldige dich einfach, hör dir ihren kleinen Wutausbruch an und mach weiter. Dann wird alles gut werden.« In ihrem Blick kann ich sehen, dass sie mir noch nicht wirklich glaubt, aber ich habe keine Zeit, noch weiter zu diskutieren. »Glaub mir einfach.«

»Na gut«, kommt es zögerlich von ihr. »Dann gehe ich wieder an die Arbeit.«

»Gute Idee. Und ich sehe nach, ob ich Reinhardt bei irgendwas helfen kann.« Kurz winke ich zum Abschied, dann eile ich die Treppe nach oben ins Foyer. Da die meisten Gäste gerade auf der Skipiste sind, muss ich nicht außen herumschleichen.

Außer dem Ballsaal, dem Speisesaal, Reinhardts Büro und dem Foyer gibt es im ersten Stock noch die

Bibliothek sowie den großen Wintergarten, von dem aus man einen großartigen Blick über den Schlossgarten hat. Wenn es ruhig im Hotel ist, verbringe ich dort gern meine Pause, um den Ausblick zu genießen.

»Meli!«, ruft jemand hinter mir und ich wirbele herum.

Emma, die Mutter des Bräutigams, kommt bei Maxim eingehakt die Treppe herunter, direkt auf mich zu. Sofort setze ich mein übliches Lächeln auf. »Kann ich irgendwie helfen?«

»Hast du überhaupt Dienst?«, kommentiert Maxim meinen Aufzug aus bequemer, abgetragener Jeans und weitem Pulli.

»Für unsere Gäste bin ich immer da«, antworte ich schnell, aber meine Wangen brennen. In diesem Outfit hätte mich echt niemand sehen sollen, aber jetzt kann ich mich auch nicht mehr verstecken.

»Du bist auch der einzige Mensch, dem ich das sofort glaube«, lacht Maxim. »Wir suchen die Bibliothek.«

»Ich kann euch hinbringen«, schlage ich schnell vor und zeige den beiden den Weg.

»So schön es hier oben auch ist, Skifahren ist nichts mehr für meine alten Knochen«, ächzt Emma, während sie langsam neben ihrem Enkel herläuft. »Da muss ich mich anders beschäftigen. Und mein lieber Maxim ist so nett und bleibt heute bei mir.« Liebevoll blickt sie zu ihm auf.

»Und nebenbei verstecke ich mich noch vor einer gewissen Person«, murmelt dieser mit einem Zwinkern zu mir. Ich brauche keine große Vorstellungskraft, um darauf zu kommen, wen er meint, bin aber dennoch überrascht darüber, dass das Hotel heute doch nicht so leer ist, wie ich zuerst dachte.

»Wenn ihr beide den ganzen Tag hierbleibt, dann habe ich noch einen besseren Ort als die Bibliothek.«

Anstatt nach rechts führe ich sie den Gang hinunter in den großen Wintergarten. Erfreut blickt Emma sich um und lässt sich von Maxim zu einem der bequemen Sessel führen. »Hier könnte ich den ganzen Tag verbringen.«

Die Hände in den Hosentaschen vergraben, kommt Maxim auf mich zu. »Du bist zwar gerade nicht am Arbeiten, aber würdest du mir vielleicht noch ein paar Gefallen tun?«

»Ich bin immer am Arbeiten, glaub es mir«, lache ich. »Was darf es sein?«

»Habt ihr zufällig ein Kartenspiel?«

Ich winke ihn hinter mir her zu einem der alten Schränke, die an der Wand stehen. In den meisten sind Wolldecken und Kissen, aber einer von ihnen ist gefüllt mit Brett- und Kartenspielen. »Hier solltest du fündig werden.«

»Immer wieder neue Überraschungen.«

Er greift an mir vorbei in den Schrank. Dabei kommt er mir beinahe wieder so nahe wie gestern Morgen. Schnell wende ich das Gesicht ab, damit er meine glühenden Wangen nicht sieht. »Kann ich sonst noch irgendwie behilflich sein?«

»Darf man hier drin trinken und essen?«, fragt er weiter und bleibt dabei dicht bei mir stehen.

»Klar, hier ist alles erlaubt«, stottere ich.

»Das werde ich mir merken.« Obwohl er nun sein Kartenspiel hat, tritt er keinen Schritt zurück, sondern blickt weiter auf mich hinab. »Was machst du eigentlich die ganze Zeit, wenn du uns nicht jeden Wunsch erfüllst?«

»Nichts Besonderes«, winke ich schnell ab. »Ich helfe aus, wo Not am Mann ist. Dazu ein bisschen Arbeit für die Uni, mehr nicht.«

»Ist doch interessant. Was studierst du denn?« Seine blauen Augen blitzen mich aufmerksam an.

»Was wollt ihr bestellen?«, wechsle ich schnellstmöglich das Thema, bevor ich noch röter werde oder das hier zu persönlich wird. Es steht mir nicht zu, mich mit einem Gast privat zu unterhalten, und sollte mein Onkel davon Wind bekommen, stecke ich richtig in Schwierigkeiten.

Mit schnellen Schritten eile ich die Gänge entlang zur Bar. Im Foyer komme ich an einem der großen in Gold gefassten Spiegel vorbei und sehe mein Gesicht, welches inzwischen Ähnlichkeit mit einer Tomate hat. Verdammt noch mal, jetzt reicht es mir! Ganz egal, wie sehr meine Hormone außer Kontrolle geraten und wie gern ich mal wieder Sex hätte, unter gar keinen Umständen darf ich mich auf einen Gast einlassen. So etwas kann mich meinen Job kosten und mir richtig Ärger mit Reinhardt einbringen.

Einer der Butler bereitet mir ein Tablett mit Tee, Gebäck und kleinen Sandwiches vor, die ich zurück zum Wintergarten bringe. Rein und wieder raus, so schnell ich kann, und dann zurück an meine Hausarbeit. Nur weg von Maxim – das ist zumindest der Plan.

Schon im Flur höre ich allerdings ein lautes, aufgesetztes Lachen, das mir Gänsehaut über den Körper jagt. Wie in einem schlechten Horrorfilm trete ich an die Tür heran und schiele durch den Spalt. Ein groteskes Monster sitzt auf der Couch und hat seine langen, künstlich grellroten Fingernägel in den armen Maxim gekrallt. Shirin trägt eine Yoga-Hose, die mindestens eine Nummer zu klein ausfällt, so durchsichtig, wie sie an manchen Stellen wirkt. Der weite Strickpulli ist so tief ausgeschnitten, dass ich die Ränder ihres Spitzen-BHs sehen kann. Mit der einen Hand spielt sie mit ihren langen Haaren, mit der anderen hat sie Maxim eingefangen.

Dieser blickt mich hilfesuchend an und springt sofort vom Sofa auf, als ich reinkomme. »Da ist ja endlich der Tee!«

Theatralisch stößt Shirin die Luft aus, bleibt aber zum Glück genau dort, wo sie ist. Ich tue mein Bestes, um sie nicht weiter zu beachten, und bringe Emma stattdessen ihre Bestellung.

»Dabei bin ich davon ausgegangen, dass sie auch auf der Piste bleibt und nicht den Bus zurücknimmt, bloß weil ihr zu kalt ist …«, grummelt diese, während sie ihre Tasse entgegennimmt.

»Hast du mir auch was bestellt, Maxim?«, flötet Shirin.

»Ich wusste ja nicht, dass du kommst.« Mit düsterer Miene reicht er seiner Oma das Essen.

»Dann sag der Kleinen, sie soll mir auch etwas bringen«, weist die Schnepfe ihn an und wedelt in meine Richtung.

»Kannst du das nicht selbst?« Fragend hebt Emma die Augenbraue und nippt an ihrem Tee.

»Einen Kaffee, etwas Milch, kein Zucker.« Während sie bestellt, schaut Shirin mich nicht einmal an.

»Meli kann dir nicht helfen.« Mit verschränkten Armen stellt Maxim sich neben mich. »Sie arbeitet gerade nicht.«

»Aber eben hat sie das doch hergebracht.« Anklagend deutet Shirin auf das Tablett, auf dem ich das Essen gebracht habe.

»Stimmt, jetzt ist ihre Schicht allerdings vorbei.« Wissend nickt Maxim. »Es wäre verdammt unhöflich, sie zu schicken. Aber weißt du was, ich hole dir deinen Kaffee. Meli, zeigst du mir den Weg in die Küche?« Ohne auf meine Antwort zu warten, nimmt er mich am Arm und zieht mich aus den Raum. Im Augenwinkel kann ich erkennen, wie Emma ihm einen Blick à la »Wie kannst du mich mit der allein lassen?« zuwirft, bevor die Tür hinter mir zugeht. Einige Augenblicke spazieren wir nebeneinander her, bis man uns im Wintergarten nicht mehr hören kann.

Dann bricht Maxim in lautes Lachen aus. »Tut mir so leid«, japst er, »aber ich musste sie einfach loswerden. Noch fünf Minuten mehr, und ich hätte sie in den Schnee geschubst.«

»Ist sie verknallt in dich?«

»Meiner Erfahrung nach steht Shirin nur auf sich selbst. Und auf Geld.« Genervt verdreht er die Augen. »Schon seit Papa mit Mila zusammen ist, schmeißt sie sich jedes Mal, wenn wir uns sehen, an mich ran. Normalerweise entkomme ich ihr irgendwie, aber hier gibt es nicht viele Orte, an die ich verschwinden kann.«

»Soll ich dir die Geheimgänge zeigen?«, schlage ich spaßeshalber vor.

»Die gibt es hier?«

»Möglich.« Ich halte mir den Zeigefinger an die Lippen. »Aber das bleibt unser Geheimnis. Ich kann ja nicht immer kommen und dich vor ihr retten.« Vor allem sollte ich das nicht tun, weil ich so nur noch mehr Zeit mit ihm verbringen würde. Doch leider ist mein Mund ausgerechnet jetzt schneller als mein gesunder Menschenverstand.

»Ich bitte dich darum. Kannst du dich noch für zehn Minuten mit mir beschäftigen? Dann ist sie sicher verschwunden.« Mit schräg gelegtem Kopf grinst er mich an.

»Deine arme Oma lässt du einfach bei ihr zurück?« Enttäuscht schüttle ich den Kopf. »Das sagt viel über dich aus.«

»Glaub mir, meine ›arme Oma‹ wird mit ihr fertig. Da tut Shirin mir beinahe schon mehr leid.«

Inzwischen sind wir im Foyer angekommen, und ich führe Maxim zur Bar. »Willst du ihr wirklich einen Kaffee mitbringen?«

»Ganz sicher nicht. Aber mehr von diesen kleinen Küchlein vom Frühstück wären super. Also nur, wenn es noch welche gibt. Ich habe mega Hunger.«

»Das macht die gute Luft hier oben.«

Sein Lachen ist verdammt ansteckend, und das Kribbeln in meinem Körper erwacht zum Leben. Schnell wende ich den Blick ab und drücke auf die Glocke an der Theke, damit einer der Butler uns bemerkt.

»Wie lange arbeitest du hier schon?« Entspannt lehnt Maxim sich neben mich an die Theke, wobei sich unsere Arme berühren.

»Fühlt sich an wie eine Ewigkeit«, murmle ich ausweichend. Wieso kommt denn keiner?

Aufmerksam blickt Maxim sich um. »Du bist hier also Mädchen für alles. Kellnerin, Zimmermädchen, Lebensretterin.«

»Meine Talente sind vielfältig«, erwidere ich zwinkernd. »Und ich helfe gern anderen Leuten.«

»Das habe ich mitbekommen.« Auf einmal sind wir uns so nah, dass ich seinen warmen Atem spüren kann. Tief blicke ich in seine blauen Augen.

»Was kann ich für dich tun, kleine Erbin?« Laut knallt Scott beide Hände auf die Theke vor uns, und ich fahre erschrocken zurück. Panisch und überrascht zuckt mein Blick zwischen dem Koch, der ein breites Grinsen auf den Lippen hat, und Maxim, der mich weiterhin anschaut, hin und her. Eigentlich sollte Scott noch gar nicht hier sein, aber es würde mich nicht überraschen, wenn er gerade noch einmal das Menü für die nächsten Tage durchgeht oder sich für die Dauer der Hochzeit hier einquartiert hat.

»Sind noch ein paar von diesen Schokotörtchen da?«, bringe ich mühsam hervor.

»Natürlich«, sagt Scott gedehnt und verzieht sich wieder in die Tiefen der Küche. Wieso muss ausgerechnet er hier auftauchen? Mit diesem Moment der

Schwäche, oder was auch immer das eben war, wird er mich noch Monate, wenn nicht Jahre aufziehen.

»Soll ich dich noch zurück zum Wintergarten begleiten?« Unsicher blicke ich zu Maxim.

»Musst du nicht, du hast mir ja schon einmal das Leben gerettet. Bestimmt hast du an deinem freien Nachmittag auch Besseres zu tun, als dich um Gäste zu kümmern«, winkt er ab.

Ich sollte wirklich gehen, aber irgendwie will ich es nicht. Es macht Spaß, Zeit mit ihm zu verbringen, und ich will ihn nicht wieder mit Shirin allein lassen. Aber ich bin gerade nicht im Dienst und habe es jetzt schon zu weit getrieben.

»Dann sehen wir uns vielleicht heute Abend beim Essen«, murmle ich zum Abschied, bevor ich schnell aus dem Speisesaal verschwinde. Mit wilden Gedanken im Kopf schaue ich schnell bei Reinhardt vorbei, wo ich erleichtert feststelle, dass er mich gar nicht braucht.

Draußen fallen erneut eiskalte Flocken vom Himmel und schmelzen auf meiner erhitzten Haut. Langsam schlendere ich zurück zum Haus, den Kopf gesenkt. Unter meinen Stiefeln knarzt der frische Schnee, meine Spuren sind die einzigen, die zu sehen sind.

Den Rest des Nachmittags verstecke ich mich unter eine Decke gekuschelt in meinem Zimmer und schaue Serien.

Am Abend braucht Frida mich nicht im Restaurant, weshalb ich Reinhardt bei der Buchhaltung helfe. Auch wenn »helfen« etwas überzogen ist. Eigentlich sitze ich nur neben ihm, während er einen Stapel Rechnungen durchgeht und mir alles im Detail erklärt.

»Hörst du mir überhaupt zu?«

Bei seiner strengen Frage zucke ich erschrocken zusammen. »Klar, natürlich.« Ich wische mir eine

Strähne aus dem Gesicht und beuge mich gespielt aufmerksam über die Dokumente.

»Das hier ist wichtig, Meli. Zum Leiten eines Hotels gehört sehr viel mehr, als sich nur mit den Gästen zu beschäftigen und Menüs zu planen. Irgendwann musst du das allein können.«

Ich verkneife mir jeden weiteren Kommentar, denn es hätte sowieso keinen Sinn, mit ihm zu diskutieren. Für meinen Onkel steht fest, dass ich das Hotel eines Tages übernehmen werde, und gerade ist nicht der Zeitpunkt, darüber zu sprechen. Nicht, wenn hier so viel los ist und er gerade sowieso unter Strom steht. Stattdessen reiße ich mich zusammen und höre so aufmerksam wie möglich zu.

Spät in der Nacht kehre ich in mein Zimmer zurück, müde, frustriert und aufgeregt. Morgen früh werde ich endlich ins Dorf fahren, einkaufen und mich hoffentlich ein wenig ablenken – sowohl von meiner Hausarbeit und dem Hotel als auch – wie ich zu meiner Schande gestehen muss – von Maxim, der es aus unerfindlichen Gründen immer wieder schafft, in meinen Gedanken aufzutauchen.

WINTERMARKT

Winzige Flocken tanzen am Himmel, sowie ich aus der Haustür trete, dick eingepackt in meinen Mantel, einen Schal und eine Mütze. Vorsichtig gehe ich zum kleinen Parkplatz, mit der geringen Hoffnung, mein Auto nicht ausbuddeln zu müssen. Eine Gestalt wandert zwischen den Fahrzeugen hin und her. Durch den Schnee hat sich bereits eine feine weiße Schicht auf ihr gebildet. Langsam trete ich näher, meinen Schlüssel sicherheitshalber als Waffe in der Hand.

Außer unseren Gästen hat hier niemand Zutritt, und durch das Tor kommt man nicht so einfach. Das meiste Personal erkenne ich inzwischen auch von hinten, und der Einzige von ihnen, der so eine Statur hat, ist Scott. Nur ist der um die Uhrzeit noch nicht hier. Also wer auch immer sich da zwischen den Autos herumdrückt, ich kenne ihn nicht, und das ist kein gutes Zeichen.

Vorsichtig schleiche ich mich an, die provisorische Waffe bereits erhoben, als ich die Person endlich erkennen kann. »So sieht man sich wieder!«

Erschrocken zuckt Maxim zusammen und wirbelt zu mir herum. Als er mich erkennt, hellt sich sein Gesicht auf. »Meli, meine Retterin!«

»Immer noch dankbar für gestern Nachmittag?« Unauffällig lasse ich meinen Schlüssel wieder in der Tasche verschwinden.

»Das auch, aber ich dachte, du kannst mir noch einmal helfen. Gibt es vielleicht noch eine andere Straße ins Dorf?« Vage deutet er in Richtung der Berge.

»Den Waldweg würde ich nicht langfahren. Du endest nur an einer Klippe oder sonst wo.« Entschuldigend zucke ich mit den Schultern.

»Mist, so viel zu meinem Plan, in die Stadt zu kommen.«

Alarmiert blicke ich zum Hotel. »Ist die Hauptstraße etwa zugeschneit?«

»Viel schlimmer. Die Parasiten haben uns gefunden.«

Jetzt bin ich endgültig verwirrt. Fragend schaue ich ihn an.

»Paparazzi. Ein ganzes Rudel hat sich vor dem Hotel versammelt und wartet darauf, dass jemand rauskommt«, knurrt er mit düsterem Blick.

»Die habe ich gar nicht gesehen.« Ohne weiter auf seine Worte zu achten, gehe ich so vorsichtig wie möglich zum Rand des Parkplatzes, von dem aus man wenigstens einen Teil des Vorhofes sehen kann. Tatsächlich tummeln sich dort einige Menschen, die Kameras in den Händen halten. »Ach du Scheiße!«

»Sag ich doch. An denen komme ich niemals ungesehen vorbei.« Genervt verdreht Maxim die Augen und schüttelt sich die Schneeflocken aus den Haaren.

»Das kann nicht sein«, gifte ich los. »Diese Leute sind auf unserem privaten Grundstück, dazu haben sie keinen Zutritt. So kann das nicht laufen.« Vor mich hin schimpfend renne ich zum Hintereingang des Hotels.

Auf dem Teppich im Inneren hinterlasse ich eine Schneespur, doch das ist mir gerade egal. Darum kann ich mich auch noch kümmern, wenn ich mit Reinhardt gesprochen habe. In all meiner Zeit hier ist so etwas noch nie vorgekommen.

»Wohin gehen wir?«, fragt Maxim belustigt neben mir.

Ich habe gar nicht mitbekommen, dass er mir gefolgt ist. »Was machst du hier?«

»Du sahst so wütend und fokussiert aus, da wollte ich wissen, was jetzt passiert. Ist irgendwie süß.«

Mehrmals blinzele ich, bevor ich kommentarlos weitergehe. Ich kann mich später damit beschäftigen, was seine Worte in mir auslösen. Bisher hat mir noch kein Kerl gesagt, dass er mich gern wütend sieht. Kopfschüttelnd eile ich weiter durchs Hotel.

Ohne anzuklopfen, platze ich in Reinhardts Büro. »Hast du mitbekommen, was da draußen los ist?«

Überrascht blickt er von seiner Arbeit auf und nimmt die Brille von der Nase. »Meli! Mit dir habe ich nicht gerechnet.«

»Da sind Fotografen vor unserer Haustür!«, lege ich los, ohne Luft zu holen. »Die belästigen unsere Gäste!«

Tief atmet Reinhardt durch, dann wird seine Miene für einen Moment ausdruckslos. Kurz darauf zeigt sich sein übliches Service-Lächeln. »Guten Tag, Herr van Hausen.«

Verwirrt blicke ich über meine Schulter und suche nach dem Bräutigam, bis mir wieder einfällt, dass Maxim ja sein Sohn ist.

»Morgen.« Etwas unsicher hebt Maxim die Hand. »Meli will uns helfen und diese Menschen loswerden.«

»Setzt euch doch.« Freundlich deutet mein Onkel auf die Sessel, doch ich weiß, dass er gerade nicht zufrieden mit mir ist.

Ohne Voranmeldung habe ich einen Gast mitgebracht. Das würde ich nachher sicher noch erklären müssen. Bis dahin brauche ich eine gute Ausrede, sonst werden nur noch mehr Fragen auf mich niederprasseln. Fragen, auf die ich keine Antworten habe und denen ich mich eigentlich auch nicht stellen will. Vor allem nicht meinem Onkel gegenüber.

»Diese Fotografen sind hier nach dem Frühstück aufgetaucht«, klärt mein Onkel uns auf. »Die meisten der Gäste sind inzwischen wieder auf der Piste, und bisher hat sich noch niemand beschwert. Tatsächlich hat eine Dame sich sogar sehr über ihre Anwesenheit gefreut. Trotzdem habe ich sie des Geländes verwiesen und mit der Polizei gedroht, aber sie sind lediglich von den Stufen vor der Tür heruntergegangen.«

»Ich kann mir schon denken, wer sich darüber freut«, knurrt Maxim leise neben mir.

»Dazu muss ich gestehen, dass ich bisher noch nicht mit solchen Leuten zu tun hatte. Unser Hotel rühmt sich mit seiner Abgeschiedenheit und Privatsphäre - und nun so etwas.« Unruhig trommelt Reinhardt mit dem Zeigefinger auf dem Tisch.

»Also ich beschwere mich jetzt über diese Leute.« Ernst nickt Maxim. »Wenn ich aus meinen Erfahrungen schöpfen darf: Paparazzi loszuwerden ist ziemlich einfach, wenn man weiß, wie. Das hier ist, wie Sie sagten, ein Privatgrundstück. Sie müssen nur die Polizei hierher bekommen, dann verschwinden sie von ganz allein. Machen Sie ihnen ein wenig Druck, bitten Sie sie am besten darum, mehrere Leute zu schicken.«

»In den fünfunddreißig Jahren, in denen ich dieses Haus führe, musste ich noch nie die Polizei rufen. Geschweige denn mehrere Streifenwagen. Aber anscheinend gibt es wirklich für alles ein erstes Mal.« Mit einem lauten Seufzen greift er nach dem Telefon.

Unruhig kaue ich mir auf der Lippe herum, während Reinhardt vermutlich den Polizeichef an der Strippe hat. Die wenigen Schnipsel, die ich hören kann, verheißen nichts Gutes. Am Ende knallt er, für ihn unüblich, den Hörer wieder auf. »Da braucht man einmal Unterstützung, und niemand will helfen.«

»Es wird also keiner kommen«, fasse ich seine wütende Miene zusammen.

»Wie bitte?« Verwirrt blickt Maxim zwischen meinem Onkel und mir hin und her.

»Die Polizei in unserem kleinen Dorf ist absolut unterbesetzt, weshalb in den nächsten Stunden niemand zu uns hochgeschickt werden kann. Ansonsten wäre wohl niemand in der Wache.« Reinhardt schafft es kaum noch, seine Wut unter Kontrolle zu halten.

»Ist das deren Ernst?« Verzweifelt blickt Maxim zu mir, so, als könnte ich etwas an der Situation ändern.

So gelassen wie möglich zucke ich mit den Schultern. »Willkommen auf dem Dorf. Neben der hübschen Idylle hier gibt es auch so manche Nachteile.«

»Soll ich mal mit den Paparazzi reden?«, schlägt Maxim wie aus dem Nichts vor. Über die Schulter deutet er zur Eingangstür.

»Unter gar keinen Umständen.« Völlig bestürzt springt Reinhardt von seinem Stuhl auf, richtet hektisch seine Weste und tritt hinter dem Tisch hervor. »Es ist sehr freundlich, dass Sie uns ihre Hilfe anbieten, aber dies ist eine Angelegenheit des Hotels, mit der wir unsere Gäste auf keinen Fall.« Sein wütend funkelnder Blick gilt mir, und ich kann die Standpauke förmlich hören.

»Ich wollte hier niemandem auf die Füße treten«, entschuldigt Maxim sich schnell, wird jedoch von einem Klopfen an der Tür unterbrochen.

Ohne auf eine Antwort zu warten, tritt Scott ein. »Sie wollten noch mal mit mir sprechen wegen des Dinners?«

Bei seinem Anblick in der Lederjacke, die ihn durchaus bedrohlich wirken lässt, kommt mir eine

Idee. »Oh, Scott, hast du Lust, ein paar Fotografen anzuschreien?«

Die Verwirrung hat kaum Zeit, sich auf seinem Gesicht auszubreiten, da wird sie auch schon von einem bösen Grinsen abgelöst. »Meinst du die Arschlöcher vor der Tür? Nur zu gern.«

Noch bevor einer von uns etwas sagen kann, ist er auch schon wieder aus dem Büro gestürmt. »Das sollte unser Problem lösen.« Zufrieden mit mir selbst klatsche ich in die Hände und wende mich meinem Onkel zu, der weniger begeistert wirkt.

»Und er soll die Paparazzi vertreiben?« Anscheinend glaubt Maxim auch nicht an meinen Geniestreich.

»Du hast Scott noch nie wütend erlebt. Er kann sogar einen tollwütigen Bären in der Flucht schlagen.«

»Scott wird sie zumindest bis vors Tor kriegen, aber danach haben auch wir keine Macht mehr.« Reinhardt schüttelt den Kopf. »Es tut mir sehr leid, Herr van Hausen, aber ich kann nicht dafür garantieren, dass Sie das Hotel heute in Ruhe verlassen können.«

»Tja, da kann man wohl nichts machen.« Erschreckend entspannt zuckt Maxim mit den Schultern. »Dann werde ich mir wohl etwas anderes zu tun suchen.« Die Hände in den Hosentaschen vergraben, schlendert er zur Tür.

»Meli, bleib doch bitte noch kurz hier«, hält mein Onkel mich auf, als ich ihm folgen will.

Und jetzt kommt die Standpauke, mit der ich schon rechne, seit ich durch die Tür gekommen bin. Für alles bereit wende ich mich meinem Onkel zu. »Klar doch.«

Anstatt offener Wut oder einem gebrüllten Vorwurf empfängt mich etwas viel Schlimmeres – ruhige Enttäuschung. Einige Augenblicke sieht mein Onkel mich einfach nur an, dabei schüttelt er immer wieder den Kopf. »Mir ist schon gestern aufgefallen, dass du nicht ganz bei der Sache bist. Ich verstehe ja, wieso es nicht schön für dich ist, auf einmal hier unten aufzuschlagen, aber du solltest dich darauf konzentrieren, deine Aufgaben hier wahrzunehmen und dich nicht mit jungen, gutaussehenden Gästen beschäftigen.«

Bei seinen Worten bleibt mir der Mund offenstehen. »Aber ich bin doch hier und tue alles, was du von mir willst. Außerdem kann ich mich schlecht verstecken, wenn Maxim auf mich zukommt.«

Für einen Moment senkt sich Stille über uns, dann seufzt er. »Da hast du natürlich recht. Du leistest hier sehr gute Arbeit. Ich mache mir nur Sorgen, dass du abgelenkt wirst oder dir deiner Verantwortung nicht bewusst bist.«

»Glaub mir, ich bin mir meiner Verantwortung durchaus bewusst.« Wie auch, wenn er nicht einen Moment lang zulässt, dass ich sie vergesse. »Ich bin immer zur Stelle, wenn du mich brauchst. Auch wenn es so aussieht, habe ich keinen Fehler gemacht, sondern war lediglich für einen Gast da«, verteidige ich mich noch einmal.

»Ich weiß, ich sollte dir mehr vertrauen. Bisher hast du mich noch nie enttäuscht. Ich will nur nicht, dass du dein Ziel aus den Augen verlierst.«

Wenn ich doch nur wüsste, was überhaupt mein Ziel ist. »Da mach dir mal keine Sorgen, ich habe das schon im Griff.«

»Deine Idee mit Scott war übrigens ausgezeichnet. Seinen Auftritt würde ich nur zu gern sehen«, lässt er endlich das Thema fallen.

»Dann schau es dir an und mach mir bitte ein Video.«

»Hast du gerade zu arbeiten?«, fragt mein Onkel mich etwas verwirrt und wirft einen Blick auf den Schichtplan, der immer vor ihm auf dem Tisch liegt.

»Nein, noch nicht. Ich war auf dem Weg ins Dorf «, erkläre ich schulterzuckend.

»Dann will ich dich mal nicht weiter aufhalten. Hab einen schönen Tag.« Und damit bin ich entlassen.

Der Frust nach diesem Gespräch nagt an mir. Es ist mies, dass Reinhardt mir sowas vorwirft, nachdem ich extra das Semester früher beendet habe, nur um hierher zu kommen.

»Hast du wegen mir Ärger bekommen?« Ich realisiere Maxims Anwesenheit auf dem Flur nicht, bis er auf einmal spricht.

»Quatsch«, winke ich schnell ab. »Wir haben nur noch mal ein paar Dinge besprochen. Wegen der Fotografen und so.«

»Euer Chefkoch hat sie auf jeden Fall ziemlich schnell vertrieben. Durch die Tür konnte ich leider nicht hören, was er ihnen gesagt hat, aber Mann, haben die schnell die Flucht ergriffen!«

»Scott eben«, kommentiere ich kurz. »Jetzt werden sie wahrscheinlich vor dem Tor herumlungern und von dort aus ihre Fotos machen.«

»Na, klasse.« Genervt schüttelt er den Kopf. »So viel zu meinem Plan, heute mal was anderes zu sehen.«

»Ich kann dich mitnehmen, wenn du willst.« Sofort beiße ich mir auf die Zunge. Wieso kann ich nicht einmal die Klappe halten? Gerade jetzt sollte ich mich von Maxim fernhalten, aber leider ist mein Frust darüber, dass Onkel Reinhardt mich wie ein Kind behandelt, inzwischen dem Trotz gewichen.

»Das wäre super.« Bei Maxims breitem Grinsen macht mein Herz einen kleinen Hüpfer.

Etwas zittrig erwidere ich es und ignoriere mein weiterhin. Streng genommen habe ich mich für rein gar nichts zu entschuldigen. Ich helfe lediglich einem Gast, der in Not ist. »Sicher sind die Paparazzi verschwunden, bis wir wiederkommen«, murmle ich.

»Danke fürs Mitnehmen.« Locker läuft Maxim neben mir her, als wir zurück zum Parkplatz gehen.

»Sag das noch nicht. Erst mal müssen wir mein Auto befreien.« Vor lauter Schneemassen bin ich mir nicht einmal sicher, welches mein Wagen ist. Drei Nummernschilder muss ich frei wischen, bevor ich fündig werde.

»Überlass das mir. Irgendwie muss ich mich bei dir bedanken. Seltsamerweise ist das nicht das erste Mal, dass ich ein Auto ausgraben muss – ich bin gewissermaßen Profi.«

Fragend hebe ich die Augenbraue. »Ach ja?«

»In der zehnten Klasse waren wir auf Skifahrt. Ziemlich langweilig, weil es zu wenig Schnee fürs Skifahren gab. Bis zum letzten Abend, da hat uns auf einmal ein Sturm überrascht. Am nächsten Morgen mussten wir Jungs dann den Bus ausbuddeln.«

»Also kannst du Ski fahren? Wieso bist du denn dann nicht auf der Piste?«

»Ein Trauma, auch von dieser Fahrt. Blöderweise habe ich mir direkt am ersten Tag einen Eckzahn ausgeschlagen.«

Überrascht beuge ich mich vor und betrachte seinen Mund genauer. Aus der Ferne kann ich ganz klar zwei intakte Eckzähne sehen. »Ernsthaft?«

Sein breites Grinsen zeigt alle vorderen Zähne. »Oder ich erfinde das gerade, um interessanter zu wirken. Wer weiß das schon?«

Innerhalb weniger Minuten hat er es tatsächlich geschafft, mein Auto aus dem weichen, kalten Zeug zu befreien.

»Deine Hände«, rufe ich erschrocken aus und will nach ihnen greifen, zögere jedoch sofort. Sie sind rot und eiskalt, sicher tun sie auch weh, aber mich ihm auf diese Weise zu nähern, wäre sicher nicht klug. Die Worte meines Onkels spuken wieder durch meinen Kopf, doch als ich Maxims klappernde Zähne bemerke, kann ich ihn nicht leiden lassen. So rein als

Gast, der mir geholfen hat. Fest schlinge ich meine Finger um seine. »Die frieren dir noch ab.«

»Ach Quatsch, ich bin hart im Nehmen.« Trotzdem zieht er sie nicht zurück. Für einen Moment stehen wir so einander gegenüber da.

»Hast du denn keine Handschuhe?«, versuche ich die Stille zwischen uns zu überbrücken.

»Dummerweise habe ich die zu Hause liegen lassen.« Seine Zähne fangen bereits an zu klappern.

»Wir sollten dringend einsteigen und uns aufwärmen.« Gegen meinen Willen löse ich mich von ihm und suche mit tauben Fingern nach meinem Autoschlüssel. Gerade bin ich verdammt froh, dass ich Mamas neuen Wagen haben durfte statt meiner veralteten Knutschkugel.

Innerhalb weniger Minuten ist es wohlig warm im Auto und der restliche Schnee ist von der Windschutzscheibe geschmolzen. So vorsichtig, wie ich nur kann, rolle ich vom Parkplatz und auf die halb geräumte Straße zu.

Maxim rutscht in seinem Sitz weit nach unten, damit ihn niemand entdeckt. Die Menge von Fotografen hat sich vor dem Tor versammelt, die blöden Kameras immer noch erhoben, doch achten sie nicht großartig auf mich, sobald ihnen klar wird, dass ich kein Star bin, und schon bald sind wir vom Gelände des Hotels verschwunden.

Aufmerksam blickt Maxim aus dem Fenster, während er die Welt um uns herum betrachtet, die sich in ein einziges Eismärchen verwandelt hat. »Es ist verdammt lange her, dass ich so viel Schnee auf einmal gesehen habe.«

»Schnee ist hier oben normal, nur diese Mengen habe ich bisher auch noch nicht gesehen«, gebe ich offen zu. »Aber schön ist es.«

»Magst du den Winter?«

»Jede Jahreszeit hier ist atemberaubend, allerdings hat so ein richtiger Winter schon etwas Magisches.« Inzwischen muss ich meinen Scheibenwischer einschalten, da die Flocken wieder dicker vom Himmel fallen. Unser Gespräch erlischt bei dem Anblick. Voller Bewunderung starrt Maxim in den Himmel hinauf, und ich lasse ihn mit seiner Bezauberung allein.

Bald schon rolle ich auf den winzigen Parkplatz des Dorfes und schalte den Motor aus. Schon auf die Entfernung kann ich die Lichter des Wintermarktes sehen, zusammen mit den Menschen, die darüber schlendern.

»Das ist ja winzig hier«, ruft Maxim aus, als wir aussteigen.

»Knapp sechshundert Einwohner, zumindest außerhalb der Saison«, kläre ich ihn auf und gehe zielsicher auf den Markt zu. Ich will nicht zu lange in dem Wetter herumlaufen. »Aber während der Saison kommen hier locker drei Mal so viele Besucher her.« Mit einer ausladenden Bewegung zeige ich auf den Markt. »Die Veranstaltungen sind der absolute Wahnsinn.«

»Ist die Weihnachtsmarktzeit nicht schon vorbei?« Fragend legt Maxim den Kopf schief.

»Das ist kein Weihnachtsmarkt, sondern ein Wintermarkt. Solange es kalt und winterlich ist, findet der Markt statt.«

Tief atme ich die schneidende Luft ein, die jetzt von dem Geruch nach Glühwein, gebrannten Mandeln und Holzkohle geschwängert ist.

Wir treten durch einen Bogen aus Tannenzweigen auf das Gelände. Hier vergisst man die Welt schnell, da man durch die kleinen Holzhütten nicht nach draußen sehen kann. Diese tragen süße, weiße Mützen und werden von Lichterketten beleuchtet.

Unter dem frisch gefallenen Schnee kann man noch den Mulch sehen, der auf den Boden gestreut wurde, während die vielen, dazwischen aufgestellten Tannen mit handgemachten Kugeln und anderen Ornamenten geschmückt sind. Aus den Häusern dudelt ein seltsamer Mix aus Weihnachtsmusik und den aktuellen Charts.

»Ganz schön voll hier.« Maxim drückt sich näher an mich heran, um einer vorbeieilenden Familie mit Kinderwagen Platz zu machen.

Unsicher kichere ich und weiche seinem Blick aus. »Was willst du eigentlich hier im Dorf?«

»Einfach nur mal rauskommen, mich umschauen. Irgendwie ist es auf Dauer sehr langweilig, im Hotel festzustecken. Herumsitzen tue ich zuhause schon genug.« Die Hände tief in den Jackentaschen vergraben, schlendert er neben mir her.

»Gehst du nicht gern raus?«, hake ich neugierig nach.

»Oh doch, sehr gern sogar, aber mein Vater ist von der panischen Sorte, obwohl ich kein Kind mehr bin. Wenn ich keine Bodyguards an meiner Seite habe, muss ich mich regelmäßig melden, ansonsten kann ich mir ewig anhören, wie viele Sorgen er sich gemacht hat.« Die Freude von eben ist aus Maxims Gesicht verschwunden.

»Weißt du was? Wir besorgen dir jetzt erstmal ein Paar Handschuhe, bevor dir die Finger abfrieren«, versuche ich, ihn abzulenken. Der Markt hat neben einer beinahe lächerlich großen Auswahl an herzhaftem Essen und süßen Leckereien viele Stände mit selbstgemachter Kleidung, Schmuck und anderen Dingen.

»Irgendwo ist es hier doch größer, als ich dachte«, stellt Maxim verwirrt fest, als wir an die erste große Kreuzung kommen.

»Mehr oder weniger das gesamte Dorf ist miteingeschlossen. Hier ist ansonsten nicht sehr viel los.« Zielsicher gehe ich nach links. Der Geruch nach Essen nimmt etwas ab, dafür mischt sich jetzt der Duft von Kräutern in die Luft. Wir schlendern an mehreren Häuschen mit Teemischungen und niedlich abgepackten Gewürzen vorbei. Die Verkäufer lächeln uns freundlich entgegen und erinnern mich daran, dass ich mir ein neues Päckchen Früchtetee besorgen wollte.

»O wow!«, ruft Maxim auf einmal aus und bleibt vor einem der Stände stehen. Diesen kenne ich sehr gut, da sein Inhaber ein enger Freund von Reinhardt ist.

Das Schmuckstück der kleinen Bude ist ein riesiger, ausgestopfter Hirschkopf, der an der hinteren Wand hängt. Von dem großen Geweih baumeln wie jedes Jahr funkelnde Lichterketten, die das ganze etwas dämlich aussehen lassen.

Überall in der Auslage liegen Felle in verschiedenen Größen herum. Es gibt sogar einige dieser Mützen mit Schwänzen dran, die man manchmal in alten Filmen sieht.

»Hast du etwa noch nie Felle gesehen?« Kurz begrüße ich den Verkäufer.

»Doch schon, aber noch nie so viele.« Vorsichtig streckt Maxim die Hand aus und streicht mit den Fingerspitzen über ein Stück.

»Die gehören dazu. Immerhin gibt es hier so viele Wälder, dass es ohne Förster und Jäger gar nicht anders ginge. Im Sommer und Herbst haben wir immer sehr viele Gäste, die genau deshalb hierherkommen.«

»Kannst du jagen?« Mit hochgezogenen Augenbrauen blickt er mich an, ein kleines Lächeln umspielt seine Lippen.

»Ich habe keinen Jagdschein, war aber schon einige Male dabei. Aber bisher habe ich noch nie ein Tier erlegt. Allerdings habe ich einen Angelschein, fischen kann ich sehr gut.«

»Richtig naturverbunden.«

Aus seinen Worten kann ich nicht ganz schließen, was er wirklich von meinen Talenten hält. »Bist du kein Naturmensch?«

»Ein netter Spaziergang durch den Wald oder auch mal eine Wanderung, dazu kann man mich schon überreden. Aber einen ganzen Tag an einem See sitzen und aufs Wasser starren oder ein unschuldiges Häschen oder Bambi erschießen? Das ist so gar nicht meins.«

Einige Augenblicke grüble ich über seine Worte nach.

»Ja, angeln kann auf Dauer etwas langweilig sein, aber es tut gut, wenn man mal entspannen und abschalten will. Man ist allein mit sich selbst und der Natur. Und du verwechselst die Jagden hier mit denen in den USA oder anderswo. Hier wird in der Regel nur geschossen, um die Population unter Kontrolle zu halten. Ansonsten werden wir alle irgendwann von einer Armee aus Kaninchen überrannt.«

»Immer noch besser als eine Zombieapokalypse.«

Ein überraschtes Lachen bricht aus mir heraus. »So kann man es natürlich auch sehen. Aber die Jagd hier in Deutschland ist weniger ein Zeitvertreib, sondern vielmehr ein wichtiger Teil des Ökosystems.«

»Ich glaube dir, keine Sorge.« Abwehrend hebt er die Hände. »Jagen ist aber echt nicht meins. Angeln würde ich allerdings vielleicht mal ausprobieren, solange du dabei bist.«

Unsicher wende ich den Blick ab, denn schon wieder brennen meine Wangen. »Da hinten gibt es tolle Handschuhe.«

Schnell ziehe ich ihn weiter, damit ich nicht auf seinen Kommentar – oder war es ein Angebot? – eingehen muss. Auch diesen Stand kenne ich, genauso wie die Verkäuferin, die dahintersteht. »Melina, schön dich zu sehen. Brauchst du mal wieder ein neues Paar?«

»Nein, diesmal habe ich meins behalten.« Kurz halte ich meine Hände nach oben.

»Verlierst du oft deine Handschuhe?« Belustigt hebt Maxim die Augenbraue.

»Manchmal bin ich etwas schusselig«, erwidere ich ausweichend. »Außerdem ist dir das doch auch passiert.«

»Ich habe meine lediglich vergessen. Die hier sind wirklich sehr schön.« Aufmerksam betrachtet er die vielfältige Auswahl, fährt hin und wieder mit den Fingern über das Material. Kurz darauf hat er sich für ein schlichtes Paar schwarzer Handschuhe entschieden und dazu einen wild gemusterten Schal.

»Der passt aber so gar nicht zu deinem Stil.«

»Ist auch nicht für mich, sondern für meine Mutter. Sie liebt grässlich bunte Sachen.« Angeekelt schüttelt er sich. »Daher bringe ich ihr alles mit, was ich so sehe.«

»Das ist echt süß von dir.« Als ein scharfer Wind aufkommt, ziehe ich den Mantel etwas fester um mich. Irgendwie habe ich das Gefühl, dass die Temperatur, seit wir hier sind, noch etwas gesunken ist. »Stehst du deiner Mutter sehr nahe?«

Wir setzen uns wieder in Bewegung, nachdem Maxim seinen Einkauf in Empfang genommen hat. Zufrieden betrachtet er seine Neuerwerbung. »Ich denke schon. Auch wenn ich inzwischen nicht mehr zu Hause wohne, telefonieren wir fast täglich und sie schickt mir immer ganz viele Bilder.«

»Oh, das kenne ich auch. Nur leider hat meine Mama wenig Talente für Fotos.«

»Machen wohl alle Mütter so.« Eine weitere Böe fegt zwischen den Häusern hindurch, und ich erschauere erneut. »Hast du auch Hunger? Ich könnte etwas vertragen und mich nebenbei noch etwas aufwärmen.« Fragend blickt Maxim mich an.

Mitten in der Bewegung bleibe ich stehen und sehe zu ihm auf. Dank meines offenstehenden Mundes komme ich mir wie ein Goldfisch vor. »Das ist keine gute Idee.«

»Wieso nicht?« Er verschränkt die Arme vor der Brust.

»Du bist ein Gast, da ist es nicht wirklich angebracht«, versuche ich, um den heißen Brei herum zu reden.

»Aber du arbeitest doch gerade nicht, oder sehe ich das falsch? Das hier ist dein freier Vormittag, von dem du bereits sehr viel geopfert hast, um mir zu helfen. Was echt nett war, aber jetzt gerade, in diesem Moment, auf diesem Markt, bin ich nicht dein Gast und du arbeitest nicht. Also spricht rein gar nichts dagegen, wenn du jetzt etwas mit mir essen gehst.«

Wenn man es so sieht ... Trotzdem zögere ich.

»Wenn du meine wirklich gute Argumentation widerlegen kannst, dann lasse ich dich wortlos ziehen. Ansonsten gehst du mit mir essen.«

Wenn ich intensiv darüber nachdächte, dann würde mir sicher etwas einfallen. Aber eigentlich will ich das ja gar nicht. »Na gut, du hast gewonnen. Ich kenne da genau das Richtige für uns.«

ERBE UND ERBIN

*D*as kleine Restaurant, in das ich uns führe, ist wie immer gut besucht. Ich komme unglaublich gern hierher. Der Mix aus Altem und Neuen in der Einrichtung sorgt für Gemütlichkeit, und das Essen ist fantastisch. Weit hinten in der Ecke entdecke ich einen leeren Tisch für zwei. Es fühlt sich verdammt gut an, aus den vielen Lagen Kleidung zu schlüpfen, und dank des Kamins ist es wohlig warm.

»Interessant hier«, kommentiert Maxim die Einrichtung, bestehend aus alten Holztischen und neumodischen Raumtrennern, während an den Wänden Modern Photography neben alten Bildern und Geweihen hängt.

»Der beste Laden im gesamten Dorf, wenn nicht in der ganzen Umgebung. Sag das aber bloß nicht Scott«, setze ich lachend hinterher.

Kurz darauf taucht die Kellnerin, Paula, auf und reicht uns die Karten. »Schön dich mal wieder zu sehen, Meli. Hilfst du wieder oben aus?«

»Auch schön, dich zu sehen. Irgendwer muss ja all das Chaos beseitigen. Bringst du mir einen Kakao mit Eierlikör, aber bitte ohne Alkohol?« Die Karte gebe ich ihr wieder, denn ich weiß immer ganz genau, was ich hier esse.

»Für Sie auch schon etwas?«, wendet Paula sich an Maxim. Mir fällt auf, dass sie kurz ihren Blick über ihn gleiten lässt, während er bestellt, und mir beim Weggehen ein beeindrucktes Lächeln zuwirft.

»Dich kennt auch wirklich jeder hier, oder?« Interessiert sieht Maxim mich an.

»Ich bin hier aufgewachsen, und in einem so winzigen Dorf ist das keine Überraschung.« Ich zucke mit den Schultern.

»Aber jetzt lebst du hier nicht mehr?« Fragend lehnt er sich im Stuhl zurück.

»Aktuell wohne ich in Düsseldorf wegen meines BWL-Studiums«, erkläre ich schnell.

»Und was willst du damit mal machen?«

Einen Moment zögere ich. »Das weiß ich leider noch nicht.«

Paula kommt mit unseren Getränken und erlöst mich von dieser peinlichen Frage, die ich so sehr hasse. Obwohl ich bereits im fünften Semester bin, kann ich immer noch nicht sagen, was ich irgendwann mit meinem Leben anfangen will, obwohl mein Onkel schon umso genauere Vorstellungen hat. Paula nimmt unsere Essenswünsche auf und verschwindet dann wieder. Die heiße Schokolade ist süß und durch den Eierlikör auch etwas bitter. Langsam rühre ich in der großen Tasse herum und atme den Geruch von Zimt und Schokolade ein.

»Darf ich dich etwas fragen?« Maxim tunkt einen der kleinen Kekse in seine Tasse, in der sich Kaffee befindet.

»Ich denke schon«, lache ich etwas unsicher.

»Der Koch hat dich gestern ›Erbin‹ genannt. Was genau meinte er damit?«

»Scott muss echt mal seinen Mund halten«, fluche ich leise vor mich hin, bevor ich antworte: »Das ist eine komplizierte Geschichte.«

»Ich denke, wir haben etwas Zeit, bis unser Essen kommt.« Auffordernd blickt er mich an.

»Eigentlich rede ich nicht gern darüber.« Mit dem Löffel klopfe ich auf den Rand des Bechers und weiche seinem Blick aus.

»Du erzählst mir deine komplizierte Geschichte, über die du nicht gern redest, und ich erzähle dir meine«, schlägt Maxim grinsend vor.

»Deal!«

»Dann fang mal an.«

»Na gut. Also, von Anfang an. Reinhardt ist eigentlich nicht mein Onkel, sondern mein Großonkel. Der Bruder der Mutter meines Vaters. Das Hotel befindet sich schon seit Ende des neunzehnten Jahrhunderts in unserem Familienbesitz, und Reinhardt führt es aktuell, vor ihm sein Vater und so weiter.«

»Also ein richtiger Familienbetrieb, das klingt schön.«

»Da Reinhardt aber niemals geheiratet und auch keine eigenen Kinder hat, hat er meinen Vater als seinen Erben aufgezogen. Papa hat zusammen mit ihm im Hotel gelebt und dort alles gelernt. So haben sich auch meine Eltern kennengelernt. Meine Mutter kommt hier aus dem Dorf und hat damals als Zimmermädchen gearbeitet.« Irgendwie hat die Beziehung meiner Eltern immer etwas Märchenhaftes für mich. Der Hotelerbe und das Zimmermädchen.

»Das klingt romantisch«, murmelt Maxim.

»Das war es auch. Die beiden haben kurz darauf geheiratet, und dann kam auch schon ich. Eine glückliche, kleine Familie ...« Bei diesem Teil der Geschichte bekomme ich immer einen dicken Kloß im Hals. »Als ich vier war, hatte mein Vater einen Autounfall, den er nicht überlebte.«

Eine schwere Stille senkt sich über uns und ich bin dankbar, dass Paula in diesem Moment auftaucht und uns das Besteck bringt. Sorgsam wickele ich Messer und Gabel aus der Serviette und lege beides kerzengerade neben meinen Teller.

Fast zucke ich zusammen, als Maxim seine Hand über meine legt und meine kalten Finger kurz drückt. »Das tut mir so leid.«

»Es ist schon lange her.« Für einen Moment schließe ich die Augen und atme tief durch. Auch nach all den Jahren brennen die Tränen in den Augen. »Es tut zwar immer noch weh, aber es ist Teil der Vergangenheit.«

Einige Minuten sitzen wir beide da. Keiner sagt etwas, doch Maxim lässt meine Hand nicht los und ich ziehe sie auch nicht zurück. Erst als Paula mit dem Essen kommt, lösen wir uns voneinander. Der mit Käsespätzle vollgeladene Teller hebt meine Stimmung ein wenig, und auch Maxim scheint das Thema verarbeitet zu haben. Der erste Bissen schmilzt herzhaft in meinem Mund und ich kann mir das Grinsen nicht verkneifen.

»Du bist also jetzt anstelle deines Vaters die Erbin deines Onkels?«, nimmt Maxim unser Gespräch wieder auf, nachdem unsere Teller geleert sind.

»So in etwa. Nein, eigentlich es ist noch komplizierter. Nach Papas Tod haben Mama und ich im Hotel gelebt, und solange das möglich war, war alles in Ordnung. Damals war ich mir sicher, dass ich mal das Hotel übernehmen würde, aber als Zehnjährige hatte ich auch keine Ahnung, wie das echte Leben funktioniert. Dann hat Mama George kennen gelernt, meinen Stiefvater.«

»Deine Mutter hat noch mal geheiratet?«

Überrascht hebt Maxim die Augenbraue.

»Ja, als ich zwölf war. George kam als Gast zu uns, hat sich in Mama verliebt und war danach einmal im Monat bei uns. Weil er in Köln arbeitet, sind wir zu ihm gezogen, nachdem die beiden geheiratet hatten.«

Auch nach all den Jahren spüre ich noch einen Funken Wut auf George, weil er mich aus meinem Zuhause gerissen hat.

»Aber das ändert doch nichts daran, dass dein Onkel dich zur Erbin bestimmt hat, oder?«

Maxim winkt Paula zu uns heran und bestellt neue Getränke für uns.

»An seiner Meinung hat es nichts geändert, aber an meiner. Jetzt bin ich nicht nur erwachsen und verstehe deutlich mehr von der ganzen Arbeit, die hinter der Leitung eines Hotels steckt, sondern ich habe auch ganz andere Möglichkeiten für mich entdeckt. Also bin ich mir nicht mehr sicher, ob ich das wirklich werden will.«

»Das verstehe ich.« Erneut greift Maxim nach meiner Hand und drückt sie. »Es ist nie einfach, eine Entscheidung für seine Zukunft zu treffen.«

»Jetzt weißt du alles über mich, was es zu wissen gibt«, beende ich das Thema, bevor mein Gedankenkarussell wieder loslegt und ich Panik bekomme. »Du bist dran.«

»Blöde Frage, aber hast du mich vorher mal gegoogelt? Oder meine Familie?« Mit dem Daumen reibt er sanft über meinen Handrücken.

»So etwas würde ich bei einem unserer Gäste niemals machen, ganz egal, wie neugierig ich auch bin«, rufe ich gespielt schockiert aus.

»Du bist neugierig auf mich?«

»Was würde ich denn auf Google so finden?«, weiche ich seiner Frage aus.

»Mein Vater ist Steffen van Hausen, der erfolgreiche Investor, und meine Mutter ist ein ehemaliges Model. Da sind ein Haufen Probleme schon vorprogrammiert.« Schnell verstecke ich mein Lachen hinter dem Kaffeebecher.

»Und jetzt heiratet dein Vater jemand anderen.«

»Mila, ja.« Mit ausdruckslosem Gesicht nickt er.

»Magst du sie nicht?«

»Ich kenne sie kaum«, gesteht er. »Vor dieser Woche habe ich sie vielleicht ein Dutzend Mal gesehen, dabei bin ich ihr bei jeder Gelegenheit mehr oder minder aus dem Weg gegangen.«

»Klingt gesund.«

»Sicher ist sie ein netter Mensch, aber es ist so seltsam, dass sie gerade mal vier Jahre älter ist als ich.« Maxim schüttelt sich.

»Was sagt denn deine Mutter dazu?«

»Oh, sie mag Mila. Leider hat sie es nicht schon dieses Wochenende geschafft, aber sie kommt am Sonntag zur Hochzeit.«

»Ernsthaft?« Ich blinzle überrascht.

»Meine Eltern sind immer noch enge Freunde, obwohl sie geschieden sind. Früher dachte ich immer, die beiden haben eine seltsame Beziehung, aber inzwischen bin ich so dankbar, dass sie so miteinander umgehen.«

»Da hast du echt Glück. Aber wieso haben sie sich überhaupt scheiden lassen, wenn ich fragen darf?«

»Klar darfst du das. Es gibt da auch einen ausführlichen Artikel im Spiegel zu, falls du mal nachlesen willst. Meine Eltern sind gewissermaßen froh über das Ende ihrer Beziehung. Sie haben sich damals halt einfach auseinandergelebt. Mein Vater war und ist immer noch sehr viel unterwegs, genauso wie meine Mutter damals. Irgendwann haben sie sich einvernehmlich getrennt, mit geteiltem Sorgerecht für mich. Bis ich vierzehn war, sind wir sogar noch einmal im Jahr zusammen in den Urlaub gefahren.«

»Das klingt doch klasse.« Diesmal drücke ich seine Hand. »Was kann man sich als Kind mehr wünschen?«

»Da fällt mir einiges ein«, lacht er.

»Hast du deshalb vielleicht was gegen Mila? Weil sie deine Mutter ersetzen soll?«, hake ich vorsichtig nach.

»Nein, wirklich nicht. Aber ich kenne sie nicht, und wenn ich von ihren Freunden ausgehe …« Heftig schüttelt er sich.

»Deine nicht so heimliche Verehrerin Shirin?«, schieße ich mal ins Blaue.

»Ich werde sie einfach nicht mehr los, ganz egal, was ich auch versuche. Anscheinend will sie jetzt mich, wo sie meinen Vater nicht mehr bekommen kann.«

»Wie bitte?« Mein Kakao gerät zunehmend in Vergessenheit, während ich mich interessiert vorbeuge.

»Mila und mein Vater haben sich vor einem Jahr auf einer Wohltätigkeitsveranstaltung kennengelernt. Genauer gesagt hat Shirin sich ihm an den Hals geschmissen, aber er hat Gott sei Dank die richtige Entscheidung getroffen und sich nicht auf sie eingelassen. Stattdessen hat er Mila getroffen und sich über beide Ohren verliebt.«

»Das ist doch schön für ihn, oder?«

»So glücklich habe ich ihn schon lange nicht mehr erlebt.« Grinsend schüttelt Maxim den Kopf. »Er hat sogar seine Arbeitszeiten heruntergeschraubt, eine Sache, von der ich mir sicher war, dass sie bis zu seinem Tod niemals passieren wird.«

»Und du als Erbe trittst jetzt in seine Fußstapfen«, rate ich.

»So einfach ist es leider nicht.« Überfordert reibt Maxim sich den Nacken. »Aktuell drücke ich mich noch etwas davor, voll einzusteigen. Vor allem, weil ich keine Ahnung habe, was genau ich eigentlich tun soll. Mein Vater ist an so vielen Geschäften beteiligt - ein kleiner Medienkonzern, mehrere Grundstücke und Gebäude, ein Speditionsunternehmen und noch mehr -, dass ich wahrscheinlich bis zum Ende meines

Lebens studieren muss, um überhaupt eine Ahnung davon zu haben. Aktuell habe ich einfach das Gefühl, rein gar nichts zu können, und dass ich einfach nur versagen werde.«

»Und was studierst du?« Ich nippe an meinem Kakao und genieße die heiße Süße auf meiner Zunge.

»VWL, auch wenn ich mich eher schlecht als recht durchgeschummelt habe.«

»Dann müssen wir beide wohl eine wichtige Entscheidung für unsere Zukunft treffen«, stelle ich etwas dümmlich fest.

»Zum Glück haben wir ja noch etwas Zeit. Das Leben läuft uns nicht weg.« Bei seinem Grinsen regen sich die Schmetterlinge in meinem Bauch. Erschrocken halte ich die Luft an. Es ist lange her, dass ich mich so gefühlt habe, und das jetzt ausgerechnet bei Maxim.

»Apropos Zeit, wir sollten vielleicht langsam mal weiter. Ich muss noch ein paar Dinge einkaufen und hier wird es immer schnell dunkel.« Entschuldigend lächle ich ihn an.

Wie gerufen taucht in diesem Moment Paula neben uns auf. »Kann ich noch was für euch tun?«

»Nur die Rechnung, bitte«, sagt Maxim, bevor ich auch nur den Mund aufmachen kann. Als Paula kurz darauf den Zettel auf den Tisch legt, schnappt er ihn sich und zahlt, ohne dabei auf meine empörte Miene zu achten.

»Das ist das Mindeste, was ich tun kann. Immerhin hast du mich vor den Fotografen gerettet«, erklärt er schulterzuckend.

»Habe ich doch gern gemacht. Aber trotzdem hättest du das nicht tun müssen«, murmle ich mit brennenden Wangen.

Beinahe stolpere ich über meine eigenen Füße, als er mir auch noch in den Mantel hilft. Wieso, verdammt noch mal, benehme ich mich in seiner Nähe eigentlich wie eine verknallte Vierzehnjährige?

»Bis bald!«, ruft Paula uns zu, während wir das Restaurant verlassen. Aufmunternd hält sie mir den erhobenen Daumen hin und zwinkert mir zu. Mit einem erleichterten Gefühl trete ich nach draußen in die kalte Luft und bin froh, dass sie mein erhitztes Gesicht abkühlt.

FÜR UND WIDER

*D*icke Flocken fallen sanft vom Himmel, wodurch die Schneeschicht um das Restaurant herum sogar noch mehr gewachsen ist.Schnell wickle ich meinen Schal enger um den Hals und schlüpfe in die Handschuhe.

»Wohin wolltest du denn noch?« Den Kopf zwischen die Schultern gezogen, blickt Maxim sich in dem Schneetreiben um.

»Nur schnell in den Lebensmittelladen, ein paar Kleinigkeiten für die nächsten Tage einkaufen.« Zum Glück ist der Weg nicht allzu weit. Im Halbdunkel des Nachmittags wirkt das Licht im Laden besonders grell, aber wenigstens ist es ziemlich ruhig.

»Wenn das so weiter schneit, ist das Hotel irgendwann völlig abgeschnitten«, Maxim schüttelt seinen Kopf, dass die Tropfen nur so fliegen.

»Dafür braucht es deutlich mehr als ein paar Tage Schneefall«, erkläre ich knapp, schnappe mir einen der Körbe und gehe zügig durch die Gänge. »Auf so was sind wir eingestellt. Selbst wenn es dazu kommen würde, könnten wir zwei oder drei Wochen problemlos durchstehen.«

»Irgendwie gruselig.« Aus einem der Regale schnappt er sich zwei Tafeln Schokolade und wirft sie mit in den Korb.

»Wir sind grundsätzlich auf alles vorbereitet, das zeichnet uns ja aus. Ob Schneesturm, Lawinen, Regen, Hitzewellen, Zombie-Apokalypse, wir kommen mit allem klar. Vor drei Jahren ist uns im Hochsommer mal der Strom ausgefallen. Ein Sturm hat einen Baum umgerissen und der dann einen Strommast. Zwei ganze Tage lang wurde das Hotel nur von Kerzen und batteriebetriebenen Lichterketten erhellt. Die Gäste fanden es wundervoll. Aber genau aus diesem Grund haben wir jetzt ein Dutzend Gaskocher im Keller und einen Notfall-Generator, für alle Fälle. Die Gäste waren von der improvisierten Kost nämlich alles andere als begeistert. Aber jetzt sind wir für einen einwöchigen Stromausfall bestens ausgerüstet.«

»Wenn du so viel über den Betrieb weißt, wieso zögerst du dann, die Leitung zu übernehmen?« Fragend hebt Maxim eine Augenbraue.

»Weil es deutlich komplizierter ist, als nur zu wissen, wie man im Notfall handeln muss. Man muss es auch umsetzen können. Schwere Entscheidungen treffen. In der Panik einen kühlen Kopf bewahren.« Ich seufze. »Davor habe ich Angst.«

»Aber du könntest damit reich werden.«

Ich werfe ihm einen skeptischen Blick über die Schulter zu. »Da hast du aber wenig Ahnung von der Materie. Reich wird man als Inhaberin eines einzelnen Hotels eher nicht. Vor allem dann nicht, wenn es sich um ein altes Schloss mit riesigem Garten und Pferdestall handelt.«

Überrascht sieht Maxim mich an.

»Ihr habt Pferde?«

»Klar, sechs Stück.« An der Kasse schaffe ich es dieses Mal, vor ihm zu zahlen. »Soweit ich weiß, steht morgen sogar eine Schlittenfahrt auf dem Programm.«

»Stimmt, davon hat mein Vater mir erzählt. Schlittenfahren klingt noch schlimmer als ein Tag auf der Piste.«

»Ach, das stimmt gar nicht.« Ich schnappe mir die Tüte mit den Einkäufen, und wir verlassen den Laden. Draußen wird es langsam etwas dunkler, also schlage ich den schnellsten Weg zum Auto ein. »Die Touren sind immer wunderschön, der Wald ist märchenhaft, der Blick über das Tal einfach atemberaubend. Und wenn man Glück hat, sieht man sogar Rehe oder andere Tiere. Du solltest dir das nicht entgehen lassen.«

Wenig begeistert wackelt er mit dem Kopf.

»Dann kannst du auch mal etwas Zeit mit Mila verbringen«, schlage ich vorsichtig vor. »Sie scheint sehr nett zu sein. Vor allem, wenn man sie mit Shirin vergleicht«, setze ich noch hinterher.

»Aber die wird morgen auch dabei sein«, grummelt er leise. »... Vielleicht sollte ich Mila wirklich eine Chance geben.«

»Glaub mir, du wirst es sonst bereuen. Am Anfang habe ich es George auch nicht unbedingt leicht gemacht, und inzwischen tut mir das sehr leid. Damit habe ich uns viel schöne, gemeinsame Zeit genommen.«

Nachdenklich nickt er. Ich kann beinahe sehen, wie die Rädchen in seinem Kopf sich drehen. »Dann fahre ich morgen wohl Schlitten.«

»Du wirst es lieben«, rufe ich glücklich aus.

Unser Weg führt erneut über den Wintermarkt, wo wir wenigstens ein bisschen vor dem Schnee geschützt sind. Mittlerweile werden alle Lichterketten eingeschaltet, und die großen Feuerschalen an den Sitzplätzen sind auch schon angezündet.

Wir kommen an dem großen Brunnen auf dem Marktplatz vorbei, der jedes Jahr in ein einzigartiges Kunstwerk verwandelt wird. Dieses Mal sitzt auf ihm eine Eisskulptur, die in verschiedenen Farben erstrahlt.

»Wow, das sieht echt zauberhaft aus!« Maxim bleibt stehen und schaut sich alles genauer an.

»Ich sag doch, dieser Markt ist großartig.«

»Danke, dass du ihn mir gezeigt hast.« Er wendet sich mir zu und schaut auf mich herab.

Zu spät merke ich, wie unglaublich nahe wir uns wieder sind. Ich kann sogar seine Körperwärme spüren. »Gern«, bringe ich mit zittriger Stimme hervor.

Mein Herz zerspringt beinahe in meiner Brust, als er seine Hand an meine Wange legt und sich langsam zu mir herunterbeugt. Für einen Moment realisiere ich gar nicht, was er vorhat, dann stockt mir der Atem. Will er mich wirklich … küssen? Einen Wimpernschlag lang stoppt er, gibt mir die Chance, mich zurückzuziehen. Doch das fiele mir nicht einmal im Traum ein.

Als sich seine Lippen endlich auf meine legen, schmecken sie nach herbem Kaffee und Kälte. Erst nur hauchzart, dann wird der Kuss inniger, als ich mich enger an ihn presse und ihn erwidere.

Doch in dem Augenblick, als seine heiße Zunge meine Unterlippe streift, kehrt mein Verstand wieder zurück. Schwer atmend löse ich mich von ihm, weiche einen Schritt zurück und senke den Blick.

Meine Wangen brennen. Schwindel hat mich erfasst. Mein Herz klopft viel zu schnell, während mein Atem große weiße Wolken in dem Raum zwischen uns bläst.

»Wir sollten zum Auto gehen«, murmle ich abwesend und gehe los, ohne weiter auf ihn zu achten.

Meine Gedanken rasen, zusammen mit meinem Herzen. Mit dem Kuss habe ich nicht gerechnet, aber verdammt noch mal, ich habe ihn gewollt. Am liebsten würde ich mich direkt umdrehen und weitermachen. Nur einmal kurz …

Schweigend laufen wir zusammen zum Parkplatz. Weiterhin weiche ich Maxims Blick aus. Keine Ahnung, wie ich auf die Situation reagieren soll. Im Auto lege ich den Gang ein und will mich eigentlich ganz auf die Straße konzentrieren. Bei dem Schneefall sollte ich das auch. Aber leider ist das nicht so einfach, denn meine Gedanken driften ab. Ich spiele den viel zu kurzen Kuss immer wieder in meinem Kopf ab. Nach wie vor klopft mein Herz viel zu schnell, mein Atem stockt wie aus dem Nichts, als ich meine, wieder seine Lippen auf meinen zu spüren. Ständig schiele ich zu Maxim hinüber. Zufrieden grinsend sitzt er neben mir und schaut immer wieder zwischen dem Fenster und mir hin und her. Jedes Mal, wenn ich seinen Blick auf mir spüre, brennen meine Wangen, und ich kann nicht anders, als ebenfalls zu schmunzeln. Obwohl ich ihn eigentlich kaum kenne, fühle ich mich ihn in diesem Moment sehr verbunden. In zufriedenem Schweigen arbeiten wir uns den Berg hoch, doch sowie ich das inzwischen hell erleuchtete Hotel erblicke, wird meine Freude ein wenig gedämpft. Bis jetzt konnte ich mich auf Maxims Worte von eben berufen, aber ab hier ist alles wieder beim Alten.

Er ist ein Gast und ich eine Angestellte.

Nachdem der Motor erstirbt, herrscht weiterhin Stille zwischen uns. Unsicher trommle ich mit den Fingern auf dem Lenkrad herum. »Die Fotografen sind weg«, plappere ich einfach drauflos.

»Dank dir. Jetzt haben wir wieder unsere Ruhe.« Sein warmes Lächeln erhellt die langsam dunkler werdende Nacht. »Danke für den schönen Tag.«

»Dir auch.« Nichts will ich lieber, als mich vorzu-
beugen und ihn noch einmal zu küssen, aber ich reiße
mich zusammen.

»Von mir aus können wir das gern nochmal wie-
derholen.« Sein Zwinkern jagt mir einen angenehmen
Schauer über den Rücken.

Ohne es zu wollen, gebe ich meinem inneren Drang
doch nach, bis uns nur noch wenige Zentimeter trennen. »Anscheinend kann ich dir ja nicht aus dem Weg
gehen.«

»Dann versuch es doch gar nicht erst.« Hauchzart
streichen seine Lippen über meine, dann reißt er die
Autotür auf und lässt die eiskalte Luft herein. »Morgen sehen wir uns ja bei der Schlittenfahrt.«

Schnell tue ich es ihm nach und steige aus dem
Wagen. »Da bin ich wahrscheinlich nicht mit dabei.
Aber wir laufen uns sicher im Hotel über den Weg.«

Wortlos winke ich ihm zu, während er sich über den
verschneiten Weg zum Haupteingang von mir entfernt. Ich lasse laut seufzend den Kopf nach vorn fallen und atme tief durch. Trotz der Eiseskälte ist mir
schrecklich heiß.

Drinnen sortiere ich schnell meine Einkäufe ein,
bevor ich mich auf den Weg zu Reinhardt mache. Im
Hotel laufen alle Vorbereitungen für das Abendessen.
Es summt wie in einem Bienenstock, während die
Gäste sich in aller Ruhe in ihren Zimmern fürs Essen
fertig machen. In ihrem üblichen, schnellen Schritt
eilt Frida an mir vorbei und würdigt mich dabei kaum
eines Blickes. »Heute Abend brauche ich dich nicht,
eines der Mädchen aus dem Dorf ist da.«

»Danke für die Info!«, rufe ich ihr hinterher, doch
da ist sie schon um die nächste Ecke verschwunden.
Mir war klar, dass ich heute nicht dran bin. Auf mich
wartet stattdessen eine weitere Runde mit Reinhardt
und seinen Büchern.

Kurz werfe ich einen Blick in den Speisesaal, der wie jeden Abend perfekt aussieht. Natürlich muss genau in diesem Moment Scott seinen Kopf aus der Küche stecken. »Ey, Erbin, wo steckt denn dein Freund?«

Statt ihm zu antworten, verziehe ich angewidert das Gesicht und verschwinde wieder, so schnell ich kann. Das fehlt mir noch, dass sich so ein dummes Gerücht im Hotel und im Dorf verbreitet! Die Kellnerinnen reden immer unglaublich viel, vor allem dann, wenn sie nicht gefragt werden. Da das Abendessen bald eröffnet wird, beeile ich mich, zu Reinhardt zu kommen. Ich will nicht, dass mich die Gäste durch das Hotel laufen sehen. Auf dem Weg zu seinem Büro renne ich in Ingrid hinein, die einen Korb mit Schmutzwäsche nach unten fährt.

»Hey, ist alles wieder gut bei dir?«, frage ich sie kurz.

Sie schenkt mir ein schmales Lächeln. »Besser, dank dir. Ich hab mich mit Agnes ausgesprochen. Dieser Job ist doch härter, als ich am Anfang gedacht habe.«

Freundschaftlich lege ich ihr die Hand auf die Schulter. »Du gewöhnst dich dran, da bin ich mir sicher. Außerdem finde ich, dass du sehr gut zu uns passt.«

»Ist auch wirklich interessant. Bestimmt auch angenehmer, wenn es nicht so hektisch ist und man einfachere Gäste hat.«

Zum ersten Mal schaue ich mir die Wäsche in ihrem Korb genauer an. »Das sieht alles noch sauber aus.« Ich hebe ein Bettlaken an, welches noch steif vom Mangeln ist. »Was stimmt denn damit nicht?«

»Da musst du wohl den Gast fragen. Sie hat eben angerufen und verlangt, dass wir ihr Zimmer komplett neu machen. Und von nun an will sie nur Bettwäsche, die mit antiallergischem Waschmittel gereinigt wurde. Angeblich hat sie einen fürchterlichen Ausschlag …«

»Wie bitte?«

Ingrid zuckt mit den Schultern. »Frag mich nicht. Ich tue nur, was Agnes mir sagt.«

»Dann mach mal weiter, ich will dich nicht aufhalten.« Nachdenklich setze ich meinen Weg fort. Langsam grenzt Shirins Verhalten an Mobbing, und ich bin mir sicher, dass nur sie diesen Schwachsinn angeordnet haben kann. Wie kommt die so nett wirkende Mila bloß an seine solche Trauzeugin?

Fest klopfe ich an Reinhardts Tür und trete in das hell erleuchtete Büro. Leise Musik tönt von seinem Schreibtisch, der alte Kamin flackert fröhlich vor sich hin. Mein Onkel hat es sich zur Gewohnheit gemacht, immer vor den Gästen zu essen, damit er zur Stelle ist, falls etwas sein sollte. Die Reste seiner Mahlzeit stehen noch auf dem Tisch, dazu trinkt er seine übliche Tasse Tee. »Meli, du bist wieder da.«

Zur Begrüßung gebe ich ihm einen flüchtigen Kuss auf die Wange. »Ich komme doch immer wieder, bevor es dunkel wird, das weißt du doch.« Unser Gespräch von vorhin brennt mir noch auf der Seele, aber ich weiß, dass jetzt nicht der richtige Moment ist, um noch einmal darüber zu reden.

»Hattest du Spaß im Dorf?« Reinhardt schenkt mir eine Tasse ein und reicht mir das heiße Getränk. Der frische Früchtetee wärmt meine steifen Finger.

»Ich wollte mir den Markt ansehen und noch ein paar Sachen einkaufen. Also nichts Besonderes.« Gespielt locker zucke ich mit den Schultern. Wenn ich jetzt erwähne, dass ich mit Maxim unterwegs war, breche ich zweifellos eine Diskussion vom Zaun. »Und du bist die Fotografen losgeworden?«

»Was für ein Tag.« Müde reibt er sich die Augen. »Man müsste meinen, dass diese Leute so etwas wie ein Ehrgefühl besitzen oder wenigstens Angst davor, im Gefängnis zu landen. Nachdem du weg warst, haben sie sich wohl von ihrem Schrecken erholt und sind zurück aufs Gelände. Danach konnte auch Scott sie nicht mehr vertreiben. Erst als dann endlich die Polizei aufgetaucht ist, sind wir sie mit viel Mühe losgeworden.«

»Und ich habe es verpasst!« Diese Szene hätte ich zu gern gesehen. Hier oben passiert sonst nichts, weil sich nie jemand hierher verirrt.

»Sicher werden dir Frida oder Jenny eines der Videos zeigen, die sie gemacht haben.« Fassungslos schüttelt Reinhardt den Kopf. »Dieses ganze Theater nur wegen einer Hochzeit.«

Unsicher lege ich den Kopf schief. Schlager ist nicht unbedingt mein Musikgeschmack, also habe ich keine Ahnung, wie bekannt Mila wirklich ist. Doch anscheinend interessieren sich genug Menschen für sie, damit die Fotografen uns überrennen.

»Leider war es damit nicht genug. Die Trauzeugin hat ihren Unmut darüber, weshalb die Paparazzi vertrieben wurden, dann an uns ausgelassen.« Es kommt nicht oft vor, dass Reinhardt wegen eines Gastes so entrüstet ist, aber gerade scheint er vor Wut zu kochen.

Oh, oh! »Was hat sie denn diesmal zu bemängeln?«

»Unser Service passt ihr nicht. Das Zimmer ist nicht sauber, die Bettwäsche kratzt, das Essen ist nicht gut genug, der Koch ein unhöflicher Klotz.«

»Damit hat sie zumindest recht«, wispere ich mehr für mich selbst.

Belustigt hebt Reinhardt die Augenbraue. »Sie ist auf jeden Fall nicht einfach. Aber zum Glück ist sie morgen den ganzen Tag unterwegs.«

»Die Schlittenfahrt. Dafür habe ich heute schon fleißig Werbung gemacht.«

»Genau darüber wollte ich noch mit dir sprechen. Nachdem es schon so viel Ärger gab, halte ich es für besser, wenn du morgen mit auf die Fahrt gehst und den Schlittenführern unter die Arme greifst. So kannst du sichergehen, dass alle zufrieden sind.«

»Etwas plötzlich, aber klar, gern.« Ich liebe diese Schlittenfahrten. Vor allem, da ich mit dem Pferd unterwegs sein und die wundervollen Berge in ihrem Wintermantel sehen kann.

»Danke, das erleichtert mir alles etwas. Die Fahrt beginnt wie immer um elf, und ich bin mir sicher, Butterblume hat dich schon vermisst.«

»Super, ich freu mich.« Ich leere meine Tasse und stehe auf. »Dann lass uns mal an die Arbeit gehen. Lieferantenabrechnungen prüfen sich nicht von allein.«

»Eins noch, bevor wir anfangen.« Auf einmal ist mein Onkel ernst, während ich mich langsam wieder auf meinen Sitz fallen lasse.

»Was denn?« Meine Stimme zittert, denn ich ahne bereits, worum es geht. Meine kleine Schonfrist ist damit wohl vorbei.

»Es freut mich immer, wenn ich sehe, wie du dich für unsere Gäste engagierst. Es bestärkt mich darin, dass du hier einmal eine sehr gute Arbeit machen wirst«, greift er das Thema von heute Vormittag wieder auf.

Schwer schlucke ich und warte, wie es nun weitergeht.

»Aber mir sind die Blicke aufgefallen, die der junge Herr van Hausen dir zuwirft und die du auch erwiderst. Glaub mir bitte, Meli, niemals würde ich mich in dein Privatleben einmischen. Das steht mir nicht zu. Aber auch wenn du hier nur einspringst, ist das immer noch deine Arbeitswelt. Du wirst hier eines Tages das Sagen haben. Daher ist es wichtig, dass du Abstand zu den Gästen hältst. Sie sind immer nur eine sehr kurze Zeit hier, danach kehren sie in ihr eigenes Leben zurück und alles, was hier im Hotel geschehen ist, ist nur noch eine Erinnerung. Der Abstand ist ihnen gegenüber nicht nur höflich, sondern auch nötig, damit du nicht verletzt wirst.«

Mit erhobener Hand halte ich ihn auf. »Ich weiß. Keine privaten Beziehungen mit den Gästen, ich kenne die Regel. Und ich halte mich auch daran. Herr van Hausen hat meine Hilfe gebraucht mit diesen blöden Fotografen, und ich habe getan, was ich konnte. Mehr war da nicht.«

Erleichtert atmet mein Onkel auf. »Dann muss ich nichts weiter sagen. Niemals würde ich an dir zweifeln, und ich bin froh, dass wir beide uns verstehen.«

»Natürlich.« Etwas steif erhebe ich mich und gehe zum Aktenschrank. »Ich möchte dich auch nicht enttäuschen. Wollen wir dann anfangen?«

Mit einem schweren Gefühl im Magen mache ich mich an die Arbeit und tue mein Bestes, an diesem Abend auch voll dabei zu sein.

VERDRÄNGUNG

*A*ls mein Wecker pünktlich um acht Uhr klingelt, bin ich bereits wach und starre an die Decke. In der letzten Nacht habe ich kaum ein Auge zu bekommen, weil mein Kopf nicht aufhören wollte, zu arbeiten. Immer wieder sind meine Gedanken zwischen dem Kuss vor dem Brunnen und dem Gespräch mit Reinhard hin und her gesprungen. Von Hochgefühl zu Schuldgefühlen. Genervt reibe ich mir die Augen. Damit sollte ich mich gerade echt nicht mehr befassen. In ein paar Stunden muss ich fit und bereit sein. Ein ganzer Tag auf dem Rücken eines Pferdes ist schon anstrengend genug, ohne dabei mit meinen verwirrten Gefühlen zu hadern.

Immer noch in die warmen Decken gewickelt, rufe ich Mama an. Manchmal muss man einfach mit seiner Mutter reden.

»Guten Morgen, mein Schatz«, begrüßt sie mich mit ihrer warmen Stimme.

»Hey, Mama.«

»Erzähl mir, wie es dir so geht«, kommt ihre übliche Frage.

»Etwas verschneit hier oben und stressiger als sonst.«

»Oh nein.« Im Hintergrund kann ich das Rattern der Kaffeemaschine hören. »Was genau findet denn jetzt statt? Dein Onkel war so geheimnisvoll.«

Ich lasse mich zurück in die Kissen fallen. »Das wirst du mir niemals glauben, eine riesige Märchenhochzeit. Drei Mal darfst du raten, wer!«

Es folgt ein kurzes Schweigen. Ich kann förmlich sehen, wie Mama den Kopf schräg legt, dabei ihre Augenbrauen nachdenklich zusammenzieht. »Da musst du mir einen Tipp geben.«

»Deutsche Prominenz.«

»Das macht es nicht wirklich einfacher. Hm ...«

Einige Augenblicke lasse ich sie noch grübeln, dann platzt es aus mir heraus. »Kennst du Mila Franzka, die Schlagersängerin?«

»Birgit ist ein großer Fan von ihr, letztes Jahr war sie sogar auf einem Konzert, und die Musik läuft bei ihr rauf und runter.«

Eine von Mamas vielen Freundinnen, mit denen sie immer so lange am Telefon hängt. »Die heiratet einen Millionär, Steffen van Hausen. Hier bei uns. Jetzt kannst du dir vorstellen, was gerade los ist.«

Sie stößt einen langen Seufzer aus. Mama kennt das Hotelleben, es fällt ihr also nicht sonderlich schwer, sich in das Chaos hinzuversetzen.

»Und gestern wollten wir sogar die Polizei rufen«, lasse ich die nächste Bombe platzen.

»WAS?«

»Paparazzi haben das Hotel überrannt, und wir waren völlig wehrlos, bis wir Scott rausgeschickt haben«, führe ich theatralisch aus. »Leider habe ich das Ende nicht mehr mitbekommen, aber es soll wohl ziemlich episch gewesen sein.«

»Wieso hast du denn so etwas verpasst?«

Erwischt. Aber auch Mama muss nicht alles wissen. »Ich wollte unbedingt noch ins Dorf. Das Wetter ist hier doch so unvorhersehbar, also wollte ich es gestern erledigen. Aber es gibt wohl ein paar Videos von dem Ganzen, da schicke ich dir später eins.«

Mama versucht nicht mal, ihr Lachen zu verbergen. »Der arme Reinhardt. Er muss beinahe den Verstand verloren haben, als die Polizei vor der Tür aufgetaucht ist.«

»Diesen Tag werden wir nicht so schnell vergessen«, bestätige ich kichernd. »Er ist sicher nicht der Einzige, der die Stunden herunterzählt, bis hier endlich wieder Ruhe einkehrt.«

»Schaffst du es denn bei dem ganzen Chaos überhaupt, was für die Uni zu machen?«, fragt Mama mit besorgter Stimme.

»Ja, mach dir darum keine Sorgen. Wie geht es dir und George?«

»Gut, denke ich. Ein bisschen Stress wegen des Urlaubs nächste Woche, aber ansonsten ist alles gut.«

Einen Moment zögere ich und beiße mir auf die Unterlippe. Wie kann ich meine Frage stellen, ohne dass Mama Verdacht schöpft? »Irgendwie muss ich bei den ganzen Hochzeitsvorbereitungen daran denken, wie George und du euch getroffen habt.«

»Ach ja?« Leise seufzt sie. »Das ist schon so lange her.«

»Stimmt, an vieles erinnere ich mich gar nicht mehr. Wie hat Onkel Reinhardt denn auf euch reagiert?« Viel heimlicher hätte ich es nicht fragen können.

»Als er es herausgefunden hat, überraschend gut. Für seine Verhältnisse. Erst war er natürlich stinkwütend, aber dann haben wir von unserer Verlobung erzählt, und er hat sich für uns gefreut.«

Nachdenklich nicke ich. »Gut zu wissen …«

»Wieso fragst du?«

»Nur so. Ich muss mich dann mal fertig machen, heute geht es auf die Schlittenfahrt.«

»Alles klar! Mach mir ein paar schöne Fotos, mein Schatz.«

Nachdem ich aufgelegt habe, blicke ich einige Augenblicke auf meinen schwarzen Handybildschirm. Das hat mir leider so gar nicht geholfen. An Verlobung oder Langzeitbeziehung ist mit Maxim noch nicht zu denken, aber ich will meinen Onkel nicht länger anlügen … Das schlechte Gewissen nagt an mir, nur weiß ich, dass es durch die Wahrheit auch nicht besser wird. Mir bleibt nichts anderes übrig, als die Klappe zu halten – zumindest solange, bis Maxim wieder abgereist ist.

Frustriert stehe ich vom Bett auf, um mich für den Tag fertigzumachen. Am einfachsten ist es wohl, wenn ich Maxim erst mal aus dem Weg gehe und mich ganz auf meine Arbeit konzentriere. So eine kleine Schwärmerei verschwindet sicher schnell wieder.

Im Haus herrscht wie immer um diese Uhrzeit Stille. Nach einer langen Dusche trockne ich mir die Haare und mache mich für den Ausritt fertig. Stunden auf dem Rücken eines Pferdes zu verbringen, kann schnell extrem kalt werden, weshalb ich lange Unterwäsche, drei paar dicke Socken und zwei Pullis anziehe. Im Haus wird mir darin recht schnell warm, aber draußen bin ich für jede Schicht dankbar.

Mit einem Thermobecher Kaffee in der Hand gehe ich ins Hotel, um noch einmal in der Küche vorbeizuschauen. Zu der Schlittenfahrt gehört auch ein Mittagessen in einer alten Berghütte. Die Speisen wurden im Vorhinein fertig gemacht, und meine Aufgabe ist es, die Gäste zu bedienen.

»Lange nicht mehr gesehen.« Unterwegs treffe ich auf Frida, die auf mich zu warten scheint. »Wie läuft es bei dir so?«

Misstrauisch ziehe ich die Augenbrauen zusammen. »Gut, und bei dir?«

»Fantastisch.« Sie hakt sich bei mir ein und wir gehen zusammen ein Stück in Richtung Treppe. »Meine Schwester war gestern auf dem Wintermarkt, warst du da dieses Jahr schon?«

Mein schlechtes Gefühl wird intensiver. »Willst du mir was Bestimmtes sagen?«

»Ich habe heute Morgen mit ihr telefoniert. Sie hat dich und einen gutaussehenden Kerl dort gesehen, der verdächtig nach Maxim klingt.« Anzüglich wackelt sie mit den Augenbrauen. »Wie ihr beide Arm in Arm über den Markt spaziert seid.«

»Sind wir nicht«, rufe ich etwas zu laut aus. »Sie hat mich bestimmt verwechselt!«

Gespielt geschockt weicht sie einen Schritt zurück. »Ganz sicher nicht. Meine Schwester weiß, was sie gesehen hat.«

»Sie hat gar nichts gesehen. Ich habe Maxim nur mit ins Dorf genommen, mehr war da nicht.«

»Sah anscheinend aber nicht so aus.«

»Mir egal, wie es aussah«, gifte ich. »Mit einem Gast würde ich niemals etwas anfangen.«

»Habe ich doch auch gar nicht behauptet.« Abwehrend hebt Frida die Hände.

»Tut mir leid.« Entschuldigend zucke ich mit den Schultern. Ich habe keinen Grund, so überzureagieren, vor allem nicht, wenn ich Frida davon abhalten will, noch mehr Verdacht zu schöpfen. »Gestern Abend durfte ich mir schon einen Vortrag von meinem Onkel anhören. Da will ich nicht auch noch, dass sich Gerüchte verbreiten.«

»Schon verstanden.« Freundschaftlich tätschelt sie mir den Arm. »Ich halte meinen Mund. Aber solltest du doch was mit ihm anfangen, habe ich jederzeit ein offenes Ohr für dich.«

»Wenn das passiert, was es niemals wird, dann wirst du absolut alles erfahren«, verspreche ich leise. »Aber jetzt sollten wir beide wieder an die Arbeit gehen, bevor wir noch aus ganz anderen Gründen gefeuert werden.«

»Vielleicht für Mord. Zumindest sieht Agnes langsam so aus, als würde sie darüber nachdenken.«

»Ich will es gar nicht erst wissen«, winke ich schnell ab. »Ich darf sowieso schon den ganzen Tag mit dieser Zicke verbringen, da muss ich nicht auch noch sehen, was genau hier los ist.«

»Ich mach dir ein Video, sollte was Neues passieren«, verspricht Frida mir, bevor sie in einen anderen Gang abbiegt und verschwindet.

Müde reibe ich mir übers Gesicht. Was für ein Drama. Wenn Fridas Schwester etwas gesehen hat, dann kann jeder uns entdeckt haben. In so einem winzigen Dorf dauert es keinen halben Tag, dann wissen es alle inklusive der gesamten Hotelbelegschaft. Allein bei dem Gedanken wird mir schon schlecht. Wenn ich mir dann noch Reinhardts enttäuschtes Gesicht vorstelle, zieht sich alles in mir zusammen.

Hektisch schüttle ich den Kopf, um diese Angst zu vertreiben. Gerade sollte ich mich nicht weiter darum kümmern; vor mir liegt ein anstrengender Tag. Am Brunnen war definitiv niemand in der Nähe. Schnell eile ich weiter und gehe dabei im Kopf die Route der Schlittenfahrt noch einmal durch.

In der Küche warten bereits die fertig gepackten Körbe mit Essen darauf, von den Schlittenführern abgeholt zu werden, während ich im Hintergrund jemanden werkeln hören kann. Innerlich bete ich, dass es nicht Scott ist. Doch anscheinend werden meine Gebete niemals erhört, denn plötzlich kommt der Küchenchef geradewegs auf mich zu. »Meli, heute allein unterwegs?«

»Scott, wie immer mit deiner Meinung unterwegs, die keiner hören will. Was machst du hier? Seit wann schiebst du freiwillig Überstunden?« Anstatt ihn anzuschauen oder auf seinen Kommentar einzugehen, öffne ich einen der Körbe und schiele hinein.

Ruckartig schlägt Scott den Deckel wieder zu und quetscht mir beinahe die Finger ein. »Reinhardt legt sehr viel Wert darauf, dass absolut alles perfekt ist. Einschließlich jeder noch so kleinen Mahlzeit. Also wohne ich jetzt hier, ähnlich wie du. Beantwortest du jetzt meine Frage?«

»Was willst du?«, stöhne ich genervt.

»Mich mal wieder nett mit dir unterhalten. Wissen, was es so Neues gibt.« Unschuldig lächelt er mich an.

»Du interessiert dich grundsätzlich nicht für andere.« Ich verschränke die Arme vor der Brust und hebe die Augenbrauen. »Willst du auch einen Kommentar zu Maxim ablassen?« Erschrocken keuche ich auf, als ich bemerke, was mir da rausgerutscht ist.

»Wer hat denn noch einen abgelassen? Ist ja eigentlich egal, meine Meinung zählt mehr. Dass ausgerechnet du etwas mit einem Gast anfängst …« Abwertend schüttelt er den Kopf.

»Ich frage nicht, wie du darauf kommst. Denn ich habe kein Verhältnis mit einem Gast. Ich mache meine Arbeit und bin freundlich zu unseren Besuchern. Etwas, das du auch mal versuchen solltest.«

Einen Augenblick überlegt er, dann schüttelt er den Kopf. »Ich habe Augen im Kopf, Meli, wie die meisten hier. Und ich habe ganz klar gesehen, wie ihr beide euch angeschaut habt.«

Ich denke kurz darüber nach, was ich jetzt sagen soll. Ich fühle mich in die Ecke gedrängt und wie auf dem Präsentierteller, so, als würde man mir jede Lüge ansehen können. Scott will mich provozieren, da bin ich mir sicher. Außerdem habe ich keine Ahnung, was ich ihm noch antworten soll, ohne noch mehr Verdacht zu erregen. Deshalb beschließe ich, kurzerhand das Thema zu wechseln. »Was hast du denn für heute eingepackt?«

Ich bin fest davon überzeugt, dass Scott mich weiter mit Fragen löchern und aus der Reserve locken wird, aber zu meiner großen Überraschung erklärt er mir kurz, was er eingepackt hat und wie ich es servieren muss. Kein weiterer Kommentar.

»Viel Spaß heute da draußen. Ich hab dir auch ein kleines Paket fertig gemacht, damit du uns nicht verhungerst«, sagt Scott zum Abschied und verschwindet wieder in den Tiefen der Küche.

Seufzend reibe ich mir die Augen, dann mache ich mich auf zu den Ställen. In einer Stunde geht die Schlittenfahrt los, bis dahin muss ich noch Butterblume aufsatteln – und mich zusammenreißen.

Die drei großen Gefährte sind bereits für die Fahrt vorbereitet, doch die stolzen Pferde noch nicht eingespannt. Jeweils zwei Tiere ziehen einen Schlitten, in den bequem sechs Besucher passen. Die Führer sichern bereits die Körbe und verteilen Decken.

Unruhig tänzeln die Pferde auf der Koppel unter einem Vordach, Schnee wirbelt unter ihren riesigen Hufen auf. Die großen Stalltüren sind geöffnet, drinnen ist es angenehm warm, der Geruch von frischem Heu liegt in der Luft. Tief atme ich durch und gehe langsam durch den Mittelgang.

Roger, der Stallleiter, wartet bereits neben einer der Boxen auf mich. »Da bist du ja. Du reitest heute auf Butterblume, sie freut sich schon drauf.«

Liebevoll streiche ich der wunderschönen Stute über die weiche Nase. »Wir beiden Hübschen werden heute sicher ganz viel Spaß haben.«

»Kommst du hier allein klar? Ich muss draußen nach dem Rechten sehen, die Gäste kommen bald.«

Knapp nicke ich Roger zu. »Na sicher. Ich mache sie schnell fertig und komme dann auch raus.«

In aller Ruhe streichele ich dem süßen Tier über die Nase und stimme mich ein wenig auf sie ein. Butterblume ist schon seit einigen Jahren bei uns im Hotel, dabei hat sie sich als sehr verlässlich und lieb erwiesen – perfekt geeignet für unerfahrene Reiter oder lange Ausritte. Vorsorglich stecke ich einige Zuckerwürfel sowie ein paar Möhren ein.

Mit geübten Bewegungen mache ich mich daran, sie für den Tag fertig zu machen. Ein Pferd zu satteln, hat schon etwas Meditatives; alles zusammensuchen, das sanfte Schnauben im Hintergrund, der wohlige Geruch nach Heu und Stroh. Ich genieße diese Ruhe für einige Minuten, merke, wie meine düsteren Gedanken ebenfalls langsam verstummen, bis es an der Zeit ist, Sattel und Zaumzeug zu holen. Zufrieden mit uns beiden nehme ich mir noch einen Moment, um Butterblumes Nüstern zu streichen, dann ist es auch schon an der Zeit, mich umzuziehen. Meine Winterstiefel tausche ich gegen passende Reitstiefel, dann wickle ich mir meinen Schal noch einmal fester um den Hals, bevor ich das gesattelte Pferd aus dem Stall führe. Die meisten Gäste sind inzwischen draußen angekommen und suchen sich ihre Plätze auf den Schlitten. Ohne weiter auf sie zu achten, führe ich Butterblume zu den Balken neben der Tür, wo ich sie noch einen Moment anbinde. Halb versteckt hinter dem Stall beobachte ich, was vor sich geht. Zwei der Schlitten sind bereits voll besetzt, die Gäste haben es sich mit Handwärmern unter dicken Decken bequem gemacht. Das letzte Gefährt wartet noch. Zwischen den Führern kann ich drei Gestalten entdecken, die sich unterhalten. Als ich Maxim erblicke, macht mein Herz einen kleinen Sprung. Schnell trete ich ein Stück zurück.

Die Fahrt soll mit Mittagspause fünf Stunden dauern. Verdammt viel Zeit, in der ich ihm nicht ausweichen kann. In der ich mich professionell verhalten muss, mir bloß nichts anmerken lassen darf.

Beinahe entweicht mir ein Stöhnen, als Shirin als letzte zu den Gästen stößt, wobei sie die die langen Haare über die Schulter wirft. Sogar auf die Entfernung kann ich sehen, wie sie Maxim schöne Augen macht, der sie jedoch zu meiner Erleichterung links liegen lässt.

Endlich kann auch der letzte Schlitten besetzt werden. Irgendwie schafft Shirin es, noch vor allen anderen einzusteigen. Nach ihr nimmt das Brautpaar Platz, zusammen schlüpfen sie unter eine Decke, völlig verliebt schauen sich die beiden in die Augen. Maxim bildet den Abschluss, doch er stockt mitten in der Bewegung. Leider muss ich aus meinem Versteck herauskommen, um zu sehen, was los ist – und bereue es sofort. Aufmunternd klopft Shirin auf den Platz neben sich. Dabei hält sie einladend die Decke hoch. Mir dreht sich bei dem Anblick fast der Magen um.

Butterblume schnaubt leise, tänzelt dabei so weit zur Seite, dass sie mir die Sicht versperrt. Frustriert stöhne ich auf, denn meine kleine Spionageaktion ist damit gelaufen. Allerdings muss ich jetzt sowieso langsam aufsitzen, schließlich will ich die anderen nicht warten lassen.

Schwungvoll steige ich auf, ergreife die Zügel mit lockerem Handgelenk, bevor ich Butterblume zu den wartenden Schlitten lenke. Die drei Führer haben inzwischen ebenfalls ihre Plätz eingenommen, wobei sie nur noch auf mich zu warten scheinen.

Krampfhaft halte ich mich davon ab, in Maxims Richtung zu schauen, stattdessen starre ich stur geradeaus. Einer der Führer gibt das Zeichen, dann setzt sich unsere kleine Truppe in Bewegung.

WINTERWUNDER-
LAND

Wir verlassen das Gelände des Hotels durch ein altes Tor weit hinten im Garten. Leise klingeln die kleinen Glöckchen, die an den Schlitten hängen, und vermischen sich mit den rhythmischen Schritten der Pferde. Feine Flocken fallen sanft vom Himmel. Hinter dem Hotel erreichen wir direkt den dichten Wald. Die hohen Tannen und die kahlen Büsche tragen allesamt Hauben aus Schnee. Auf dem einzigen Weg hindurch sind winzige Spuren von Hasen und Vögeln zu sehen. Die Kälte kratzt bereits an meiner Haut, und ich ziehe meine Mütze tiefer über meine Ohren. Hier draußen ist es so unwirklich still, dass von der Welt rein gar nichts mehr zu hören ist.

Unser Weg führt uns zuerst ein Stück durch den Wald, doch schon bald lichten sich die Bäume um uns herum, wodurch sich uns ein unglaublicher Ausblick über das Tal bietet. Trotz der dicken Mütze kann ich die »Ahs« und »Ohs« der Gäste hören.

»Können wir kurz anhalten?«, ruft Mila aufgeregt.

Ich zügle Butterblume und falle etwas hinter den anderen zurück, damit die Schlitten in Frieden stoppen können. Am Rande des Weges gibt es einen tiefhängenden Ast, an dem ich das Pferd festmache, um zu den Führern zu gehen, falls die Gäste etwas brauchen. Schweigend beobachte ich die Gäste dabei, wie sie aus den Schlitten klettern, um an den Rand der Klippe treten. Ich kann sie sehr gut verstehen; dieser Ausblick ist einfach atemberaubend.

»So sieht man sich wieder.«

Kurz kneife ich die Augen zusammen, als ich die Stimme neben mir erkenne. Die Hände in den Jackentaschen vergraben, steht Maxim neben mir, breit lächelt er mich an.

»Schönen guten Morgen«, begrüße ich ihn so neutral, wie es nur geht. »Kann ich dir helfen?«

»Ich wollte nur mal fragen, wie es dir so geht.« Ein wenig runzelt er die Stirn und blickt auf mich herab.

»Sehr gut, vielen Dank. Ich hoffe, dir geht es auch gut.« Ich fühle mich steif wie ein Brett, während ich seinem Blick weiterhin ausweiche.

»Du verhältst dich seltsam.« Maxim legt den Kopf schief.

»Nein, alles ganz normal. Ich muss mich nur auf meine Arbeit konzentrieren.« Besser kann ich das nicht ausdrücken, ohne ihm direkt zu sagen, dass ich keinen Kontakt mehr mit ihm haben kann.

Bevor er jedoch noch etwas sagen kann, drücke ich mich an ihm vorbei, um Schutz hinter den Schlittenführern zu suchen. Das ist vielleicht nicht sonderlich erwachsen oder professionell, aber eine bessere Lösung fällt mir auf die Schnelle nicht ein. Trotzdem fühle ich mich furchtbar dabei, ihm einfach so den Rücken zuzuwenden.

Immerhin kann er nichts für meine verwirrten Gefühle oder Reinhardts Regeln. Eigentlich kann niemand etwas dafür, nur leider ändert das rein gar nichts an meinem wild klopfenden Herzen und meinen verschwitzten Händen.

Aus dem Augenwinkel beobachte ich, wie Maxim noch einige Augenblicke an derselben Stelle steht und ins Nichts blickt, bevor er endlich wieder in Richtung der anderen geht.

Noch einige Minuten bleiben wir an der Klippe stehen. Während die Gäste fleißig Fotos machen, streichle ich Butterblumes Nase und behalte alles im Auge. Immer wieder überkommt mich der Wunsch, einfach zu Maxim zu gehen, so zu tun, als hätte es unseren kleinen Austausch von eben nicht gegeben, und mit ihm zu reden – so wie gestern. Aber heute ist ein anderer Tag, wir sind nicht allein auf dem Weihnachtsmarkt, und er ist mein Gast.

Wundersamerweise ist alles ruhig, und noch hat sich niemand beschwert. Trotzdem behalte ich Shirin genau im Blick. Aber diese interessiert sich nicht weiter für die Aussicht oder den Schnee, sondern hat nur Augen für Maxim, der ihr aktiv aus dem Weg geht. Es ist schon beinahe lustig, wie die beiden einander umtanzen. Shirin wartet so lange, bis Maxim allein ist oder nicht mehr auf seine Umgebung achtet, dann schleicht sie sich an ihn heran in dem Versuch, ihn in ein Gespräch zu verwickeln. Sofort ergreift der Arme die Flucht und versteckt sich bei anderen Gruppen.

Als die Schlitten sich endlich wieder in Bewegung setzen, hat der Schneefall komplett aufgehört. Meine Beine brennen bereits vor Kälte, genauso wie meine Finger, doch ich beiße die Zähne zusammen und starre stur geradeaus. Nur nicht in Richtung Maxim, dessen Blick ich deutlich auf mir spüren kann.

Um mich abzulenken, mache ich mich daran, meine zweite Aufgabe zu erfüllen: Sightseeing. Die Fakten über die Bergkette, den Wald und das Tal habe ich inzwischen so verinnerlicht, dass ich sie im Schlaf aufsagen könnte. Mit gespielter Fröhlichkeit erzähle ich nun alles vor mich hin, auch wenn ich weiß, dass mir die meisten Fahrgäste nicht zuhören. Doch wenigstens Mila hängt voller Interesse an meinen Lippen, weshalb ich mir für sie die allergrößte Mühe gebe.

Die Kälte schleicht sich immer weiter unter meine Kleidung. Langsam verliere ich das Gefühl in den Füßen und Zehen. Anscheinend sind drei Paar Socken doch nicht genug. Als ich mit einem Teil meines Vortrags fertig bin, gebe ich Butterblume vorsichtig die Sporen und schließe zu dem Führer auf, der den Schlitten des Brautpaares lenkt.

»Hast du zufällig noch eine Decke übrig?«, frage ich leider etwas lauter, als mir lieb ist, denn ich kann nicht so nahe an den Schlitten heran.

Suchend blickt der Führer sich um. »Nur die eine.« Er deutet auf die Decke, die über seinen eigenen Beinen liegt. »So schlimm?«

Ich beiße die Zähne zusammen und setze ein falsches Lächeln auf. »Alles gut. Ist ja nur noch ein Stück bis zur Hütte.«

Geradem als ich Butterblume wieder zügeln will, ruft Mila nach mir. »Meli, wir haben hier noch eine Decke übrig.« Freundlich lächelnd hält sie mir die dicke Wolldecke entgegen.

»Das kann ich nicht annehmen, die ist für euch«, lehne ich schnell ab.

»Wir bestehen darauf.« Sie lächelt kurz in Richtung ihres Verlobten. »Immerhin frierst du hier für uns.«

Kurz zögere ich, doch langsam fangen meine Oberschenkel vor Kälte an zu brennen. »Vielen Dank. Wenn ihr sie wieder braucht, dann sagt bitte Bescheid.«

Ich lasse mich ein wenig zurückfallen, während ich die Decke um meine Beine herum feststecke und sicherstelle, dass sie nicht herunterrutschen kann. »Du bist so ein braves Mädchen«, lobe ich Butterblume.

Noch eine halbe Stunde fahren wir in aller Ruhe durch den verschneiten Wald. Langsam wird mir wieder warm, meine Zähne hören auf zu klappern. Allmählich habe auch ich Spaß an dem Ausritt, es ist schon lange her, seit ich auf einem Pferd unterwegs war. Letzten Sommer war dafür keine Zeit.

Die Schlittenstrecke kenne ich in- und auswendig. So viele Wege gibt es nicht durch diesen Wald, und in meiner Kindheit habe ich jeden einzelnen davon erkundet. Als wir an die Weggabelung kommen, treibe ich Butterblume erneut an. »Ich reite schon mal vor«, rufe ich den Schlittenführern zu.

Es ist ein großartiges Gefühl, ein Stück in vollem Galopp über den Schnee zu preschen. Die Flocken fliegen nur so in alle Richtungen, der eiskalte Wind sticht in meinen Wangen, doch ich kann nicht anders, als laut zu lachen. Die Lichtung, auf der die Hütte steht, ist unter einer dicken, völlig unangetasteten Schneedecke verborgen – ein wahres Wintermärchen.

Am Rand steige ich von Butterblume herunter und führe sie zu dem kleinen Unterstand, wo die Pferde sicher sind. Grinsend betrachtete ich die einsamen Fußspuren, die wir hinterlassen haben. Hier ist die Landschaft noch unberührt, weshalb ich mir für einen Moment wie der einzige Mensch auf Erden vorkomme. Es fühlt sich atemberaubend an; ich, allein mit mir, meinen Gedanken und wirren Gefühlen.

Aus meiner Jackentasche hole ich den Schlüssel für die Hütte hervor und trete ein. Im Sommer wird dieser Ort als kleiner Rastplatz für die Wanderer genutzt. Neben den Toiletten gibt es auch immer Kleinigkeiten zu essen, was die Lichtung zu einem unglaublich beliebten Reiseziel macht. Jetzt im Winter wird die Hütte jedoch ausschließlich für die Schlittenfahrten genutzt, ansonsten kommt niemand wirklich hier hoch.

Denn wer will schon durch die dicke Schneeschicht wandern?

Im Inneren riecht es staubig und abgestanden. Schnell reiße ich alle Fenster auf, während der Generator im Hinterzimmer langsam hochfährt und die Lichter an den Wänden angehen. Innerhalb weniger Minuten bereite ich alles für die Gäste vor, fege, wische die Tische ab und entzünde den Kamin – genauso, wie Reinhardt es mir erklärt hat. Zufrieden betrachte ich mein Werk. Den letzten ruhigen Moment nutze ich, um meine Hände am Feuer zu wärmen.

In der Ferne kann ich bereits die Glöckchen und das Stampfen der Hufe hören; damit bin ich nicht mehr der einzige Mensch. Die Welt hat mich hier oben eingeholt, jetzt muss ich mich ihr stellen.

Erneut schlüpfe ich in meine Winterjacke und die Handschuhe, um die Gäste zu begrüßen und den anderen dabei zu helfen, das Essen hereinzutragen. Die Schlittenführer stellen die Gefährte neben der Hütte ab, bevor sie die Pferde zu Butterblume bringen, wo sie alle unter dem Schnee nach etwas zum Grasen suchen.

Während die Führer den Gästen helfen, hole ich die Körbe mit dem Essen und trage sie schnell nach drinnen. Scott hat neben einem riesigen Haufen verschiedenster Leckereien auch mehrere Thermoskannen mit Kaffee, Kakao und heißer Milch eingepackt, dazu Eierlikör und Scotch.

Ach, Scott - nicht jeder trinkt schon zur Mittagszeit.

Mit geübten Handgriffen baue ich alles so auf, dass die Gäste sich selbst bedienen können. Bald sind die Tische vorbereitet, das Feuer knistert vor sich hin, das Mittagessen lockt mit einem himmlischen Duft. Erleichtert atme ich durch und trete nach draußen.

»Drinnen ist alles vorbereitet, Sie können gern hereinkommen«, begrüße ich die Gäste. Mit einer kleinen Verbeugung deute ich ihnen an, einzutreten. Sobald sie die Hütte betreten, erfüllt erleichtertes Seufzen den Raum. Ich selbst bleibe an der Tür stehen, bis alle drin sind. Beinahe verdrehe ich die Augen, als Shirin mit genervtem Gesichtsausdruck auf mich zutritt.

»Habt ihr hier auch eine Toilette oder muss ich wie ein Tier in den Wald gehen?« Ihr abwertender Blick wandert wie immer an mir hoch und runter.

»Sie finden die Toilette dort hinten.« Schnell deute ich in die entsprechende Richtung, in der Hoffnung, dass sie mich dann endlich in Ruhe lässt. Lange kann ich meine freundliche Miene ihr gegenüber nicht mehr aufrechterhalten; der Drang, ihr die Zunge herauszustrecken, wächst mit jeder Minute.

Mit wiegenden Hüften, die man deutlich unter der viel zu kurzen Jacke sehen kann, entfernt sie sich von mir, woraufhin ich tief durchatme. Ich kann nicht sagen, was genau mich an Shirin stört. Vielleicht der arrogante Ausdruck, der ihr Gesicht niemals zu verlassen scheint. Oder ihre ganze herablassende Haltung, die sie jeden Tag zeigt. Die Art, wie ein Mensch mit Servicepersonal umgeht, sagt sehr viel über seine Person aus; das habe ich inzwischen begriffen. Und so, wie Shirin die Zimmermädchen und jeden anderen behandelt, hat sie eine verdammt verdorbene Seele.

Halb stehe ich in der Kälte, halb im Warmen, dabei behalte die Gäste genau im Blick und gehe sicher, dass alle haben, was sie wollen. Die vielen Stimmen erfüllen die kleine Hütte zusammen mit dem Klappern von Geschirr.

Zwar wartet auch mein Mittagessen auf mich, aber ich halte mich zurück, bis alle anderen gegessen haben und sich mit etwas anderem beschäftigen. Aus Protest knurrt mein Magen leise, weshalb ich schnell die Hand auf ihn presse.

»Willst du nicht mal was essen?«, fragt mich einer der Schlittenführer, der gerade an mir vorbeigeht.

»Gleich. Sobald alle fertig sind«, verspreche ich.

»Mädchen, du solltest dich nicht für die Leute zurücknehmen. Auch du hast mal eine Pause verdient.«

Schmal lächle ich. Sobald er weitergeht, erfüllt mich Erleichterung. Ich kann mit meiner Zeit anfangen, was ich will. Außerdem sind die meisten sowieso schon fast fertig. Ein paar Minuten halte ich auch noch aus.

Die ersten Gäste machen sich bereits auf den Weg nach draußen, um nach dem Essen etwas über die Lichtung zu spazieren und sich das Schneeland genauer anzusehen.

Mit ein wenig Neid beobachte ich die Pärchen, die Arm in Arm herumschlendern und den Tag genießen. Inzwischen haben sich die Wolken verzogen, und das Sonnenlicht lässt die vielen kleinen Eiskristalle magisch schimmern. Es fällt mir schwer, mir das einzugestehen, aber ich sehne mich danach, auch mit jemandem durchs Winterwunderland zu spazieren, diesen wunderschönen Ort kennenzulernen und dabei die Hand von jemandem zu halten, der mich vielleicht sogar liebt.

Normalerweise habe ich diesen Wunsch sehr gut unter Kontrolle. Beziehungen sind anstrengend. Dazu fehlt mir gerade einfach die Zeit und auch der richtige Mann. Aber hier und jetzt, da zieht sich alles in meinem Inneren zusammen, so sehr beneide ich die Gäste.

»Oh, wir müssen unbedingt Fotos machen.« Fröhlich lachend stürmt Mila aus der Hütte an mir vorbei und über die Lichtung, sodass der Schnee nur so zur Seite spritzt. Ich zucke erschrocken zusammen, denn mir wird klar, dass ich mein Selbstmitleid vergessen muss. Herr van Hausen folgt ihr, ein breites Grinsen auf den Lippen. Freudig dreht Mila sich um sich selbst, während sie mit der Sonne um die Wette scheint.

»Manche Leute lieben den Schnee.« Maxim bleibt neben mir stehen, die Hände wieder in den Jackentaschen vergraben.

»Du musst zugeben, es ist wirklich wunderschön hier«, murmle ich leise.

»Ich glaube, ich war etwa zehn, als ich das letzte Mal so viel Schnee gesehen haben«, beginnt er zu erzählen, wobei er so dicht neben mir ist, dass ich seine Körperwärme spüren kann. »Das war auch das einzige Mal, dass wir schulfrei bekommen haben. Drei ganze, wundervolle Tage, in denen ich im Schlafanzug im Bett herumgehangen, die ganze Zeit nur Videospiele gezockt und so viel Kakao getrunken habe, bis ich kotzen musste.«

Ohne mein Zutun, bricht ein Lachen aus mir hervor.

»Nein, ernsthaft«, betont er nickend. »Am zweiten Tag musste ich mich so sehr übergeben, dass Mama mich auf eine Gemüse-Diät gesetzt hat. Zu viel Zucker. Ein paar Tage später ist der Schnee wieder verschwunden, und ich habe einen Hass auf Auberginen entwickelt. Mein ewiger Erzfeind.«

Zwanghaft versuche ich, nicht noch mehr zu lachen. »Hier hält dich niemand davon ab, so viel Kakao zu trinken, wie du willst.«

»Den möchte ich aber nicht allein trinken.« Sein Blick bohrt sich in meinen, und für einen Moment scheint die Zeit stillzustehen. Sosehr ich es auch versuche, ich kann mich einfach nicht abwenden, bin gefangen in seinen braunen Augen.

Mit aller Kraft versuche ich, mich wieder zusammenzureißen. Doch meine Gefühle wollen sich nicht wieder einsperren lassen. Jetzt mit Maxim durch den Schnee zu schlendern, das wäre die Erfüllung meiner Träume. Aber nicht alle Wünsche dürfen Realität werden, und so wende mich ab. Ich rufe mir das

Gespräch mit Reinhard ins Gedächtnis, meine professionelle Pflicht.

»Ist ansonsten alles in Ordnung bei dir?«, zwinge ich mich, zu fragen.

»Es ist ein wunderschöner Ausflug, wie du gesagt hast. Wenn auch etwas kalt.«

»Das hat der Winter nun einmal so an sich.«

»Meli!«, ruft in diesem Moment Mila und winkt aufgeregt. »Würdest du ein Foto von uns machen?«

Ich gehe auf die beiden zu, Maxim folgt mir auf dem Fuße. »Natürlich, sehr gern.«

»Maxim, kommst du auch mit drauf?« Fragend blickt Herr van Hausen seinen Sohn an.

»Klar doch.« Maxim reicht mir sein Handy, die Kamera ist bereits an. »Hoffentlich kommt was Gutes dabei herum.«

»Dafür werde ich schon sorgen«, gebe ich zurück.

Herr van Hausen legt den Arm um seine Verlobte und zieht seinen Sohn an seine Seite. Ich muss zugeben, dass die drei zusammen fantastisch aussehen, wie eine dieser modernen Patchworkfamilien, die man auf Stockfotos findet. Vielleicht liegt es daran, dass alle drei fast zu umwerfend sind. Sorgsam mache ich mehrere Fotos, bis Herr van Hausen zufrieden nickt. Lächelnd nehme ich das Handy herunter und will es Maxim reichen, doch der hebt die Hand. »Kannst du noch schnell ein Foto von Mila und mir allein machen?«

Ich bin nicht die Einzige, die überrascht die Augenbrauen hebt. »Natürlich.«

Aufgeregt grinst Mila und schlingt die Arme um Maxim. Beide lächeln in die Kamera, als ich pflichtbewusst mehrere Bilder mache, wobei Herr van Hausen mir über die Schulter schaut.

»Das Foto hänge ich mir ins Büro«, verkündet er, nachdem ich das Handy zurückgegeben habe.

»In welches?«, fragt Maxim, während er durch die Galerie scrollt.

»In absolut jedes.« Herr van Hausen zieht Mila zu sich heran und gibt ihr einen so verliebten Kuss, dass ich den Blick abwenden muss.

»Danke.« Maxim zwinkert mir zu, worauf ich sofort wieder meine Wangen brennen fühlen kann.

»Sehr gern«, murmele ich nervös. Bevor es noch peinlicher wird, ergreife ich schnell die Flucht.

SCHNEEBALL-
SCHLACHT

Um etwas Abstand zu gewinnen und wieder herunterzukommen, hole ich mir mein Mittagessen und suche mir einen ruhigen Platz. Innerlich danke ich Scott. Er kann zwar ein Riesenarschloch sein, aber er weiß immer ganz genau, was den Leuten schmeckt. Zufrieden kaue ich auf meinem Sandwich herum und betrachte die Welt um mich herum. Es ist zwar kalt auf der Bank hier draußen, aber so kann ich den Gästen ausweichen. Und mit der Decke auf dem Schoß ist es gar nicht mehr so schlimm. Außerdem habe ich so alles im Blick, wodurch ich sofort zur Stelle sein kann, wenn jemand mich braucht. Tief atme ich den süßen Geruch des Kakaos ein und schließe für einen Moment die Augen. Hier oben ist es so schön friedlich. Obwohl so viele Leute hier sind, herrscht eine angenehme Stille.

Ich drehe den Deckel der Thermoskanne wieder zu, als mich plötzlich etwas Kaltes und Festes an der Schulter trifft. Verwirrt wische ich mir den Schnee von der Jacke und schaue mich um. In meiner näheren Umgebung sind einige Gäste unterwegs, aber keiner von ihnen achtet auf mich. Sorgsam lasse ich meinen Blick über alles gleiten, doch da ist nichts weiter zu sehen. Die Bank steht direkt unter dem Vorsprung des Daches, sicher ist einfach nur etwas Schnee heruntergefallen.

Als ich mich gerade daranmachen will, meine Reste zusammenzupacken, um mich wieder meiner Arbeit zu widmen, trifft mich ein weiterer Schneeball fast am Hintern.

Blitzschnell wirble ich herum, hat einen Blick für mich übrig - außer Maxim. Maxim, der mit einem breiten Grinsen im Gesicht langsam auf mich zu schleicht, als wäre er nicht gerade auf frischer Tat ertappt worden.

»Das wagst du nicht!« Abwehrend strecke ich den Arm aus.

»Keine Ahnung, wovon du sprichst.« Unschuldig blinzelt er mich an, in der einen Hand immer noch den Schneeball, die andere beruhigend erhoben. »Ist alles okay bei dir?«

»Maxim, ich meine es ernst. Ich bin gerade am Arbeiten und kann mir keine Schneeballschlacht mit dir liefern.« Langsam weiche ich nach hinten zurück und suche nach einer guten Deckung.

»So wie ich das sehe, braucht dich gerade niemand.« Sein Grinsen wird böse. »Außerdem würde es mich als Gast sehr glücklich machen, wenn du dir eine mit mir liefern würdest.«

Für einen Moment will ich einfach an ihm vorbeistürmen, das Weite suchen und mich wieder an die Arbeit machen. Doch gleichzeitig kann ich seiner Aufforderung nicht widerstehen. Irgendwie hat er recht damit, dass ich nichts zu tun habe. Alle Gäste sind zufrieden mit sich selbst und der Welt. Maxim wird nicht so leicht aufgeben – das kann ich in seinen Augen sehen –, also bleibt mir wohl nichts anderes übrig, als ihn fertig zu machen.

»Du hast keine Ahnung, auf was du dich da ein-lässt«, warne ich ihn noch einmal. »Ich habe mein ganzes Leben hier verbracht und bin eine Meisterin beim Schneeballkampf.«

»Beweis es!«, fordert er mich heraus und knallt mir den Ball direkt auf die Brust.

Einen Moment stehe ich stocksteif da, während überlege, was ich tun soll. Sorgsam klopfe ich mir den Schnee von der Jacke, wobei ich seinem Blick ausweiche. Jetzt muss ich mich konzentrieren. In Maxims Augen kann ich ganz klar sehen: Er will diese Schlacht.

Langsam gehe ich in die Knie. Dabei streife ich meine Handschuhe ab, denn damit kann man keine guten Bälle formen. Sorgsam presse ich das weiche Zeug zu einer festen Waffe zusammen, während ich Maxim die ganze Zeit nicht aus den Augen lasse. Dieser steht locker zehn Meter von mir entfernt, die Arme hinter dem Rücken verschränkt. Wir taxieren einander wie Cowboys vor dem Saloon, bereit, jederzeit zuzuschlagen, als ich mich langsam wieder aufrichte und meinen Arm hebe.

Mit einem gezielten Wurf treffe ich Maxims Mütze, sodass ihm der Schnee in die Augen fällt. »Siehst du, ich bin ein Vollprofi«, lache ich in der Hoffnung, dass die ganze Aktion jetzt vorbei ist.

Doch anscheinend sieht Maxim das eher als Kriegserklärung. Innerhalb weniger Sekunden hat er sich einen neuen Ball geformt, mit dem er bereits auf mich zielt.

Kurzentschlossen weiche ich zur Seite aus, dann suche ich hektisch nach einer Deckung, hinter der ich mich verstecken kann. Die Leute fallen dafür natürlich aus, außerdem sollten wir diesen Kampf vielleicht nicht in der Nähe der Gäste austragen.

Der nächste Schneeball trifft mich am Rücken, während ich so unauffällig wie möglich über die Lichtung renne und dabei weiteren Schnee von den Bäumen sammle. Mein nächster Wurf sitzt ebenfalls, was Maxim wenigstens ein bisschen aufhält.

Kichernd renne ich um die Hütte herum, tiefer in den Wald hinein, in die Schatten zwischen den verschneiten Bäumen. Hier stehen die Tannen so eng aneinander, dass kaum noch Licht auf den Boden trifft. Die dichte Schneedecke dämpft meine Schritte, weshalb ich die Gruppe schon bald nicht mehr hören kann.

Hinter einer dicken Tanne suche ich Schutz, bevor ich auf Knien sorgsam meinen nächsten Angriff vorbereite. Ich atme so leise wie möglich, lausche aufmerksam auf Maxims Schritte. Rechts von mir knackt ein Ast. Blitzschnell springe ich hinter den Ästen hervor und werfe. Gleichzeitig feuert Maxim seinen eigenen Angriff, der mich am Hals trifft. Eiskalter Schnee schmilzt im Kragen meiner Jacke bis auf meine Haut. Panisch kreische ich auf, springe dabei ein Stück nach hinten in dem Versuch, das schrecklich kalte Zeug wieder loszuwerden. Während ich abgelenkt bin, eilt Maxim weiter, nur sein Lachen hallt gespenstisch zwischen den Bäumen wider. Jetzt bin ich wirklich wütend. Was erlaubt dieser Kerl sich eigentlich? Niemals werde ich ihn so davonkommen lassen! Diesen dummen, kindischen Kampf werde ich gewinnen.

Sorgsam forme ich zwei besonders große Schneebälle. Den einen stecke ich mir als Reserve in die Jackentasche, den anderen halte ich in der Hand, bereit für meinen Angriff. Langsam schleiche ich durch den Wald, so leise, wie ich nur kann, auf der Suche nach meinem Ziel.

Zwischen den Bäumen huschen Schatten hin und her, immer wieder fällt Schnee von den Ästen. Jedes Mal zucke ich erschrocken zusammen, in der Erwartung eines weiteren Angriffs. Doch von Maxim fehlt jede Spur. Für einen Moment bleibe ich stehen. Aufmerksam suche ich die Umgebung ab. Wo versteckt sich dieser Kerl nur?

In einiger Entfernung kann ich eine Ansammlung von dicht beieinanderstehenden Fichten sehen, deren Äste sich auffällig bewegen. Entweder ist das ein Reh, ein anderes großes Tier oder ein Mensch, der nicht gefunden werden will. Ganz vorsichtig schleiche ich näher und umrunde die Bäume einmal. Die Äste wackeln beinahe rhythmisch weiter - ein Tier ist es ganz sicher nicht. Zwischen zwei der Tannen entdecke ich einen schmalen Durchgang, gerade breit genug, damit ich mich hindurchquetschen kann.

Kein Tageslicht erreicht diesen Ort, weshalb meine Augen einen Moment brauchen, um sich an das Dämmerlicht zu gewöhnen. Der Spalt ist deutlich größer, als ich erwartet habe. Hier könnte sich ein größeres Tier sehr gut verstecken, aber von Maxim fehlt jede Spur. Habe ich mich geirrt und er ist doch woanders? Langsam trete ich weiter in die Mitte der winzigen Lichtung, dabei blicke ich mich aufmerksam um. Wenn er nicht hier ist, wo ist er dann?

Auf einmal legt sich ein Schatten über mich. Die Äste über meinem Kopf wackeln alle auf einmal, ein dichter Schneefall ergießt sich auf mich, der mir die Sicht nimmt. Mit einem lauten Schrei springt Maxim aus einer der Tannen und reißt mich mit sich zu Boden. Die dicke Schicht aus Laub und Schnee federt meinen Fall ab, sodass ich mir nicht wehtue. Blitzschnell rollt Maxim sich auf mich, bevor er meine Handgelenke über meinem Kopf festnagelt.

»Ich habe gewonnen«, verkündet er triumphierend.

»Du hast geschummelt«, japse ich zwischen meinen Lachern. »Das war kein Schneeball.«

»Ich kann mich nicht erinnern, dass wir Regeln festgelegt haben. So etwas nennt sich Kriegskunst.« Sein ganzer Körper drückt sich auf meinen, wobei sein Gesicht direkt über meinem schwebt.

Das Lachen bleibt in meiner Kehle stecken. Auf einmal fühle ich jeden Zentimeter meiner Haut trotz der dicken Kleiderschicht kribbeln. Mein Atem wird immer flacher, als er sich weiter zu mir herunterbeugt. Ohne es zu wollen, wölbe ich mich ihm entgegen, sehne mich nach einem erneuten Kuss. Nur ganz kurz, nur eine Kostprobe, dann werde ich mich wieder an die Regeln halten.

Als ich seine Lippen bereits hauchzart auf meinen spüren kann, höre ich Schritte im Wald neben uns. Eine laute, schrille Stimme hallt durch die ehemals so friedliche Stille. »Maxim, wo bist du denn?«

Mit einem leisen Seufzer lässt er seine Stirn gegen meine Schulter sinken. Gemeinsam halten wir den Atem an, in der Hoffnung, dass Shirin einfach wieder verschwinden wird. Dass wir zurückkönnen zu diesem kurzen, magischen Moment, der wie eine Schneeflocke in der Sonne einfach dahingeschmolzen ist.

»Maxim«, heult Shirin nun regelrecht, direkt neben unserer Baumgruppe. »Wir wollen weiter, und ohne dich geht das nicht.«

Behutsam legt er mir den Zeigefinger auf die Lippen. »Ich komme«, ruft er dann endlich. »Warte am Schlitten auf mich!«

Einige Herzschläge lang lauschen wir den Schritten, die sich langsam entfernen. Meine Hoffnung, dass wir nun da weitermachen, wo wir unterbrochen wurden, wird zerstört, als Maxim sich erhebt und mir die Hand reicht. Mit steifen Gliedern und leise zitternd lasse ich mir von ihm aufhelfen. So gut ich kann, klopfe ich den Schnee von der Kleidung, weiche dabei allerdings Maxims Blick aus.

Wir gehen Seite an Seite zurück zur Lichtung. Fest beiße ich die Zähne zusammen, damit Maxim nicht merkt, wie sehr ich zittere, denn unsere kleine Schneeballschlacht hat mich härter erwischt, als ich gedacht habe.

Die meisten der Gäste haben sich wieder im Inneren der Hütte versammelt. Anscheinend war auch ihnen zu kalt, um weiter draußen herum zu spazieren. Bevor Maxim noch etwas sagen kann, nicke ich ihm freundlich zu, dann gehe ich zu den Schlittenführern.

»Wir wollen weiter«, informiert mich einer von ihnen. »Die meisten der Sachen haben wir schon mal zusammengepackt. Jetzt müssen wir ja nicht mehr aufpassen.« Einen Moment stockt er, sein Blick wandert über mein sicher lächerliches Aussehen. »Alles in Ordnung mit dir?«

»Ich bin nur ausgerutscht und in einen Schneehaufen gefallen«, erkläre ich ausweichend. »Danke, das war sehr nett von euch. Fahrt schon mal vor, ich werde hier aufräumen und dann alles wieder abschließen. Wir treffen uns wie immer an der Gabelung.« Ohne auf eine Antwort zu warten, gehe ich zu der Bank, wo ich mein Essen stehen gelassen habe.

Noch immer rieselt Schnee aus meinen Haaren, weshalb ich etwas zu heftig den Kopf schüttle. Schnell suche ich meine Sachen zusammen, stelle dabei jedoch fest, dass die Decke verschwunden ist. Seltsam. Vielleicht hat einer der Schlitterführer sie eingepackt? Kopfschüttelnd mache ich weiter. Darum kann ich mich auch später noch kümmern.

Nach und nach besteigen die Gäste wieder ihre Schlitten, vor die bereits die Pferde gespannt wurden. Von meinem Standpunkt aus beobachte ich in aller Ruhe, wie auch Maxim zu den anderen stößt, wobei sein Blick ganz kurz meinen streift.

Schnell wende ich mich wieder ab. Je eher ich mich an die Arbeit mache, desto früher kann ich wieder ins Warme.

Routiniert verschließe ich alle Fenster, stelle die Tische zurück an ihren Platz und mache den Kamin sauber, so gut es geht, solange die Asche noch leicht glüht. Jetzt, wo ich wieder allein bin, muss ich an meine Kindheit hier oben denken. Als kleines Mädchen habe ich diese Aufgabe oft zusammen mit meiner Mutter übernommen, die mir genau erklärt hat, was zu tun war. Vielleicht sollte ich Mama heute Abend noch einmal anrufen, denn gerade ist mir nach etwas mütterlichem Zuspruch. Sorgsam schließe ich die Hütte hinter mir ab, dann laufe noch einmal außen rum, um sicherzugehen, dass ich auch ja nichts übersehen habe. Während ich durch den Wald gestapft bin, hat sich der Himmel zugezogen. Wie schnell sich das Wetter in den Bergen doch ändern kann …

Butterblume tänzelt bereits unruhig auf der Stelle, als ich endlich zu ihr gehe, um sie von dem Pfosten loszumachen. Zwei Wege führen von der Lichtung wieder zurück zur Straße in Richtung Hotel, ein langer und ein kurzer. Auf dem Hinweg nehmen die Schlitten immer den kurzen, auf dem Rückweg den langen.

Damit ich nicht völlig den Anschluss verliere oder am Ende noch allein im dunklen Wald zurückbleibe, treibe ich Butterblume den kurzen Weg hinunter. Schon bald fallen dicke Flocken vom Himmel und nehmen mir die Sicht. Dank der dichten Wolken schwindet das Licht um mich herum rasant. Auf einmal fühlt sich das Alleinsein nicht mehr beruhigend, sondern furchteinflößend an. Tief und ruhig atme ich weiter, damit die Panik nicht von mir Besitz ergreifen kann. Hier draußen kann es verdammt schnell gefährlich werden. Erleichtert stoße ich die Luft aus, als ich endlich die Glöckchen höre und in der Ferne die Lichter der Schlitten sehe, die inzwischen eingeschaltet sind.

»Da bist du ja!«, ruft einer der Führer aus, heftig winkt er mir zu. »Wir haben schon angefangen, uns Sorgen um dich zu machen.«

»So leicht bin ich nicht unterzukriegen«, bringe ich zwischen klappernden Zähnen hervor. Dank des erneuten Schneefalls fühle ich mich wie ein Eis am Stiel, wobei ich mich mit jeder Sekunde immer mehr nach Zuhause sehne.

»Wo ist denn deine Decke?«, fragt er mich weiter, sein besorgter Blick schweift über mich.

»Die muss sich wohl ein Gast zurückgenommen haben.« Unsicher lächle ich, um mir nicht anmerken zu lassen, wie kalt mir ist.

Butterblume trabt direkt neben dem Schlitten her, in dem auch das Brautpaar und ihre Begleitung sitzen. Trotz des Windes und der Geräusche um uns herum können sie sicher jedes Wort hören, das wir sprechen.

»Oh, die Decke habe ich mir genommen«, ruft Shirin auf einmal und hält das verdammte Ding mit einem triumphierenden Lächeln hoch. »Ich dachte mir, auf dem Pferd brauchst du sie sicher nicht, weil du dich ja ständig bewegst, und mir ist so kalt.« Neben meiner Decke hat sie noch eine andere um sich geschlungen.

Irgendwie schaffe ich es, ein Lächeln auf meine Lippen zu zaubern. »Natürlich. Hauptsache, Sie sind glücklich.«

Das war anscheinend nicht die Reaktion, mit der sie gerechnet hat, denn Shirin verzieht das Gesicht, als hätte sie auf eine Zitrone gebissen. Sie kuschelt sich tiefer in den warmen Stoff und durchbohrt mich weiterhin mit ihren Blicken.

»Du kannst meine Decke haben.« Maxim hält diese in meine Richtung.

Einen Moment liebäugle ich damit, denn mir ist inzwischen so kalt, dass ich mein Zähneklappern nicht mehr verbergen kann. »Nein danke. Es ist nur noch ein kleines Stück«, bringe ich dann jedoch hervor, bevor ich Butterblume ein Stück nach vorn treibe.

»Reite doch schon mal vor«, schlägt der Führer mit mitleidigem Blick vor. »Bevor dir noch die Zehen abfrieren.«

»Nein, mach dir keine Sorgen um mich und meine Zehen. Wir sind ja gleich da.« So genau kann ich das eigentlich nicht sagen. Dank des vielen Schnees habe ich die Orientierung verloren, aber meinem Gefühl nach trennt uns nicht mehr viel von dem Hotel.

Vor Erleichterung hätte ich beinahe aufgeheult, als wir endlich das Tor passieren. Allerdings wären mir die Tränen sicher auf den Wangen gefroren. Müde reibe ich mir die Augen und zwinge mich, weiterhin gerade zu sitzen. Ich muss die Gäste nur sicher wieder ins Hotel schaffen, dann kann ich mich endlich unter einem Haufen Decken verstecken, um mich wieder aufzuwärmen.

Der Stallführer wartet bereits auf uns, als wir endlich hinter dem Hotel ankommen. Mehr schlecht als recht rutsche ich von Butterblumes Rücken, dann übergebe ich ihre Zügel an einen der Männer.

Obwohl alles in mir danach schreit, sofort ins Warme zu verschwinden, bleibe ich noch einen Moment und stelle sicher, dass alle in Ruhe aussteigen und zurück ins Haus kommen. Dabei fällt mein Blick auch auf Maxim, der sich sofort auf mich konzentriert. In seinem Gesicht kann ich erkennen, dass er mit mir reden will, nur fühle ich mich gerade zu müde und verletzlich. Nicht gerade die besten Voraussetzungen für ein weiteres Gespräch, weshalb ich unmerklich den Kopf schüttle und mich endgültig von ihm abwende.

Doch erst, als die Gäste sicher drinnen und die Pferde wieder in ihrem Stall sind, verschwinde ich endlich ins Haus.

ACH SO KALT

Onkel Reinhardt wird es mir sicher verzeihen, wenn ich mir erst mal eine Pause gönne. Statt sofort zu ihm zu gehen, stolpere ich buchstäblich durch die Tür des Angestelltenhauses.

Meine Finger zittern so sehr, dass ich mehrere Anläufe brauche, bis ich meine Stiefel endlich aufgeschnürt habe und mich aus meiner Jacke und den vielen anderen Schichten geschält habe. Die Wärme des Hauses sticht wie Hunderte Nadeln auf meiner Haut. Die Luft in meinen Lungen brennt wie Feuer, weshalb ich mich zusammenreißen muss, um nicht laut zu husten.

»Bist du das, Meli?«, erklingt eine warme Stimme aus der Küche. Kurz darauf taucht Agnes in meinem Blickfeld auf, die erschrocken die Hände vor den Mund schlägt.

»Kind! Du bist ja ein wandelnder Eiszapfen!« Behutsam greift sie nach meinem Arm und führt mich zum Sofa. Dort wickelt sie mich in mehrere Decken, wobei ihre warmen Finger ein unangenehmes Prickeln auf meiner Wange hinterlassen.

»Bleib brav hier sitzen und wärm dich auf«, weist sie mich an, bevor sie noch ein paar Holzscheite in den Kamin wirft.

»Wo soll ich denn auch hingehen?«, frage ich zitternd. Meine Zähne schlagen so fest aufeinander, dass es schon fast weh tut.

»Kind, du musst wirklich besser auf dich achten. Gerade bei diesem schrecklichen Wetter«, meckert Agnes, dann verschwindet sie in der Küche. Dort kann ich sie werkeln hören, während sie über den Schnee schimpft.

Ich kuschle mich tiefer unter die warmen Decken. Für einen Moment schließe ich die Augen, bis das Zittern langsam nachlässt. Kälte kann einen so unendlich müde machen, doch meine langsam auftauende Haut beginnt zu jucken. Aber ich kann nichts dagegen tun. Schon bald wird mir wieder warm und ich fange unter dem dicken Pulli an zu schwitzen.

»Bleibst du wohl liegen«, weist Agnes mich an, als ich mich etwas umständlich aus meinem Oberteil schäle. »Du holst dir ansonsten noch den Tod! Oder wenigstens eine Lungenentzündung.« In der Hand hält sie eine dampfende Tasse Tee, die sie mir zwischen die steifen Finger drückt.

»Ich habe den ganzen Tag in diesen Kleidern verbracht, sie sind voll mit geschmolzenem Schnee und Schweiß. Kann ich mich bitte umziehen gehen?« Flehend blicke ich zu ihr auf.

»Du schaffst es ja kaum die Treppe hoch.« Entsetzt wirft sie die Hände in die Luft.

»Das kannst du doch gar nicht wissen«, lache ich trotz meiner schmerzenden Glieder und stemme mich vom Sofa hoch. »Ich werde mich jetzt nach oben schleppen, duschen und mich dann wieder warm einpacken. In ein paar Stunden geht es mir wieder besser.«

Wortlos, aber mit einem unzufriedenen Ausdruck auf dem Gesicht, tritt Agnes zur Seite, um mich aufstehen zu lassen. Langsam schleiche ich die Treppe nach oben, wo ich es mit schweren Gliedern irgendwie in mein Zimmer schaffe.

In der Dusche sinke ich auf den Boden, meine Knie fest an die Brust gezogen, und lasse mich einige Minuten von dem heißen Wasser berieseln. Irgendwann schmerzt mein Körper nicht mehr bei dem Kontakt damit, dafür merke ich nun den Muskelkater, der nach langen Ritten immer kommt. Nachdem ich mich endlich wieder aufraffen kann, rolle ich mich müde auf meinem Bett zusammen, in eine dicke Jogginghose und warme Socken gekleidet. Draußen fällt immer noch der Schnee vom Himmel, und eine erneute Welle der Müdigkeit überrollt mich förmlich.

Irgendwann später weckt mich ein sanftes Klopfen an der Tür. In meinem Zimmer ist es stockdunkel, was bedeutet, dass die Sonne schon lange untergegangen sein muss. »Ja?«, krächzend setze ich mich auf.

Ingrid öffnet die Tür, dabei balanciert sie ein Tablett in der Hand. »Du bist wach, das ist gut. Agnes schickt dir Hühnersuppe, damit es dir bald besser geht.«

Jetzt, wo ich endlich wieder meinen ganzen Körper spüren kann und mich etwas ausgeruht habe, fühle ich mich tatsächlich nicht mehr so furchtbar. »Das ist nett von ihr. Und sehr lieb, dass du es mir nach oben bringst.«

»Gern doch.« Sie stellt das Essen auf meinem Schreibtisch ab, dann bleibt sie etwas unsicher mitten im Zimmer stehen. »Ist auf der Schlittenfahrt etwas vorgefallen?«

Verwirrt runzle ich die Stirn. »Wie kommst du denn darauf?«

»Laut Berichten war das Abendessen heute besonders angespannt. Die Braut ist wohl extrem wütend auf ihre Trauzeugin«, berichtet sie hektisch.

»Lass mich raten: Eine der Kellnerinnen hat das einem der Barkeeper erzählt, und der hat es dann brühwarm an das Küchenpersonal weitergegeben, die wiederum euch davon berichtet haben.« Müde schüttle ich den Kopf. »Sehr schön, dass der Buschfunk so gut funktioniert.«

»Du kennst dich hier besser aus als ich.« Ingrid zuckt mit den Schultern. »Aber denk jetzt nicht daran, sondern iss brav deine Suppe, damit es dir morgen wieder besser geht.«

»Danke noch mal.« Nachdem sie aus meinem Zimmer verschwunden ist, stehe ich mit immer noch zittrigen Knien auf, um zu meinem Schreibtisch zu gehen. Die Suppe ist kochend heiß, voll mit Hühnerfleisch, Gemüse und Nudeln, und vertreibt das letzte bisschen Kälte aus meinen Knochen. Zumindest fürs Erste. Da das Abendessen schon vorbei ist, muss es schon nach acht sein. Zur Sicherheit krame ich mein Handy aus der Bauchtasche meines Pullis hervor. Halb neun. Die meisten Gäste sind sicher bereits in ihre Zimmer gegangen oder verbringen den Abend noch in einem der öffentlichen Räume.

Nach diesem anstrengenden Tag schmerzt so gut wie jede Zelle in meinem Körper, was sicher noch die nächsten Tage spüren werde. Unsicher blicke ich aus dem Fenster in die Dunkelheit hinaus … Niemand würde mitbekommen, wenn ich jetzt ins Hotel gehen würde, so dunkel, wie es ist. Dort kann ich meinen armen Muskeln etwas Entspannung liefern. Die Entscheidung fällt mir nicht schwer.

Schnell eile ich zu meinem Kleiderschrank, wo ich nach einigem Wühlen meinen Bikini hervorhole. Mit zwei Handtüchern und einem Buch bewaffnet schleiche ich die Treppe hinunter und schaffe es aus dem Haus, ohne dass Agnes etwas davon mitbekommt.

In den Tiefen des Hotels verbirgt sich neben den ganzen Räumen für Angestellte auch noch ein luxuriöses Schwimmbad, das die Gäste dazu einlädt, den Tag dort zu verbringen. Im Winter ist es besonders beliebt, da unser großer Außenpool geschlossen ist. Neben der kuschligen Sauna gibt es dort auch einen genialen Whirlpool. Nichts hilft besser gegen Frostbrand und Muskelkater als ein richtig heißes Bad mit ein paar kräftigen Düsen.

Jeden Abend um sechs Uhr wird das Schwimmbad geschlossen, damit es in Ruhe gereinigt und für den nächsten Tag vorbereitet werden kann. Ab dann hat kein Gast mehr Zutritt. Ich aber schon. Denn ich weiß, dass die Tür nicht abgeschlossen wird, damit das Reinigungspersonal keine Probleme hat – ein wohlgehütetes Geheimnis.

Es ist nicht das erste Mal, dass ich dieses Schlupfloch ausnutze. Onkel Reinhardt hat es mir niemals verboten. Ehrlich gesagt haben wir noch nie darüber gesprochen, trotzdem schleiche ich mich hier nicht sonderlich oft rein.

In einer der Umkleiden schlüpfe ich in meinen Bikini, während der Whirlpool langsam auf Temperatur kommt. Das heiße Wasser brennt auf meiner Haut, als ich den Fuß hineinstecke, aber es ist ein verdammt gutes Gefühl. Langsam lasse ich mich tiefer hinein gleiten. Als es mir bis zum Kinn reicht, stöhne ich zufrieden auf. Genau das, was ich gebraucht hab. Nach einigen Augenblicken hat mein Körper sich an die prickelnde Hitze gewöhnt, und ich kann mich entspannen. Mein Buch liegt in Reichweite, aber gerade ist mir nicht nach Lesen. Stattdessen lasse ich mich in aller Ruhe treiben, die Augen geschlossen, mein Körper beinahe schwerelos.

Ohne dass ich es will, fangen meine Gedanken jedoch an zu wandern, und schon bald finde ich mich zwischen den Fichten wieder. Maxims Gewicht drückt mich in den Schnee, sein heißer Körper steht im starken Kontrast zu der Kälte unter mir.

Langsam fahre ich mir mit dem Zeigefinger über die Unterlippe. Noch immer verzehre ich mich nach einem erneuten Kuss, diesem winzigen Moment, in dem mein Körper Funken sprüht. Ich höre seine Stimme, sein Lachen, sehe seine warmen Augen vor mir, spüre seine sanften Berührungen. Die wenigen Male, in denen wir allein waren, laufen wie ein Film vor mir ab. Gerade sehne ich mich so furchtbar nach ihm.

Seufzend nehme ich die Hand von meinem Mund herunter und balle die Fäuste. Wieso quäle ich mich eigentlich selbst? Tief atme ich ein und lasse mich ganz unter Wasser gleiten. Der Whirlpool ist gerade breit genug, dass ich mich darin komplett ausstrecken kann. Langsam sinke ich immer tiefer hinab, das Sprudeln der Düsen kitzelt auf meiner Haut. Auf einmal kommt mir die Welt so unendlich weit entfernt vor.

Mit aller Kraft schiebe ich die Gedanken an Maxim zur Seite, bevor ich wirklich noch verrückt werde. Stattdessen erlaube ich mir, innerlich etwas über Shirin zu schimpfen. Ihr verdanke ich es, dass ich ein Eiszapfen auf zwei Beinen war. Und das alles nur wegen ihrer Eifersucht. Wenn ich mir schon keine Träume erlauben darf, dann konzentriere ich mich eben auf meine Wut. Mit jedem Tag, der vergeht, nervt mich diese Frau immer mehr. Dass sie mir heute die Decke weggenommen hat, ginge sicher als Mobbing durch. Und dann hat sie auch noch meinen Beinahe-Kuss unterbrochen … Was mich auf direktem Weg wieder zu Maxim bringt.

Meine Lunge fängt an zu brennen. Schnell tauche ich wieder auf. Mit den Armen stütze ich mich am Rand des Beckens ab und starre ins Nichts. Einige

Meter vor mir spiegelt sich die sanfte Deckenbeleuchtung auf dem Wasser des großen Schwimmbeckens. Müde schließe ich die Augen. Die Düsen massieren weiterhin meinen Körper, während ich die Sache mit dem Entspannen noch einmal versuche. Nur wehre ich mich dieses Mal nicht, als meine Gedanken zurück zu Maxim wandern.

In meinem Kopf läuft die Szene von vorhin weiter, ohne dass wir unterbrochen werden. Unsere Lippen, die sich in einem heißen Kuss treffen. Seine Hände, die über meinen Körper wandern und irgendwie unter meine Kleider schlüpfen. Meine Finger, die sich in sein Haar graben, ihn näher an mich heranziehen. In meinem Kopf trennt uns nichts. Nur wir beide, eingeschlossen in unserem verschneiten Versteck.

Mein Atem wird immer unruhiger. Ich fange an, mich im Wasser zu winden. Verdammt noch mal, bin ich wirklich schon derart ausgetrocknet, dass mich meine bloße Fantasie so anturnt? Frustriert tauche ich erneut unter. Die vielen Düsen verwirbeln das Wasser, weshalb ich kaum etwas erkennen kann, doch als ich die Augen für einen Moment öffne, meine ich, einen Schatten über mir aufragen zu sehen.

Mit einem Ruck richte ich mich auf und sehe mich um, doch da ist niemand zu sehen. Unsicher wische ich mir die Tropfen aus dem Gesicht, dann lasse ich meinen Blick durch den Raum gleiten. Kein Mensch ist zu sehen, aber ich habe trotzdem das Gefühl, von jemandem beobachtet zu werden.

»Hallo?«, rufe ich in die Stille, während ich mir wie eines dieser dummen Mädchen in den Horrorfilmen vorkomme. Jeden Moment wird der verrückte Axtmörder irgendwo hervorspringen, bereit, kurzen Prozess mit mir zu machen. »Ist da jemand?«

Vielleicht sind es nur Reinhardt oder das Reinigungspersonal, die mich erkannt haben, mir aber weiterhin meine Ruhe gönnen. Oder vielleicht ein verirrter Gast, der es irgendwie hier rein geschafft hat. Eigentlich will ich noch nicht verschwinden, denn so lange war ich noch gar nicht hier. Weiterhin beobachte ich meine Umgebung, doch als sich nichts weiter rührt, sinke ich zurück ins warme Wasser. Langsam entspanne ich mich wieder, meine Lider schließen sich wie von allein. Das Blubbern des Pools ist das einzige Geräusch, das von den hohen Wänden widerhallt. Erneut legt sich ein Schatten über mich, dann berührt mich auf einmal etwas an den Beinen. Erschrocken reiße ich die Augen auf, ein kleiner Schrei entweicht meinen Lippen.

»Ich wollte dich nicht erschrecken.« Breit grinsend und nur mit einer Badehose bekleidet steigt Maxim die Steintreppe herunter zu mir in den Pool. Langsam lässt er sich ins Becken gleiten, hält dabei meinen Blick gefangen. Beim Anblick seines nackten Oberkörpers bildet sich ein Kloß in meinem Hals.

»Was machst du hier?«, frage ich verwirrt. Ich sinke tiefer, bis das Wasser mir fast zu den Lippen reicht.

»Mich im Whirlpool entspannen.«

»Um diese Uhrzeit dürfen Gäste nicht mehr hier sein.«

Seine Augenbrauen schießen nach oben. »Aber du bist noch hier.«

»Ich bin ja auch kein Gast«, gebe ich zu bedenken.

»Aber wenn ich unter deiner Aufsicht hierbleibe und mich benehme, kannst du doch sicher eine Ausnahme machen, oder?« Ein flehender Ausdruck tritt in seine Augen. »Heute war ein verdammt kalter Tag.«

»Wem sagst du das?«, zische ich unbeabsichtigt genervt. So nahe wollte ich Maxim nicht kommen. Innerlich schon, aber nicht offiziell. Diese ganze Situation ist einfach viel zu intim. Uns trennen nur noch ein paar Bläschen.

Sein breites Grinsen lässt ein wenig nach. »Es tut mir echt leid, was Shirin heute abgezogen hat. Am liebsten hätte ich sie im Wald zurückgelassen. Dann wäre sie jetzt ein trauriger Schneemann.«

Schnell verstecke ich mein Grinsen hinter meiner Hand. »Das ist nicht nett.«

»Du hast dasselbe gedacht, nur darfst du es nicht aussprechen.«

Da hat er leider recht. »Was treibt dich eigentlich genau jetzt hier herunter?«

»Um ehrlich zu sein, habe ich dich durch die Nacht huschen sehen und mich auf die Suche gemacht. Dabei habe ich entdeckt, dass hier unten offen ist.«

»Und da hast du dich dazu entschieden, wie ein gruseliger Stalker hinter mir herzuschleichen und dich einfach so zu mir zu gesellen?«

»Ja. Ich wollte in aller Ruhe mit dir sprechen.«

»Über was denn?«

»Weshalb du mir aus dem Weg gehst.«

»Oh.«

HEISSES WASSER

*A*m liebsten wäre ich wieder unter Wasser gesunken und hätte mich dort versteckt. Nur leider würden meine Lungen das wohl kaum mitmachen.

»Ich gehe dir nicht aus dem Weg«, versuche ich, mich herauszuwinden, »sondern lediglich meiner Arbeit nach.«

»Du lügst nicht halb so gut, wie du denkst.« Bevor ich ihn aufhalten kann, überwindet Maxim den schmalen Abstand zwischen uns und setzt sich direkt neben mich.

»Das tue ich doch gar nicht«, verteidige ich mich weiter. Wie kann es sein, dass ich seine Körperwärme trotz des heißen Wassers spüren kann? Unsicher streiche ich mir eine feuchte Strähne hinters Ohr.

»Du gehst mir also nicht aus dem Weg?«, fragt er noch einmal nachdrücklich, während er sich langsam zu mir herunterbeugt.

»So würde ich es nicht unbedingt bezeichnen.« Mein Kopf schaltet in diesem Moment auf Leerlauf. Ich kann mich nur noch auf seinen nackten Oberkörper konzentrieren.

»Sondern?« Maxim legt den Kopf schief.

Jetzt bleibt mir nur noch die Wahl zwischen der Wahrheit oder einer Lüge, die er sicher sofort durchschauen wird. Kurz wende ich den Blick ab und atme tief durch. »Beziehungen zwischen Angestellten und Gästen sind streng untersagt und können zur Entlassung führen.«

»Ich dachte, du arbeitest hier gar nicht.«

Mit dem Ellbogen stupse ich ihn in die Rippen, wobei ich bemerke, wie gut trainiert er ist. Vermutlich tut mir das mehr weh als ihm.

»Dein Onkel wird dich doch sicher nicht rausschmeißen, bloß weil wir beide etwas Spaß haben.«

Das klingt echt verführerisch. Ich hätte unglaublich gern etwas Spaß mit Maxim. Immer wieder balle ich meine Hände zu Fäusten, während ich mich davon abhalte, meine Finger einfach in seinen Haaren zu vergraben und ihn zu mir herunterzuziehen. »Ich bin ein Vorbild.«

Wenig überzeugt hebt er die Augenbrauen. »Wir müssen es ja nicht deinen Kollegen erzählen.« Sanft streifen seine Finger unter Wasser meinen Oberschenkel.

Ich sollte jetzt aufstehen, meine Sachen schnappen und abhauen. Ohne zurückzublicken, ins Haus marschieren. Sofort! Mein Kopf hat das verstanden, aber mein Körper will nicht auf mich hören. Stattdessen strebt er Maxims Berührungen entgegen.

»Mein Onkel würde mir das niemals verzeihen«, murmle ich mit schwacher Stimme. Ich weiß nicht einmal, ob das überhaupt stimmt. Sicher würde Reinhardt sauer auf mich sein, aber nach einiger Zeit würde auch das wieder vergehen. Zumindest hoffe ich das.

Innerlich schüttle ich hektisch den Kopf. Wieso um alles in der Welt versuche ich gerade, mich vor mir selbst zu rechtfertigen? Selbst wenn Reinhardt mir diese Affäre verzeihen würde, bleibt es trotzdem eine sehr, sehr dumme Idee.

»Dein Onkel muss es niemals erfahren.« Behutsam legt Maxim mir die Hand in den Nacken und zwingt mich, ihn anzusehen. »Wir beide befinden uns hier irgendwo im Nirgendwo und müssen uns beschäftigen. Ich mag dich, ganz ehrlich. Und ich bin mir sicher, dass wir beide sehr viel Spaß zusammen haben können.«

»Aber niemand darf davon wissen«, sage ich, bevor ich mich aufhalten kann.

»Das macht es doch nur viel interessanter«, schnurrt er und beugt sich langsam zu mir herunter. »Unser kleines Geheimnis, vergraben unter dem Schnee.«

Verdammt.

Eine Gänsehaut breitet sich auf meinem Körper aus und mir entweicht ein kleines Quietschen. »Das klingt wirklich gut.«

»Oh ja.« Langsam zieht Maxim sich wieder vor mir zurück. »Aber es ist ganz allein deine Entscheidung. Wenn du jetzt Nein sagst, gehe ich und wir beide bleiben Freunde.«

Aber ich will deutlich mehr als nur Freundschaft. Und wer weiß, wann ich das nächste Mal so eine Gelegenheit haben werde? Montag ist Maxim wieder weg, und ich bin wieder ganz brav. Niemand wird etwas erfahren …

Anscheinend reicht das meinem Gewissen, denn es hält die Klappe. Stattdessen übernimmt mein Körper. Endlich kann ich meine Finger in Maxims Haar krallen, um ihn zu mir herunterzuziehen. Seine Lippen schmecken nach Rotwein, Schokolade und Kardamom, eine sehr seltsame Mischung.Diesmal bin ich nicht vorsichtig, sondern verlange Einlass für meine Zunge.

Maxim lässt es langsamer angehen. In aller Ruhe wandern seine rauen Hände über meinen Körper, streicheln meine Oberschenkel und meine Hüfte. Die

Gänsehaut ist wieder da. Dabei ist mir so unendlich heiß.

Stöhnend schmiege ich mich fester an ihn. Zögerlich erkunde ich ihn weiter, lasse meine Zunge über seine Unterlippe wandern. Meine rechte Hand löst sich aus seinem Haar und fährt seinen Hals hinunter zu seinem Bizeps, wo sich meine Nägel in seine Haut graben. Das Atmen fällt mir immer schwerer. Eine seltsame Mischung aus dem heißen Wasserdampf und der Erregung, die wie ein Buschfeuer durch meinen Körper rast.

Maxims Finger streichen über meine Oberschenkel, ehe er mich näher an sich heranzieht. Wir beide sitzen nebeneinander auf der kleinen Bank im Pool, in einem Anflug von Mut stehe ich auf und nehme auf seinem Schoß Platz.

Meine Knie liegen auf dem Plastik auf, während ich mich immer näher an ihn drücke. Dabei lösen sich unsere Lippen nicht ein einziges Mal voneinander. Dort, wo seine Finger meine Haut streifen, scheinen die Flammen sich auf meinem ganzen Körper auszubreiten.

Stöhnend schlingt Maxim die Arme um mich und bewegt sich unter mir. Dabei drückt sich seine Härte gegen mein Becken, was mir ein unbeabsichtigt lautes Stöhnen entlockt. Mit rhythmischen Bewegungen fange ich an, mich auf ihm zu bewegen, während unsere Zungen in einen leidenschaftlichen Tanz verwickelt sind. Meine Gedanken werden immer benebelter, mein Körper brennt nun beinahe schmerzhaft.

Ich werde immer schneller, dabei kralle ich mich in seine breiten Schultern, um den Halt nicht zu verlieren. Seine großen Hände wandern über meinen Körper, streichen erst über meine Brüste, dann immer tiefer ... tiefer. Als seine Finger unter den Stoff meiner Bikinihose gleiten, halte ich es kaum länger aus.

Monatelange Abstinenz lassen mich unter dem sanften Druck zerfließen. Schwer atmend löse ich mich von seinen Lippen, als mein Körper viel zu schnell von Wellen der Erlösung überrollt wird. Um meinen Schrei zu unterdrücken, grabe ich die Zähne in Maxims Schulter.

Unser gemeinsames Stöhnen hallt von den Wänden wider, vermischt sich mit dem Plätschern des Wassers und dem leisen Blubbern der Düsen. Mein Verstand ist in hunderttausend Stücke zerbrochen, eine wohlige Wärme erfüllt mich bis in die Zehenspitzen.

Sanft reibt Maxim meine Arme und meinen Rücken, während seine Lippen über meinen Hals gleiten und das Feuer in mir erneut entfachen. »Vielleicht sollten wir langsam hier raus«, knurrt er. In seiner Stimme kann ich denselben Hunger hören, der auch mich fest im Griff hat.

Meine Beine fühlen sich an wie Glibber, aber irgendwie schaffe ich es, von seinem Schoß herunterzusteigen und zu der kleinen Treppe zu waten. Ich kann Maxim direkt hinter mir spüren. Nicht weit von uns gibt es mehrere Liegen, die eigentlich für zum Entspannen der Gäste gedacht sind, doch für unsere Zwecke passen sie ausgezeichnet. An der Hand führe ich Maxim hinter mir her, mit einem klaren Ziel vor Augen. Spaß haben, wie er es so schön nannte. Alles andere ist mir in diesem Moment egal, nur Maxim und seine Berührungen zählen. Gerade, als ich mich mit ihm zusammen auf einer der Liege niederlassen will, dröhnt ein lauter, nerviger Ton durch das Schwimmbad. Verwirrt blickt Maxim sich um.

»Scheiße.« Mein Verstand kehrt mit einem lauten Knall zurück und ich fühle mich, als hätte mir jemand einen Eimer kaltes Wasser über den Kopf geschüttet. »Wir müssen hier raus.«

»Was meinst du bitte?«

»Um zehn Uhr geht die Alarmanlage an. Wenn wir dann noch die Tür öffnen, wird die Polizei gerufen.«, erkläre ich atemlos und löse mich von ihm. Blöderweise ändert Reinhardt in seiner Panik monatlich die Zugänge und ich bin natürlich nicht eingeweiht.

»Nicht dein Ernst.«

»Es gab hier mal den einen oder anderen Vorfall mit Gästen ... und auch Angestellten«, murmle ich abwesend.

Maxim gibt sich alle Mühe, sein Grinsen zu verbergen. »Also sind wir nicht die Einzigen, die es gern im Whirlpool tun?«

Ich schlage ihm gegen den Arm, kann mein eigenes Lächeln aber auch nicht verstecken. »So war das nicht gemeint. Und wir beide haben es nicht getan.«

»Was durchaus schade ist.« Der belustigte Ausdruck verschwindet wieder aus seinem Gesicht. Stattdessen kehrt der Hunger zurück - und meine Gänsehaut.

»Wir müssen trotzdem los, außer du willst dich mit ein paar netten Herren in Uniform unterhalten. Oder meinem Onkel.« Mit steifen Knien wende ich mich ab und verschwinde in Richtung der Umkleide.

»Unter gar keinen Umständen.« Maxim schließt zu mir auf. »Noch eine Verhaftung kann ich mir nicht leisten.«

»Bitte was?« Lachend schüttele ich den Kopf. »Beeil dich! Wir haben noch zehn Minuten.«

Ohne weiter auf ihn zu achten, verschwinde ich in einer der Kabinen und stelle die Dusche auf eiskalt. Mit zusammengebissenen Zähnen ertrage ich den Schock, den ich wirklich nötig habe. Gerade jetzt muss ich einen kühlen Kopf bewahren, bevor wir noch einen Fehler machen. Mein Verstand funktioniert zumindest wieder halbwegs, auch wenn mein Körper immer noch unter Strom steht. Erst mal müssen wir hier unentdeckt rauskommen, danach kann ich weiter schauen. Einige Sekunden halte ich das Wasser aus, bis meine Zähne wieder anfangen zu klappern. Eilig brause ich mich noch einmal warm ab, damit ich meine Glieder wieder spüren kann, und ziehe mich dann blitzschnell an.

Maxim wartet bereits auf mich, fertig angezogen, meine Sachen in der Hand. »Dann lass uns mal verschwinden, bevor unser kleines Geheimnis noch ans Licht kommt.«

»Und du sollst ja nicht im Knast landen«, kichernd führe ich ihn aus dem Schwimmbad.

Als wir durch die Tür treten, scheint die Seifenblase zu zerplatzen. Unser kleines Abenteuer kommt mir auf einmal weit weg vor, wie ein verboten guter, ferner Traum, den ich hier zurücklassen muss. Als hätte ich das Geheimnis und meine Abenteuerlust beim Duschen abgewaschen. Das musste ich. Denn die Realität wartet nicht. Und so, wie die Gerüchteküche im Hotel bereits brodelt, kann ich kein Risiko mehr eingehen. Schweigend schlendern wir den Gang entlang, bis wir die Treppe erreichen. Von hier aus gibt es zwei Wege, nach oben ins Hotel und zurück zum Haus. Hier müssen wir uns trennen.

Unsicher bleibe ich stehen, die Hände hinter dem Rücken verschränkt. »Du solltest langsam in dein Zimmer gehen. Und ich muss auch ins Bett.«

Bedächtig nickt Maxim. »Da hast du sicher recht. Immerhin darfst du dich morgen wieder um die Gäste kümmern, und ich muss mich langweilen und mit den anderen herumschlagen.«

»Du wirst das schon schaffen.« Unsicher strecke ich die Hand aus, lasse sie aber auf halbem Weg wieder fallen.

Stattdessen tritt Maxim auf mich zu, schlingt verführerisch die Arme um mich. »Du kannst es dir immer noch anders überlegen.«

»Nach diesem Vorgeschmack?« Breit grinse ich zu ihm hoch. »Da will ich den Rest doch auch noch erleben.«

»Bloß keinen Druck, am Ende enttäusch' ich dich noch.«

»Das bezweifle ich stark.«

Er beugt sich zu mir herunter, sodass sich unsere Nasenspitzen berühren. »Schade, dass ich dich jetzt gehen lassen muss.«

»Morgen ist auch noch ein Tag, dann sehen wir uns sicher wieder. Außer du verschwindest ausnahmsweise auf die Piste und fährst etwas Ski.«

»Keine Sorge, das wird niemals passieren. Ich gehe dir lieber hier weiter auf den Geist und tue so, als würden wir uns nicht kennen.« Seine Finger wandern in meinen Nacken.

»Wir sollten jetzt echt gehen«, versuche ich es noch mal, aber meine Beine wollen sich einfach nicht bewegen. Maxim ist wie ein Magnet, der mich an Ort und Stelle hält.

»Anscheinend will das keiner von uns beiden«, murmelt er. Seufzend lasse ich mich an ihn sinken und genieße seine Nähe. »Hoffentlich kannst du gut schauspielern.«

»Mach dir um mich mal keine Sorgen«, erkläre ich lachend. »Zum Service gehört das dazu, ich kann immer lächeln, ganz egal was passiert.«

»Dann vertraue ich wohl auf deine Kunst. Bis dahin träum davon, wie es weiter gegangen wäre«, wechselt er das Thema.

»Werde ich«, verspreche ich ernst. »Tu du aber auch dasselbe.«

»Wovon soll ich denn sonst träumen?«

Die Hormone in meinem Körper tanzen in diesem Moment vor Freude Samba, und ich komme mir vor wie ein durchgeknallter Teenager. Eine Sache, die ich dringend vermeiden sollte.

»Gibst du mir noch schnell deine Handynummer? Dann muss ich nicht immer hinter dir herschleichen.« Maxim wackelt mit den Augenbrauen.

»Gute Idee.« Schnell ziehe ich mein Smartphone hervor und wir tauschen Nummern. So wird unser Körperkontakt gebrochen, wodurch ich es endlich schaffe, mich zum Gehen zu bewegen.

»Schlaf gut«, rufe ich schwach zum Abschied, ehe ich mich zwinge, zum Haus zurückzukehren. Draußen scheint der Mond von dem nun klaren Himmel auf mich herab. So schnell ich kann, eile ich durch die Nacht, bevor meine Haare noch gefrieren können.

Es ist still im Inneren, als ich die Tür hinter mir schließe. Auch im Hotel sind die meisten Fenster dunkel. Nur hinter einem brennt noch Licht. Lächelnd schleiche ich die Treppe nach oben und verschwinde in meinem Zimmer. Unter meine Decke gekuschelt, versuche ich einzuschlafen, doch meine Gedanken rasen, genauso wie mein Herz. Immer wieder durchlebe ich die letzte Stunde und sehne mich jetzt schon nach Maxim und seinen Berührungen. Mein ganzer Körper kribbelt, der Frust über mich selbst und darüber, dass ich die Chance nicht genutzt habe, liegt wie eine schwere Decke auf mir. Während ich mich innerlich verfluche, vibriert auf einmal mein Handy. Das Display erleuchtet mein Zimmer, nachdem eine kurze Nachricht eingegangen ist.

Ich freu mich schon aufs nächste Mal. M.

Mit einem breiten Grinsen auf den Lippen schlafe ich ein.

GEHEIMNISSE

Leise pfeifend sprinte ich die Treppe hinunter, auf direktem Weg in die Küche. An diesem Morgen bin ich schon mit großartiger Laune aufgewacht und habe mich dann direkt an die Überarbeitung meiner Hausarbeit gemacht. Jetzt, um kurz nach zehn, eile ich ins Hotel, um mich dort an die Arbeit zu machen. Auf mich warten ein halbes Dutzend Zimmer, die geputzt werden müssen, und ein Speisesaal, der eingedeckt werden will. Es juckt mir in den Fingern, irgendwie einen Weg zu finden, Maxim zu begegnen. Allerdings ist das wahrscheinlich keine sonderlich gute Idee. Niemand darf wissen, was gestern vorgefallen ist, und nachdem Frida mich bereits einmal mit ihm gesehen hat, will ich kein Risiko eingehen.

Allerdings hält mich nichts davon ab, ihm eine Nachricht zu schicken. Schon heute Morgen habe ich mehrere von ihm bekommen, und jedes Mal, wenn mein Handy vibriert, kann ich nicht anders, als breit zu grinsen. So geht es auch die ganze Zeit, während ich versuche, meiner Arbeit nachzukommen. Es dauert deutlich länger als sonst, die Räume herzurichten.

Leider muss ich mich zusammenreißen, solange ich mit einigen Kellnerinnen den Speisesaal eindecke. Obwohl die meisten Gäste über Mittag auf der Piste bleiben, legt Reinhardt allergrößten Wert darauf, dass alles perfekt ist.

Sobald ich um kurz vor zwölf Feierabend habe – für die Mittagsschicht werde ich nicht mehr gebraucht –, schaue ich sofort nach Maxims Nachrichten. Mit fliegenden Fingern tippe ich eine Nachricht, dass ich gerade auf dem Weg in die Küche bin, um mir etwas zu essen zu besorgen.

Hunger hab ich auch … aber auf etwas ganz anderes.

Bei seiner Antwort muss ich mir die Hand vor den Mund schlagen, um mein Kichern zu unterdrücken – vor allem, als dann noch ein Selfie folgt, bei dem das schelmische Funkeln in seinen Augen kaum zu übersehen ist. Irgendwie schaffe ich es, eine ganze Ladung Emojis aneinander zu hängen, die hoffentlich klarstellen, was ich von seinem Hunger halte. Erneut vibriert mein Handy.

Heute noch was vor?

Ja, was habe ich eigentlich heute Nachmittag geplant?
Bisher ist es recht ruhig hier. Alle gehen ihren Aufgaben nach, und niemand interessiert sich für mich. Aber das hat, wie ich ja nur zu gut weiß, nicht viel zu bedeuten.

Aktuell steht nichts mehr auf dem Plan. Aber ich bin hier sehr gefragt, also kann sich das jederzeit ändern ;)

Aufgeregt starre ich auf meine Nachrichten-App und warte sehnsüchtig darauf, dass er mir antwortet.

**Dann sollten wir diesen kurzen Moment
der Ruhe vielleicht nutzen. Lust auf einen
Spaziergang durch den Garten?**

Oh? Mit so einem Vorschlag habe ich nicht gerechnet. Doch nach einigem Zögern antwortete ich ihm.

**Ein Spaziergang ist jetzt genau das Richtige.
Ich hab das Gefühl, mir schwirrt der Kopf.**

Ein paar Augenblicke später kommt eine kurze Nachricht:

Ist das denn so schlecht? ;)

Ich fühle mich, als würde ich auf Wolken laufen. Vielleicht ist es der Kitzel des Verbotenen oder einfach nur Maxim, aber so aufgedreht war ich schon lange nicht mehr.

»Was bist du denn so fröhlich?« Mit einem gehetzten Ausdruck auf dem Gesicht kommt Helen in die Küche geeilt und schaut sich um.

»Hab gut geschlafen und draußen ist super Wetter«, antworte ich ausweichend. »Was machst du hier?«

»Ich muss schnell was für Agnes holen und soll dich zum Direktor schicken.«

»Bei dir klingt das immer so, als müsste ich bald nachsitzen«, erwidere ich kichernd, doch werde sofort wieder ernst, als Helen nicht darauf eingeht.

Meine Freundin war schon immer etwas schusselig und abweisend, was sie mit ihrem guten Herzen allerdings doppelt und dreifach wieder wettmacht. Doch gerade wirkt sie sehr zittrig. »Was ist los?«

»Die Trauzeugin.« Kurz schüttelt Helen sich. »Sie hat auf ihrem Kleid für das Probeessen morgen einen Fleck entdeckt, und irgendwie gibt sie uns dafür die

Schuld. Eigentlich einem der Pagen, der ihren Koffer getragen hat, und ihrer Aussage nach etwas damit gemacht hat.«

»Ist nicht dein Ernst.« Meine gute Laune ist schlagartig dahin.

»Leider doch.« Traurig schüttelt sie den Kopf. »Ich habe keine Ahnung, was mit der nicht stimmt, aber irgendwann geht Agnes bestimmt an die Decke. Jetzt will sie den Fleck persönlich bearbeiten, um sicherzugehen, dass dem Kleid nichts weiter passiert.«

»Agnes streng geheimer Fleckenlöser muss hier irgendwo sein.« Zusammen mit Helen durchsuche ich die Schränke. »Weißt du, was mein Onkel von mir will?«

»Keine Ahnung, so was sagt er mir doch nicht. Aber so gestresst, wie er wirkt, ist sicher wieder eine Katastrophe im Anmarsch.«

»Gefunden!« Zufrieden halte ich das kleine Fläschchen hoch und werfe es Helen zu. »Hoffentlich kann man das Kleid noch retten.«

»Wenn du mich fragst, ist es das nicht wert. Das ist mehr ein Fetzen glitzernder Stoff als ein echtes Kleid«, murrt Helen.

»Wartest du noch kurz? Dann komme ich mit.« Sie nickt, woraufhin ich schnell die Treppe nach oben eile, um mir die Haare zusammenzubinden und einen schickeren Pulli anzuziehen. Helen wartet neben der Tür auf mich, nervös wippt sie auf den Zehenspitzen vor und zurück. »Wie war es eigentlich gestern?«

Zusammen treten wir in den klaren, aber frostigen Tag hinaus.

»Extrem kalt, aber auch sehr schön. Soweit ich mitbekommen habe, waren die Gäste sehr zufrieden.« Zumindest auf der Fahrt selbst. Wenn man den Gerüchten glauben kann, dann gab es danach Stress. Leider habe ich immer noch nicht herausgefunden, was genau passiert ist. Ich habe gefühlt alles verschlafen.

»Hast du das vom Abendessen gehört?« Mit großen Augen blinzelt Helen mich an, wahrscheinlich in der Hoffnung, dass ich mehr weiß als sie.

»Es gab wohl Streit, mehr weiß ich echt nicht«, murmle ich ausweichend.

»Nach dem, was Raphael erzählt hat, sind sogar Gläser geflogen. Und ein paar echt üble Ausdrücke gefallen«, plappert Helen weiter.

»Ich würde nicht allzu viel auf das hören, was Raphael von sich gibt«, winke ich ab.

Erleichtert treten wir ins Hotel, hinein in die warme Innenluft. Helen verabschiedet sich von mir, dann eilt sie so schnell sie kann mit dem Fleckenentferner zu Agnes, die sicher bereits an die Decke geht. In meiner Hosentasche vibriert mein Handy, aber ich reiße mich zusammen und hole es nicht hervor. Stattdessen mache ich mich auf den Weg zu meinem Onkel, um herauszufinden, warum die Welt jetzt schon wieder untergeht.

Reinhardt sitzt hinter seinem Schreibtisch, die Nase in irgendwelchen Notizen vergraben. Leise schließe ich die Tür hinter mir, dann nehme ich mit einem mulmigen Gefühl im Bauch Platz.

»Geht es dir heute wieder besser? Agnes hat erzählt, dass du fast erfroren wärst.« Besorgt mustert er mich.

Schnell winke ich ab. »So schlimm war es gar nicht. Was sind schon ein paar kalte Zehen? Mir geht es wieder klasse.« Ich bin selbst überrascht, dass ich weder huste noch niese. Hoffentlich kommt die Erkältung, wenn sie kommt, erst nächste Woche.

Einen Moment lang sieht Reinhardt mich unter zusammengezogenen Augenbrauen an, dann scheint er sich mit meiner Antwort zufriedenzugeben. »Ich habe mal wieder eine Bitte an dich.«

»Damit hätte ich jetzt gar nicht gerechnet.« Ich unterdrücke ein Kichern und blicke ihn fragend an.

»Justine hat heute Morgen angerufen.« Seufzend reibt er sich die Stirn. »Sie muss sich für heute Abend krankmelden, Magen-Darm. Schon wieder eine, die ausfällt.«

Ich verziehe den Mund. »Das tut mir echt leid für sie.«

»Langsam habe ich wirklich das Gefühl, diese Woche ist verflucht. Jeden Tag gibt es neuen Stress, neuen Ärger, und so sehr ich mich auch anstrenge, ich bekomme es einfach nicht in den Griff.«

»Onkel Reinhard, sag doch sowas nicht! Wir haben alles unter Kontrolle, und die Gäste sind wunschlos glücklich. Diejenigen, die es nicht sind, wollen es meiner Meinung nach auch einfach nicht sein. Dann kommt Justine heute nicht, wir schaffen es auch ohne sie. Was genau steht denn an?«

»Das Nachtrodeln. Justine sollte die Männer und Frida begleiten und sich um die Gäste kümmern. Jetzt fällt sie allerdings sowohl fürs Abendessen als auch fürs Rodeln aus.«

»Ich übernehme das. Damit kenne ich mich aus, vom Kellnern gar nicht erst zu sprechen.« Ich greife über den Tisch und drücke liebevoll seine Hand. »Wir bekommen das schon hin.«

»Was würde ich nur ohne dich machen?«

»Wahrscheinlich kurzzeitig jemand Neuen einstellen und hoffen, dass es funktioniert. Aber darum musst du dir echt keine Sorgen machen«, verspreche ich ihm.

»Nur pass heute Nacht bitte auf, dass du nicht wieder so frierst. Ich will nicht, dass du auch noch krank wirst.«

»Es geht ums Nachtrodeln. Ich werde die ganze Zeit unter einem Wärmepilz stehen und Kakao ausschenken. Was soll mir da schon passieren?« Ein wenig bereue ich diese Aussage jetzt schon, immerhin fordere ich das Schicksal damit förmlich heraus.

Bevor ich wieder verschwinde, drücke ich meinem Onkel einen Kuss auf die Wange und versichere ihm noch einmal, dass alles gut werden wird. Doch sobald ich aus dem Büro heraus bin, hole ich mein Handy hervor, um endlich meine Nachrichten zu checken.

Meine Verabredung steht. Pfeifend mache ich mich wieder auf den Weg ins Haus und suche mir nach der Aufregung nun endlich was zum Mittagessen.

***

Dick eingemummelt trete ich in die warme Nachmittagssonne hinaus und blicke mich um. Der Schlosspark erstreckt sich lang hinter dem Hotel. Im Sommer ist er ein Kunstwerk aus kleineren Gärten, Beeten und blühenden Obstbäumen, doch jetzt im Winter versteckt sich alles unter einer dicken Schicht Schnee. So begegnet mir niemand, als ich einen der kaum sichtbaren Wege entlanggehe. Dank der Sonne, unter der der Schnee glitzert wie tausend feine Kristalle, ist es ein traumhaft schöner Tag.

Einige Minuten schlendere ich allein vor mich hin, bis ich ein Stück vor mir eine Gestalt entdecke, die ähnlich gut eingepackt wie ich vor sich hinschlendert. Wie von allein beschleunigen sich meine Schritte, sodass ich fast renne. Doch im letzten Moment stoppe ich mich selbst, versuche stattdessen, so cool wie möglich zu wirken.

»So sieht man sich wieder«, begrüße ich Maxim. Meine Hände habe ich tief in den Jackentaschen vergraben, als ich mich ihm anschließe.

»Was für ein Zufall, dass wir beide uns hier treffen.« Breit grinst er mich an.

»Das Wetter ist ein Traum, da kann man doch mal spazieren gehen.« Locker zucke ich mit den Schultern.

»Vielleicht nicht unbedingt, wenn man am Tag vorher fast erfroren wäre.«

»Ach, so schlimm war es gar nicht«, winke ich schnell ab. »Außerdem habe ich mich danach ausführlich aufgewärmt.«

»Ja, das habe ich mitbekommen.« Maxim reicht mir die Hand und ich ergreife sie. Trotz der Eiseskälte um uns herum wird mir warm.

»Und, was hast du heute so getrieben?«, frage ich, ohne groß darüber nachzudenken.

»Absolut gar nichts. Es ist lange her, dass ich so viel Zeit mit Nichtstun verbracht habe.«

»Wie verbringst du denn sonst deine Tage?« Neugierig hebe ich die Augenbrauen.

»Sport, zocken, überlegen, wie ich mit meinem Leben weitermachen soll.« Kurz wendet er den Blick ab und schaut sich um. »Sieht uns hier jemand?«

Über die Schulter blicke ich zurück zum Hotel. Die einzige Möglichkeit, in den Garten zu sehen, ist aus den oberen Stockwerken und den Fenstern des Ballsaals, aber ich bin mir sicher, dass da gerade niemand ist. »Wir sind hier ziemlich ungestört.«

»Sehr gut.« Maxim legt seine warmen Hände um mein Gesicht, zieht mich behutsam zu einem intensiven Kuss heran, der mich ganz schwindelig macht. Ich schmiege mich an ihn, erwidere die Berührungen mit all dem Feuer, das seit gestern in mir brennt. In meiner dicken Kleidung wird mir auf einmal unendlich heiß. Meine Finger vergraben sich in seinem Haar, mit einem Ruck ich ziehe ihn noch enger an mich. Schwer atmend gebe ich seiner Zunge Einlass in meinen Mund, worauf mir ein leises Stöhnen entweicht. Maxims Hände wandern von meinem Gesicht über meinen Hals zu meiner Taille hinab, woraufhin er besitzergreifend die Arme um mich schlingt.

Gleichzeitig werden seine Küsse drängender, und ich wünsche mir nichts lieber, als meine Kleider loszuwerden, um da weiter zu machen, wo wir gestern aufgehört haben.

Langsam löst Maxim sich von mir. »Du zitterst schon wieder.«

»Das liegt aber ganz sicher nicht an der Kälte«, gebe ich atemlos von mir. Meine Knie sind schwach, und ich muss mich an Maxim festhalten, um nicht in den Schnee zu sinken.

»Vielleicht ist hier draußen nicht der richtige Ort, um weiterzumachen.« Innig streicht er mir über die Wange. »Aber ich hätte heute Abend Lust, noch mal schwimmen zu gehen.«

Traurig schüttle ich den Kopf. »Heute Abend wird das mit dem Schwimmbad wohl nichts. Ich komme sicher erst nach zehn Uhr zurück.«

»Wohin gehst du denn?«

»Hast du das nicht mitbekommen? Heute steht Nachtrodeln an«, kläre ich ihn auf.

»Nacktrodeln? Das klingt spaßig.« Anzüglich wackelt er mit den Augenbrauen.

»Ha, ha. Das findet nicht heute statt, sondern immer in der Woche zwischen Weihnachten und Neujahr, also haben wir es leider schon verpasst.«

»Ernsthaft?«, fragte Maxim mit einer Mischung aus Überraschung und Interesse.

»Du kommst heute Abend also nicht mit?«, wechsle ich das Thema.

»Mein Vater und Mila haben mich darum gebeten, aber ich finde, fürs Rodeln bin ich schon etwas zu alt. Wenn du allerdings auch dabei bist, werde ich mir das nicht entgehen lassen.«

»Nicht, dass jemand Verdacht schöpft«, gebe ich zu bedenken.

»Mach dir deshalb mal keine Sorgen. Zum Teil gehe ich auch mit, um mehr Zeit mit den beiden zu verbringen. Nach den Fotos gestern ist mein Vater so verdammt glücklich, das will ich nicht zerstören.«

»Wieso solltest du auch?« Verwirrt blicke ich ihn an.

»Vergiss es. Erst mal konzentriere ich mich ganz auf dieses Wochenende und meine Beziehung zu Mila. Das ist wahrscheinlich schon genug Arbeit.«

Freundschaftlich stoße ich ihm mit dem Ellbogen in die Seite. »Irgendwie magst du sie.«

»Ich mag einige Leute in diesem Hotel.« Sein brennender Blick bohrt sich in meinen, schwer schluckend erwidere ich ihn.

»Aber du zitterst wirklich. Lass uns wieder reingehen, bevor du dir noch eine Erkältung einfängst.« Ohne auf meine Antwort zu warten, greift er nach meiner Hand und zieht mich hinter sich her. Grinsend folge ich ihm zurück zum Hotel, auch wenn es mir sehr schwerfällt, den Garten hinter uns zu lassen. Hier draußen gibt es nur uns beide und den Schnee.

KALT UND DUNKEL

*I*ch begleite Maxim zurück zum Hotel, einfach nur, weil ich ihn noch nicht gehen lassen will. In zwei Stunden gibt es Abendessen, danach geht es los zum Rodeln, von da an haben wir keine Zeit mehr, allein zu sein. Vielleicht würden wir es doch noch schaffen, einen kurzen Moment zu zweit zu erhaschen, um die letzte Nacht endlich zu Ende zu bringen … Noch immer schlägt mein Herz viel zu schnell, so sehr sehne ich mich nach dem Kuss. Und nach mehr.

Sobald wir in den Schatten des Hotels treten, löse ich meine Hand aus Maxims Griff. Hastig vergrabe ich sie wieder tief in meiner Jackentasche. Mein Plan ist, dass ich ihn bis zur Tür bringe und dann zurück ins Haus gehe, um bis zum Abend zu warten. Doch bevor wir um die Ecke zum Haupteingang treten, höre ich aufgeregte Stimmen. Neugierig folge ich Maxim ein Stück länger und entdecke Agnes und Fabian, die aufgeregt mit einem mir unbekannten Mann diskutieren.

»Kommst du noch mit?«, fragt Maxim leise.

»Zumindest bis zur Tür. Ich will wissen, was hier vor sich geht.« Trotzdem warte ich noch einen Moment, damit Maxim vor mir reingeht. Anschließend trete ich auf die kleine Gruppe zu. »Was ist denn hier los?«

Der wütende Blick des Mannes streift mich nur für einen Moment, dann wendet er sich wieder Agnes zu und spricht mit hochnäsiger Stimme: »Dieses Kleid darf ausschließlich der Braut oder dem Hoteldirektor übergeben werden, haben wir uns endlich verstanden?«

»Die Braut ist gerade noch auf der Piste, und der Direktor nicht im Haus.« So angepisst, wie Agnes klingt, erklärt sie ihm das sicher nicht zum ersten Mal. Wieso muss der Mann auch an einem Freitag um diese Uhrzeit hier auftauchen? Da ist Onkel Reinhardt immer im Dorf zur Physiotherapie.

»Dann schaffen sie einen von beiden hierher, ansonsten werde ich das Kleid wieder mitnehmen«, giftet der Kerl weiter. Erst jetzt bemerke ich das Auto, welches ein Stück die Einfahrt hinunter parkt.

Fragend blicke ich zwischen den Leuten hin und her und bleibe an Fabian hängen, der mich hilfesuchend anschaut. Tief atme ich durch, sammle mich, dann trete ich zwischen die Streithähne. »Tut mir leid, mein Name ist Melina und ich bin die Nichte des Direktors. In seiner Abwesenheit übernehme ich hier das Sagen. Was genau ist denn das Problem?«

Seine ganze Wut richtet sich sofort auf mich. »Ich komme von der Boutique Fleur Bleue und bringe das Hochzeitskleid für Frau Franzka. Ich habe strenge Anweisungen bezüglich der Auslieferung, und diese beiden hier sind mir nicht sonderlich behilflich.«

Ich unterdrücke einen bissigen Kommentar und setze ein falsches Lächeln auf. »Bitte entschuldigen Sie meine Angestellten. Wir wurden nicht über die Lieferzeiten informiert. Wie wäre es, wenn Sie mit reinkommen und hier warten, bis die Braut zurück ist? Drinnen ist es viel wärmer, und wir haben außerdem eine großartige Auswahl an Heißgetränken und Gebäck.«

Das Angebot verfehlt seine Wirkung nicht, denn die Miene des Kerls entspannt sich, und er nickt knapp. »Ja, ich denke, das wird gehen. Ich hole nur schnell das Kleid.«

Während er zu seinem Auto geht, verschwindet Fabian erleichtert seufzend nach drinnen. Agnes tritt mit verschränkten Armen neben mich. »So ein unhöflicher Mensch. Als wüsste ich nicht, wie man korrekt mit einem Hochzeitskleid umzugehen hat.«

»Vergiss ihn einfach! Du kennst doch die Lieferanten. Manche von denen haben einfach einen Powertrip oder machen uns gern das Leben schwer.«

Schnaubend stimmt Agnes mir zu, wartet aber weiterhin vor Wut und Missfallen kochend neben mir. Mit einem breiten Lächeln geleite ich den Mann hinein und führe ihn zu einem der Sofas, wo er Platz nimmt. Den großen Kleidersack, verziert mit einer massigen blauen Schleife, lässt er dabei nicht einmal aus den Augen. Schnell verschwinde ich in die Küche, um etwas für ihn zu holen. Nachdem der Mann mit Kaffee und Petit Fours ruhiggestellt ist, geselle ich mich zu Fabian an die Rezeption, von wo aus ich ihn im Auge behalten kann.

Zwanzig Minuten später fährt der Bus vor, der die Gäste von der Piste zurückbringt. Erleichtert atme ich auf und eile an die Tür, wo ich Mila sofort abfange. »Dein Hochzeitskleid ist angekommen!«

Sofort hellt sich ihr Gesicht auf. »Wirklich? Oh, ich habe ganz vergessen, dass es heute kommt. Ist es schon in meinem Zimmer?«

Entschuldigend erkläre ich: »Der Kurier wollte uns das Kleid nicht übergeben, und leider ist mein Onkel gerade nicht im Haus. Du musst es selbst in Empfang nehmen.«

»Oh, gar kein Problem! Das erledige ich schnell, und dann will ich nur noch duschen.«

Ich führe sie zu dem Lieferanten, der seine Hochnäsigkeit fallenlässt und auf einmal ganz handzahm erscheint. Während Mila die nötigen Formulare ausfüllt - überraschend viele für eine einzige Zustellung -, warte ich in einiger Entfernung auf sie.

»Soll ich beim Hochtragen helfen?«, frage ich, nachdem sie sich von ihm verabschiedet hat. Fabian und Agnes sind bereits dabei, den Mann aus dem Hotel zu führen.

»Wärst du so lieb? Der Sack ist doch größer als gedacht.« Ungeschickt balanciert sie ihn auf dem Arm, weshalb ich ihn schnell an mich nehme und ihr bedeute, voranzugehen. Verdammt, dieses Kleid ist ja echt schwer. Ist es etwa aus massivem Gold?

»Ich wollte sowieso noch mit dir unter vier Augen sprechen.« Mila lächelt mich freundlich an, als die Aufzugtüren sich schließen.

»Ähm.« Panisch überlege ich, was ich falsch gemacht haben könnte. Sie hat doch nicht etwa von Maxim und mir erfahren? »Weshalb denn?«

»Ich bin mir ziemlich sicher, dass Maxim sich gestern deinetwegen auf ein Foto mit mir eingelassen hat. Er hat mir erzählt, dass du ihn ins Dorf mitgenommen hast, danach war er ganz verändert. Generell ist er jetzt etwas offener mir gegenüber.«

Oh, oh. Nicht gut. »Ach, Quatsch. Das hat nichts mit mir zu tun. Ich kenne Maxim ja kaum«, winke ich schnell ab. Erleichtert atme ich auf, als sich die Türen öffnen und wir in den Flur dahinter treten. Wenn Mila davon weiß, dann sicher auch einige andere.

Irgendwie schaffe ich es, den schweren Sack ohne größere Unfälle die schmale Treppe hinaufzubefördern. »Bitte leg es einfach irgendwohin«, weist sie mich an.

Sorgsam hänge ich den Kleidersack an einen Haken an der Wand. Meine Neugierde ist geweckt, aber ich reiße mich zusammen und wende mich wieder Mila zu. »Hoffentlich ist alles sicher angekommen.«

Mit einem breiten Lächeln eilt sie zur mir und löst die Schleife. Wir beide halten den Atem an, als sie den Reißverschluss herunterzieht und ein Meer aus Tüll und Spitze enthüllt, das sanft im Licht glitzert. Behutsam nimmt sie die Hülle ab, um das Hochzeitskleid genauer zu betrachten.

»Oh, es ist wunderschön«, haucht Mila. Sie stolpert ein Stück zurück, wo sie sich auf einen freistehenden Diwan fallen lässt. »Es ist jetzt schon so lange her, dass ich es ausgesucht habe, da habe ich beinahe vergessen, was für ein Meisterwerk es ist.«

»Du wirst sicher eine umwerfende Braut«, murmle ich leise.

»Das hoffe ich.« Ernst blickt sie mich an. »Ich habe kein Problem damit, vor tausend Leuten aufzutreten, aber allein beim Gedanken an die Hochzeit rast mein Herz.« Sie drückt sich die Hand auf die Brust.

»Mach dir keine Sorgen. Du wirst eine atemberaubende Braut, mit einer märchenhaften Zeremonie und allem, was dazu gehört.«

»Danke, Meli.« Kurz greift sie nach meiner Hand und drückt sie. »Ich gehe jetzt duschen. Nachher steht ja noch das Rodeln auf dem Programm.«

»Soll ich das Kleid bei uns in einem sicheren Raum unterbringen, damit nichts bis Sonntag nichts daran kommt?«, frage ich.

»Würdest du das tun? Soweit ich das sehe, ist alles in Ordnung, und dort ist es sicher besser aufgehoben als hier. Manchmal kann es ganz schön chaotisch werden.« Mit einem dankbaren Lächeln verschwindet sie ins Badezimmer.

Sorgsam packe ich das Kleid zurück in den Sack und mache mich auf den Weg in den Keller. Neben der Wäscherei gibt es unten noch ein kleines Nähzimmer, das nicht sehr oft benutzt wird, sich aber hervorragend eignet, um solch wertvolle Dinge sicher aufzubewahren. Mit etwas Glück finde ich dort Agnes und kann ihr das Kleid übergeben. Irgendwie habe ich Panik, dieses wunderschöne Stück mit mir herumzutragen. Doch kaum erreiche ich die Tür der Suite, kündigt das Geräusch klackernder Absätze eine böse dreinschauende Shirin an. Sobald sie mich entdeckt, bleibt sie wie festgefroren stehen und durchbohrt mich förmlich mit ihren Blicken.

»Was willst du denn hier?« Sie spuckt mir die Worte beinahe vor die Füße.

»Guten Tag. Ich bringe nur schnell das Brautkleid ins Nähzimmer«, sage ich so freundlich, wie ich kann. Möge sie doch an meiner Professionalität ersticken.

Mit zusammengezogenen Augenbrauen stellt sich Shirin mir in den Weg. »Du trägst deine Nase ganz schön hoch für ein Zimmermädchen. Bist immer überall dabei und schmeißt dich Leuten an den Hals, von denen du dich besser fernhalten solltest.«

Erschrocken stolpere ich einen Schritt zurück, beinahe rutscht mir der Kleiderbügel aus den Fingern, doch ich kralle mich hinein. »Ich habe keine Ahnung, wovon Sie sprechen. Bitte lassen Sie mich jetzt durch.«

»Wenn ich dich noch einmal in Maxims Nähe erwische, berichte ich allen von eurer kleinen Knutscherei im Garten. Vielleicht solltest du dir einen versteckteren Ort suchen, um dich an einen Gast ranzumachen.« Sie ist mir jetzt so nah, dass ich ihren Atem auf meinem Gesicht spüren kann. Ein wenig überrascht es mich, wieso sie nicht direkt zum Angriff übergeht. Aber vielleicht hat sie Angst, so noch mehr die Wut von Maxim auf sich zu ziehen?

»Ich hab wirklich keine Ahnung, wovon Sie sprechen«, zische ich etwas zu aggressiv. Schnell versuche ich, mich wieder in den Griff zu bekommen. »Meine

Beziehung zu anderen Gästen gehen Sie rein gar nichts an, von meinem Privatleben ganz zu schweigen. Jetzt treten Sie bitte zur Seite, das Kleid muss weggebracht werden.«

Einen Augenblick starrt sie mich zornig an, dann streckt sie auf einmal die Hand aus und versucht mir den Sack abzunehmen. Sofort weiche ich ihr aus. »Jemand wie du sollte dieses Kleid nicht anfassen. Am Ende ruinierst du es noch, genauso wie meines«, zischt sie.

Panisch suche ich nach einer Lösung, denn etwas sagt mir, dass Shirin das Kleid nicht in die Finger bekommen sollte. Langsam weiche ich zurück und halte sie so auf Abstand. »Ich habe klare Anweisungen von der Braut.«

»Tja, die ist jetzt aber nicht hier. Also rück das Kleid raus!« Erneut greift sie nach dem Kleidersack, und ich mache einen Satz nach hinten. Wenn dieses dumme Katz-und-Maus-Spiel so weitergeht, werde ich bald wie ein Geist durch die Wand verschwinden müssen.

Erleichtert atme ich auf, als die Badezimmertür aufgeht und eine in ein Handtuch gekleidete Mila heraustritt. Mit einem verwirrten Ausdruck im Gesicht bleibt sie stehen und blickt zwischen ihrer Trauzeugin und mir hin und her. »Alles in Ordnung hier?«

»Natürlich, ich bringe jetzt das Kleid weg«, sagte ich schnell und drücke mich an Shirin vorbei. Ich bin erleichtert, dass sie vor ihrer Freundin anscheinend keine Show abziehen will.

Ohne aufgehalten zu werden, schaffe ich es mit dem Kleid in den Keller, wo ich tatsächlich Agnes antreffe. »Ich bringe dir den Schatz – könntest du ihn bis Sonntag sicher unterbringen?«

Mit großen Augen nimmt sie mir den Sack ab. Zum Glück, denn langsam kann ich meine Arme nicht mehr spüren. »Ich werde mich persönlich darum kümmern. Im Nähzimmer sollte es gut aufgehoben sein.«

»So wie das Kleid der Trauzeugin?«, muss ich einfach fragen.

»Ich habe immer noch nicht herausgefunden, was das für ein Fleck ist. Sieht aus wie eine Mischung aus Rotwein, Make-up und wer weiß, was sonst noch.« Agnes schüttelt leicht den Kopf. »Aber noch gebe ich nicht auf. Diese Frau wird auf keinen Fall gewinnen.«

»Sag Bescheid, wenn du dir helfen kann«, murmle ich zum Abschied, bevor ich zurück ins Haus eile. Nicht mehr lange, bis das Abendessen beginnt, danach auch schon direkt das Nachtrodeln, und davor will ich unbedingt noch duschen gehen.

Mit meiner Kellnerweste bewaffnet kehre ich ins Hotel zurück und mache mich für den Abend bereit. Als ich im Speisesaal ankomme, erfüllen die leisen Unterhaltungen der anderen Angestellten bereits den Raum.

»Worüber lästert ihr denn schon wieder?« Ich lehne mich neben Michelle an die Bar.

»Darüber, welches Drama hier heute Abend wieder vonstattengehen wird.« Mit einem bösen Lächeln beugt Raphael sich zu mir über. »Du bist ja heute auch da, das wird sicher lustig.«

»Weniger reden, mehr Drinks mixen«, weise ich ihn gelangweilt an – gerade fehlt mir die Lust, mich mit einem solchen Dummschwätzer abzugeben - und beschließe, ihn für den Rest meiner Schicht zu ignorieren.

Zu meiner großen Überraschung vergeht das Dinner jedoch ohne weitere Dramen, was vielleicht daran liegt, dass von Shirin jede Spur fehlt. Alle anderen, die zum Nachtrodeln mitkommen wollen, sind bereits anwesend, sie dagegen zeigt ihr böses Gesicht nicht.

Ein kleines Lächeln kann ich mir deswegen nicht verkneifen, als ich zum Tisch gehe, um den Gruß aus der Küche zu servieren. Dabei spüre ich die ganze Zeit Maxims Blick auf mir.

»Zu schade, dass Shirin auf einmal Kopfschmerzen bekommen hat.« Gespielt traurig schüttelt Emma den Kopf, während sie die Hand ihrer zukünftigen Schwiegertochter tätschelt. »Dann werdet ihr wohl heute Abend ohne sie gehen müssen.«

»Vielleicht erholt sie sich ja noch«, murmelt Mila leise und blickt zur Tür.

Mir persönlich wäre es lieber, wenn Shirin wegbleiben würde. Ihre Drohung habe ich noch nicht vergessen. Und sie scheint nicht der Mensch zu sein, der einer solchen am Ende nicht nachkommt. Ohne Shirin ist es allerdings beinahe schon langweilig. Zumindest sagen die anderen Kellnerinnen das. Ich persönlich freue mich darüber, denn so kann ich es mir erlauben, ab und zu mit Maxim Blicke auszutauschen.

Ganz egal, ob ich gerade auf den nächsten Gang warte oder seinen Tisch bediene, die ganze Zeit über kann ich spüren, dass er mich beobachtet. Es treibt mir eine angenehme Gänsehaut über den Körper und erinnert mich an den gestrigen Abend sowie unseren Spaziergang.

Ich bin gerade dabei, den Hauptgang abzuräumen, als Mila mich anspricht. »Das Kleid ist auch wirklich sicher aufgehoben?«

Ich sehe die Sorge in ihren Augen. »Sicher und bequem im Nähzimmer. Da kommt außer uns niemand rein, also kann dem Kleid nichts passieren. Aber wenn du möchtest, kann ich es gern wieder in dein Zimmer bringen.«

»Nein, nein«, winkt sie sofort ab. »Ich bin nur manchmal etwas überfürsorglich. Es hat so lange gedauert, das perfekte Kleid zu finden.« Verträumt seufzt sie.

»Es ist auch wirklich wunderschön«, betone ich noch einmal, stocke allerdings, bevor ich weitersprechen kann. Etwas wandert langsam meinen Oberschenkel nach oben, dank der Strumpfhose dauert es allerdings einen Moment, bis ich erkenne, dass es Fingerspitzen sind.

Ich konzentriere mich weiterhin auf Mila, die mir davon erzählt, wie viele Brautläden in ganz Deutschland sie hatte abklappern müssen, doch aus dem Augenwinkel schaue ich zu Maxim, der ausgerechnet heute neben ihr sitzt. Und ich stehe genau zwischen ihnen. Seine beiden Hände sind unter der Tischdecke verborgen, und ich bin mir ziemlich sicher, dass eine gerade mein Bein hochwandert. Maxims unterdrücktes Grinsen in meinem Augenwinkel bestätigt mich nur in meiner Vermutung, während ich mich kaum auf Milas Erzählung konzentrieren kann.

»Jedenfalls habe ich es einer Empfehlung des Hoteldirektors zu verdanken, hier ganz in der Nähe fündig geworden zu sein ... Also danke, Meli, dass du dich darum kümmerst.« Mila tätschelt meine Hand und reißt mich aus meinen Gedanken. Zitternd lächle ich auf sie herab, ehe ich schnell das Weite suche, bevor Maxims Berührungen mich noch völlig aus dem Konzept bringen.

∗∗∗

Aufgeregt plappernd versammeln sich die Gäste im Foyer, während ich mich eilig im Haus umziehe und meine Jacke hole. Je später es wird, desto mehr freue ich mich auf das Nachtrodeln, denn es ist immer ein Riesenspaß. Im Anschluss daran sind üblicherweise alle völlig ausgelassen, bleiben lange auf und benehmen sich fast schon wie kleine Kinder.

Frida wartet neben der Tür auf mich, weil wir etwas früher losfahren als die Gäste, um aufzubauen. Mit verschränkten Armen tippt sie mit dem Fuß auf den Boden und winkt mich sofort hinter sich her, als ich zurückkomme.

Draußen steht bereits ein Schneemobil für uns bereit. Ich lasse Frida den Vortritt, dann klettere ich hinten in den dazugehörigen Anhänger, der über zwei Sitzbänke verfügt, auf denen ich es mir sofort bequem mache. Die Nacht ist klar und kalt – perfekte Bedingungen also, was meine Vorfreude nur weiter schürt, sodass ich aufgeregt die Hände aneinanderreibe. Als wir losfahren, erhasche ich noch einen kurzen Blick auf Maxim, dessen Lippen ein breites Lächeln offenbaren. Wie von allein erwidere ich es, spüre dabei ein angenehmes Prickeln im Nacken. Dann setzten wir uns in Bewegung.

UNTER DEN STERNEN

*D*er Berg, an dem unsere Gäste immer rodeln, liegt etwa zehn Minuten mit dem Schneemobil entfernt. Ruckelnd rasen wir über den bereits platt gefahrenen Schnee, die einzige Lichtquelle sind die Scheinwerfer und die Sterne über uns. Aufgeregt lächle ich dem Himmel entgegen. Es ist großes Glück, dass er immer noch frei ist, eine bessere Nacht kann es für unsere Pläne gar nicht erst geben.

Als wir ankommen, halten wir an der kleinen Lichtung am Ende der Bahn. Hier gibt es einen kleinen hölzernen Unterstand, in dem bereits die Wärmepilze laufen. Mehrere große Flutlichter erhellen die Nacht und lassen das Ganze einladend wirken. Zusammen mit Frida schleppe ich die Thermoskannen mit Kaffee und Kakao zum Unterstand, wo wir alles auf den Holztischen aufbauen. Hier können die Gäste auf die nächste Runde warten, während sie sich aufwärmen und unterhalten.

Gerade, als ich die letzten Tassen aufgestellt habe, durchdringt das Röhren der anderen Schneemobile die Nacht, und schon bald ist die Luft erfüllt mit den vielen Stimmen der Leute, die aufgeregt durcheinander plappern.

»Übernimmst du bitte die Ansprache? Darauf habe ich heute echt keine Lust«, bittet mich Frida, wobei ihr anzusehen ist, dass sie einen stressigen Tag hinter sich hat.

»Klar, wenn du die ersten Getränke schon mal fertig machst.« Ich komme hinter dem Tisch hervor und beziehe neben den Schlitten Stellung.

»Einen schönen guten Abend«, begrüße ich die versammelten Gäste. »Es freut mich, dass Sie heute so zahlreich beschlossen haben, hierher zu kommen. Nachtrodeln ist eine der aufregendsten Aktivitäten, die man bei uns unternehmen kann. Auch wenn manche von Ihnen vielleicht schon Erfahrung mitbringen, erkläre ich kurz, wie es ablaufen wird.

Wir haben insgesamt zwölf Schlitten, auf die bis zu zwei Personen passen. Jeweils sechs fahren zusammen auf den Berg. Sie werden mit den Schneemobilen nach oben gebracht und rodeln von dort wieder herunter. Die Bahn selbst ist gut markiert, es ist also schwer, sich zu verfahren. Für diejenigen, die hier unten warten, stehen warme Getränke zum Aufwärmen bereit. Die ersten Freiwilligen können jetzt vortreten.«

Sofort melden sich Braut und Bräutigam, nehmen sich einen der Schlitten und klettern auf einen der Anhänger. Auch Maxim gehört zur ersten Gruppe, die nach oben fährt.

Bevor er aufbricht, kommt er mir scheinbar zufällig so nah, dass sein Arm meinen streift. »Fährst du nachher eine Runde mit mir?«

Ich unterdrücke ein Lächeln. »Ich bin hier, um zu arbeiten, nicht zum Spaß. Das musst du wohl leider ohne mich machen.«

Das Gute am Nachtrodeln ist eindeutig, dass wir hier Wärmepilze haben. Ansonsten wäre es sicher kein großer Spaß, stundenlang in der dunklen Kälte zu stehen und Getränke auszugeben. Von den zwanzig Hochzeitsgästen sind neunzehn mitgekommen, um die wir uns nun kümmern müssen, damit uns auch ja keiner erfriert. Ein wenig bin ich ja erleichtert, dass Shirin keine von ihnen ist.

Etwa zwanzig Minuten später kehren die Schneemobile zurück, und die nächsten sechs Schlitten machen sich auf den Weg nach oben. Fleißig gebe ich Kakao mit Sahne und Kaffee mit Schuss aus. Frida reibt sich die Hände und stößt die Luft aus. »Ich vergesse immer wieder, wie kalt es beim Rodeln ist.«

»Wie kannst du hier frieren?«, frage ich lachend. »Mir ist angenehm warm.«

»Du überlebst aber auch einen ganzen Tag in einem Schneesturm. Für Kälte bist du anscheinend nicht anfällig«, meckert sie leise, während sie den nächsten Becher ausgibt.

Ausgelassenes Lachen erklingt vom Ende der Bahn, als Mila und Herr van Hausen das letzte Stück entlangflitzen. Der Schlitten kommt passend vor der Menschentraube zum Stehen. Laut johlend springen die beiden auf. Schnell mache ich zwei Tassen fertig, breit grinsend halte ich diese für die beiden bereit. Als Mila den Stand erreicht, nimmt sie die den Kakao mit glühend roten Wangen entgegen. »Das macht so einen Spaß.«

»Du kannst ja gleich noch mal fahren«, schlage ich ihr vor.

»Erst mal will ich mich ein wenig aufwärmen. Was ist mit dir?«

Vage deute ich auf den Tisch zwischen uns. »Leider muss ich hier weitermachen.«

»Wie schade, du sollst doch auch etwas Spaß haben.«
Mila schnappt sich noch die Tasse für ihren Verlobten, bevor sie aufgeregt zu ihm zurückeilt.

»Ein Kakao mit Eierlikör und viel Sahne.« Maxim beugt sich mit einem ausgelassenen Funkeln in den Augen über den Tisch.

»Eine ausgezeichnete Wahl.« Zwinkernd reiche ich ihm das Getränk, wobei seine Finger meine streifen.

»Hat mir eine Freundin empfohlen.« Maxim zwinkert mir zu, dann gesellt er sich zu seinem Vater, der unter einem Heizpilz steht. Für einen Moment blicke ich ihm hinterher, vergesse dabei ganz die Welt um mich herum. Ohne es zu wollen, reibe ich mir über die Brust. Da ist er wieder, mein Wunschtraum.

Jetzt mit jemandem Arm in Arm im warmen Schein stehen, etwas Heißes zu trinken in der Hand und die Zeit mit dieser Person genießen. Doch wenn ich Maxim ansehe, verschwimmt dieses Bild. Stattdessen befinde ich mich wieder im Schwimmbad, wo wir beide allein und ungestört sind.

Schnell wende ich den Blick ab und versuche, mich wieder unter Kontrolle zu bekommen. Wieso muss ich ausgerechnet jetzt an so etwas denken? Mir bleiben sowieso nur noch drei Tage, dann reist Maxim wieder ab …

Die nächsten Stunden ziehen gleichförmig an mir vorbei. Gäste werden nach oben gefahren, kommen aufgedreht und fröhlich wieder nach unten, Frida und ich schenken Getränke aus, während wir pausenlos lächeln.

Um kurz vor zehn Uhr ruft einer der Schneemobilfahrer die letzte Runde aus. Erleichtert atme ich durch. Langsam wird auch mir kalt. Nach dem langen Tag fange ich an, mich nach meinem weichen Bett zu sehnen.

»Sicher, dass du nicht doch mit mir fahren willst?«
Maxim holt sich die - ich weiß gar nicht mehr, wie-
vielte - Tasse Kakao. Wenigstens verzichtet er jetzt
auf den Eierlikör.

Erneut deute ich auf den Tisch vor mir. »Ich würde
ja, wenn ich könnte. Aber du solltest dir die letzte
Runde auf keinen Fall entgehen lassen.«

Seufzend wendet er sich ab und geht zu den anderen, während ich ihm auf meiner Unterlippe herum-
kauend hinterherschaue.

»Na los, geh schon!« Frida legt mir die Hand auf die
Schulter und deutet mit dem Kopf zum Schneemobil.
»Die letzte Runde hier schaffe ich auch allein. Gönn
dir ruhig ein bisschen Spaß.«

»Bist du dir sicher?« Skeptisch sehe ich sie an. »Ich
will dich hier nicht im Stich lassen.«

»Jetzt verschwinde schon, ehe ich es mir anders
überlege!«, weist sie mich an und scheucht mich förmlich davon.

Schnell schnappe ich mir meine Handschuhe, bevor
ich zum Schneemobil renne. »Ich fahre doch mit!«

Maxim reicht mir seine Hand und zieht mich neben
sich auf den Anhänger. Zufrieden grinst er vor sich
hin, während wir den Berg hochfahren.

»Toll, dass du doch noch eine Runde fährst«, ruft
Mila mir über das Röhren des Motors zu. »Du hast es
dir auf jeden Fall verdient.«

Statt einer Antwort lächle ich lediglich. Aufgeregt
balle ich die Fäuste, als mein Blick den Pfad nach oben
wandert. Kurz darauf halten wir oben an der langen
Bahn, wo die Fahrer uns beim Aussteigen helfen.

Mila und Herr van Hausen schießen als Erste hinunter, danach folgen noch drei weitere Schlitten, bis
Maxim und ich dran sind.

Ich nehme vorn auf Platz, Maxim direkt hinter mir.
Seine warmen Arme schlingen sich um meine Mitte,

was mir eine Gänsehaut beschert. Da das Schnee-mobil bereits abgefahren ist, kann ich mich an ihn schmiegen, ohne dass uns jemand entdeckt.

Langsam rutschen wir auf den Abhang zu, dann nimmt der Schlitten Fahrt auf. Die Bahn führt einmal durch einen kleinen Wald, macht dann eine scharfe Kurve, um außen herum den Rest des Berges zu neh-men. Außer ein paar einsamen Laternen gibt es hier nichts, was die Nacht erhellt.

Ich lege meine Hände über die von Maxim und lehne mich an ihn. Lachend überlasse ich ihm die Führung des Schlittens, während wir immer schneller werden. Wie riesige, verschneite Monster huschen die Bäume an uns vorbei.

»Glaubst du, die anderen würden es merken, wenn wir jetzt anhalten und etwas Zeit miteinander verbrin-gen?«, haucht Maxim in mein Ohr.

Kichernd vergrabe ich das Gesicht in meinem Schal. »Frida und die Fahrer wissen ganz genau, wie lange es dauert, diesen Berg hinunterzufahren. Wenn wir nicht pünktlich unten ankommen, werden sie nach uns suchen. Du willst doch sicher nicht mit heruntergelas-senen Hosen erwischt werden.«

»Das wäre ein schlimmes Ende für diesen lustigen Abend«, erwidert er lachend.

»Pass auf!«, rufe ich ausgelassen. »Sonst werden wir zu schnell.«

Tagsüber ist die Strecke ziemlich einfach, aber in der Nacht kann man so einige Tücken leicht übersehen. Manchmal überschätzt sich ein Rodler und landet mit dem Gesicht zuerst im Schnee. Doch Maxim ignoriert meine Warnung. Stattdessen lehnt er sich stark in die nächste Kurve, sodass wir beinahe zur Seite kippen.

»Blödmann!«, rufe ich aufgebracht und klammere mich noch fester an seine Arme. »Du wirfst uns noch aus der Bahn.«

»Ach, Quatsch! Ich bin echt gut in so was.« Er hat den Satz noch nicht zu Ende gesprochen, da führt die Piste auf einmal scharf nach links. Diesmal kann Maxim uns kaum mehr aufhalten, und wir fliegen in die Bäume vor uns. Mein lauter Schrei wird von dem vielen Schnee unterdrückt, der in meinem Mund landet. Beim Aufprall wird mir sämtliche Luft aus den Lungen gepresst, und ich schnappe verzweifelt nach Sauerstoff. Ich stecke so tief im Schnee, dass ich einige Augenblicke nichts anderes sehe als Weiß.

»Meli! Alles okay bei dir?«, erklingen Maxims Rufe nicht weit von mir.

Irgendwie schaffe ich es, auf die Beine zu kommen, und klopfe mir den Schnee von der Kleidung. Ein paar Meter weiter gräbt Maxim sich aus seiner eigenen Schneewehe.

»Ich spare mir jetzt mal das ›Ich hab's dir doch gesagt‹.« Ich kichere ich völlig aufgedreht.

»Musst du nicht! Du hast absolut recht.« Wild schüttelt er seinen Kopf, sodass der Schnee nur so fliegt. »Ich habe mich ausnahmsweise selbst überschätzt.«

Etwas durcheinander klettere ich aus dem Schnee heraus und wieder auf die Bahn. Wir wurden kurz vor dem Ende des Waldes herausgeschleudert, um uns herum ist nichts als Dunkelheit.

»Was für ein Teufelsding«, stöhnt Maxim mit Blick auf den Schlitten. »Mein Rücken bringt mich um.« Mit einem fadenscheinig entschuldigenden Lächeln hält unser Gefährt in die Höhe. »Tut mir echt leid, aber wir müssen den Rest wohl laufen.«

Gespielt seufzend schüttle ich den Kopf. »Na gut. Zum Glück ist es nicht mehr weit.« Mir kitzelt das Lachen in der Kehle, aber ich halte mich zurück.

Maxim zieht den Schlitten mit der einen Hand hinter sich her, mit der anderen greift er nach meiner. »Dann habe ich ja jetzt doch meine Ruhe mit dir.«

Zufrieden lehne ich mich an ihn. Was für eine bescheuerte Situation, aber mit Maxim an meiner Seite macht es mir rein gar nichts aus, durch die klare, kalte Nacht zu spazieren. Es ist absolut märchenhaft hier, auch wenn ich wenig Lust habe, den Rest des Weges zu Fuß zu gehen. Durch das viele Rodeln ist der Schnee hier völlig festgefahren, und es hat sich bereits eine dünne Eisschicht gebildet, auf der man leicht ausrutschen kann. Dazu geht es noch bergab, was das Ganze nicht einfacher macht.

Einige Minuten gehen wir schweigend nebeneinander her. Nichts ist zu hören außer dem Knirschen des Schnees unter unseren Füßen und unserem leisen Atem, der im Einklang geht. Die gespenstischen Tannen lichten sich nach und nach, bis sie die Sicht auf die Berge um uns herum und das Tal zu unseren Füßen freigeben. Der Anblick wirkt wie aus einem Märchen oder einem Gemälde. Mond und Sterne erhellen die Welt gerade genug, dass wir das Dorf unter uns und das immer noch beleuchtete Schloss in der Ferne erkennen können. Alles erscheint von hier aus viel kleiner, wie eine Miniaturversion der Realität.

»Es ist wirklich wunderschön hier«, murmelt Maxim leise neben mir.

»Du solltest mal die anderen Jahreszeiten sehen. Es ist einfach traumhaft, wenn die Krokusse blühen, die Kühe auf die Almen geführt werden oder die Blätter sich verfärben«, gerate ich ins Schwärmen.

»Und trotzdem willst du nicht hierbleiben. Wieso?« Fragend schaut er mich von der Seite an.

Ich senke den Blick und weiche seiner Frage aus. »Was meintest du damit, dass du deinen Vater oft enttäuscht hast?«

»Gute Gegenfrage … Mein Vater wollte schon immer, dass ich ihm irgendwann mal nachfolge. Aber nach meinem Abitur hatte ich da wenig Lust drauf, hab das Studium verschoben und mir dann Zeit gelassen. Und jetzt, wo ich endlich meinen Bachelor habe, will ich immer noch nicht seine Geschäfte übernehmen.« Maxim zuckt mit den Schultern. »Im Endeffekt wünscht er sich wahrscheinlich nicht einmal mehr, dass ich bei ihm anfange, sondern nur, dass ich irgendwas mit meinem Leben mache.«

»Wieso tust du es dann nicht?«

»Mir steht die ganze Welt offen, weißt du. Ich kann alles studieren, wo auch immer ich will. Mein Vater würde mir sicher Geld geben, wenn ich ein Start-up gründen oder eine Restaurantkette aufkaufen will. Nur leider habe ich keine Ahnung, was ich will.«

»Viele Leute würden sich ein solches Leben wünschen.«

»Ich beschwere mich auch gar nicht. Das würde ich niemals tun. Für mein Glück bin ich dankbar, aber ich weiß einfach nicht, wie ich es einsetzen soll.« Für einen Moment stockt er. Sein Blick wandert in die Ferne, bevor er sich fest auf mich richtet. »Jetzt aber zu deinem Leben.«

Seufzend tue ich es ihm nach und betrachte erst noch einmal die Welt unter uns.

Niemand im Tal ahnt, dass wir beide durch die Nacht wandern und uns unterhalten. Eine Erkenntnis, die mir Mut gibt, zu sprechen. »Anscheinend habe ich genau das gegenteilige Problem. Ich habe gefühlt nur eine Möglichkeit. Mein ganzes Leben lang hat man mir immer gesagt, dass ich einmal das Hotel übernehmen werde. Damit habe ich immer gerechnet. Nur - jetzt zweifle ich an mir selbst. Was ziemlich blöd ist, weil ich einfach keine andere Option in meinem Leben habe.« Ich verstumme, beobachtete die kleinen Wölkchen vor meinem Mund dabei, wie sie in den Himmel aufsteigen und meine Worte mit sich nehmen.

»Sicher hast du noch andere. Du musst dich nur ent-scheiden.«

Müde atme ich durch. »Aber ich weiß nicht, was ich sonst machen soll. Eigentlich will ich gern das Hotel übernehmen, aber ich habe echt Angst, es gegen die Wand zu fahren. Ich will nicht dafür verantwortlich sein, jahrzehntealte Familientraditionen zu verlieren.«

»Leicht ist das nicht«, murmelt er leise. »Hast du schon mal mit jemandem darüber gesprochen?«

»Nicht wirklich. Mit wem denn auch? Mit mei-ner Familie ganz sicher nicht. Und ich liebe meine Freunde, ganz ehrlich, aber ich habe nicht das Gefühl, dass sie den ganzen Mist verstehen.«

»Schon scheiße, wenn man mit sowas allein dasteht.«

»Du musst es ja wissen.«

Zärtlich drückt Maxim meine Hand. »Hilft es, wenn ich an dich glaube?«

Seine Worte treffen mich wie aus dem Nichts, es dauert einen Moment, bis ich sie verarbeitet habe. »Für heute Nacht auf jeden Fall«, flüstere ich schließ-lich.

In der Ferne kann ich bald die Lichter des Unter-stands sehen, wir sind schon fast am Ende der Bahn. Zögerlich löse ich meine Finger aus Maxims Griff und trete einen Schritt zur Seite.

Mila läuft auf uns zu, als sie uns entdeckt. »Da seid ihr ja endlich. Wir haben uns schon Sorgen gemacht.«

Über die Schulter deutet Maxim auf den Schlitten. »Wir sind von der Bahn abgekommen, da mussten wir den Rest der Strecke zu Fuß gehen.«

Erleichtert atmet Mila auf. »Eine blöde Idee, aber wenigstens ist euch beiden nichts passiert.«

Während sie sich leise weiter unterhalten, drücke ich mich an Maxim vorbei und gehe zu Frida, die mich mit ernstem Blick erwartet. »Du siehst etwas durch den Wind aus.«

»Eben bin ich mit dem Gesicht zuerst im Schnee gelandet, da darf man schon mal so aussehen«, gebe ich zurück, dann mache ich mich daran, die restlichen Gläser einzupacken.

Sicher hinter einem Tisch versteckt, beobachte ich die Gäste dabei, wie sie wieder in die Anhänger der Schneemobile klettern, und schon bald werden sie von der Dunkelheit verschluckt.

Frida tut mir den Gefallen, mich während der restlichen Aufräumarbeiten nicht mehr anzusprechen. Schweigend räumen wir hinter uns auf und laden die Sachen in den Anhänger. Eine halbe Stunde später stolpere ich todmüde zurück in mein Zimmer, wo ich mich am liebsten mitsamt meinen Klamotten im Bett verkriechen würde.

Doch sobald ich warm unter der Decke liege, kommen die Gedanken zurück. Was Maxim gesagt hat, ist mir im Kopf geblieben. Vielleicht sollte ich auch an mich glauben …

Die Welt geht unter

*A*m nächsten Morgen weckt mich aufgeregtes Klopfen an meiner Zimmertür. Verwirrt setze ich mich auf und greife nach meinem Handy; es ist gerade mal kurz nach sieben. Genervt stöhne ich, als das Hämmern einfach nicht aufhört. »Was denn?«

Noch bevor ich fragen kann, stürmt Helen herein und lässt sich zu mir auf die Bettkante fallen. »Du glaubst nicht, was passiert ist.«

»Solltest du nicht am Arbeiten sein? Wenn Agnes dich hier erwischt, gibt es sicher Ärger«, murmele ich abwesend, während ich mir die Augen reibe.

»Ach, die hat gerade anderes zu tun«, winkt meine Freundin ab. »Es gibt jetzt viel, viel Wichtigeres.« Ohne weitere Erklärung hält sie mir ihr Handy vor die Nase.

Einen Moment sehe ich sie noch skeptisch an, dann senke ich den Blick auf das Display. Es dauert einen Moment, bis ich erkenne, was sie mir zeigen will. Entsetzt nehme ich Helen das Handy ab. »Ist das Milas Hochzeitskleid?«

Langsam scrolle ich durch den Artikel einer großen Klatschzeitschrift.

»Zumindest sagt der Artikel das.« Aufgeregt schüttelt Helen den Kopf. »Heute Morgen habe ich ihn entdeckt. Der hat inzwischen fast eine Million Klicks. Die ganze Welt dreht völlig durch.«

Die ganze Welt, das wage ich zu bezweifeln. Immerhin gibt es doch sicher wichtigere Dinge als das Hochzeitskleid einer Schlagersängerin, aber das sehen wohl einige Menschen anders. Mit großen Augen scrolle ich durch den Artikel bis zu den Kommentaren, in denen sich Milas Fans entweder freuen, das Kleid bereits zu sehen, oder sich darüber aufregen, dass jemand es geleakt hat.

»Aber wo kommt das her?« Fragend blicke ich Helen an.

Diese zuckt mit den Schultern. »Keine Ahnung. Ich denke aber, das wird noch richtig Ärger geben. So hat Frau Franzka sich das nämlich sicher nicht vorgestellt.«

Müde schüttle ich den Kopf und gebe ihr das Handy zurück. »Aber was genau hat das Ganze mit mir zu tun?«

»Du hast das Kleid doch gestern gesehen, und ich wollte nur sichergehen, dass auch wirklich das richtige ist.«

»Glaub mir, das ist das Kleid. Tut mir auch echt leid für sie, aber können wir da später drüber reden? Ich bin noch todmüde und muss erstmal wach werden.«

»Na gut. Wir sehen uns sowieso gleich drüben.« Liebevoll klopft Helen auf meine Decke, springt dann auf und lässt mich wieder allein.

Stöhnend vergrabe ich meinen Kopf im Kissen. Mir bleiben noch sieben Minuten, dann klingelt mein Wecker, damit ich pünktlich wieder im Hotel bin. Eigentlich wollte ich diese Minuten noch für meine Ruhe nutzen, doch leider fängt mein Kopf an zu arbeiten. Wo kam das Foto her? Und wieso ist es auf einmal im Internet gelandet? Und das Wichtigste: Wie bekommen wir diese riesige Scheiße wieder in den Griff?

Genervt gebe ich den Versuch auf, noch mal kurz einzudösen. Stattdessen schwinge ich die Beine aus dem Bett, um unter die Dusche zu springen, um wenigstens dort zu entspannen. Doch auch das wird mir nicht vergönnt, denn sobald ich die Spülung aus meinen Haaren gewaschen habe, höre ich das nervige Bimmeln meines Handys aus dem Zimmer. In ein Handtuch gewickelt eile ich hin.

»Meli, na endlich«, seufzt mein Onkel genervt. »Vergiss deine Arbeit erst mal, komm bitte sofort her!«

Ich murmle irgendetwas Zustimmendes und lege auf. Blitzschnell ziehe ich mich an, bevor ich mich mit noch nassen Haaren auf den Weg mache.

Es ist kurz nach zehn, und anscheinend haben noch einige andere den Artikel über Milas Hochzeitskleid gesehen. Während ich durch den Schnee stapfe, schaue ich im Internet nach, wo ich noch Dutzende weitere Seiten finde, die das Foto zeigen. Es besteht kein Zweifel daran, wieso mein Onkel mich sehen will.

Ein langer Schatten liegt über dem Hotel und mir. Heute ist der Himmel nicht länger klar. Stattdessen ist ein scharfer Wind aufgekommen, der dicke Wolken mit sich bringt.

So voll, wie es in Reinhardts Büro ist, könnte man meinen, es fände eine kleine Versammlung statt. Als Erstes entdecke ich Maxim, der von allen anderen entfernt an einer Wand lehnt und das ganze Schauspiel beobachtet. Mila sitzt auf dem Sessel vor dem Schreibtisch, neben ihr Emma, die beruhigend ihre Hand hält. Herr van Hausen steht hinter den beiden, die Hände auf den Schultern seiner Verlobten, Shirin mit verschränkten Armen daneben, deren böser

Blick sich sofort auf mich richtet. Die letzten beiden in dieser bunten Truppe sind mein Onkel und Agnes, die hinter dem Schreibtisch warten, der eine Art Barriere zwischen den Parteien bildet. Unsicher trete ich in den Raum.

»Da bist du ja.« Reinhardt winkt mich mit ernstem Blick an seine Seite. »Hast du schon mitbekommen, was passiert ist?«

»Helen hat mir gerade einen Artikel gezeigt. Es tut mir unendlich leid«, sage ich direkt zu Mila.

Diese hebt zum ersten Mal den Kopf, ich kann ihr verheultes Gesicht sehen. Ihre Augen sind gerötet und angeschwollen, die Tränenspuren auf ihrer blassen Haut sind deutlich zu sehen. »Wieso tut jemand so etwas?«

Sofort muss ich an ihre Erzählung von gestern Abend denken, wie lange sie nach genau diesem Kleid gesucht hatte. Am liebsten würde ich über den Tisch greifen und ihr die Hand drücken, aber das erscheint mir unangebracht, also nicke ich lediglich.

»Dieses Foto ist eindeutig hier im Hotel entstanden«, meldet sich Herr van Hausen zu Wort. »Dafür hätten wir gern eine Erklärung.« Mit durchdringendem Blick starrt er meinen Onkel an.

»Ich verstehe Ihre Wut sehr gut.« Trotz der stressigen Situation verliert Reinhardt seine Ruhe nicht für einen einzigen Augenblick. »Wir werden herausfinden, wie genau das passieren konnte.«

»Das ist doch offensichtlich«, ruft Shirin aus, ihr übertrieben manikürter Fingernagel deutet auf mich. »Sie war es! Dieses kleine Biest hat gestern das Kleid in die Finger bekommen und die Situation genutzt. Jetzt ist das Bild überall im Internet und sie tut so, als hätte sie keine Ahnung, worum es geht.«

Entsetzt weiche ich einen Schritt zurück, hektisch wandert mein Blick durch den Raum. Auf einmal schauen mich alle an, und ich will nichts lieber, als aus dem Zimmer zu rennen.

»Das habe ich ganz sicher nicht gemacht.« Abwehrend hebe ich die Hände. »Wieso auch? Ich habe das Kleid nur ins Nähzimmer gebracht, damit ihm nichts passiert.« Panisch blicke ich zu Reinhardt, der anscheinend auch nicht weiß, was er jetzt tun soll.

»Dann hattest du ja genug Zeit, ein oder mehrere Fotos zu machen.« Fordernd streckt Shirin ihre Hand aus. »Her mit deinem Handy, dann können wir das ja überprüfen. Sicher hast du es an dieses dumme Klatschblatt geschickt und dafür auch noch richtig kassiert. Und so etwas darf hier arbeiten!«

Krampfhaft klammere ich mich an meinem Handy fest und weiche einen weiteren Schritt zurück. »Ich habe überhaupt nichts getan.«

»Dann rück dein Handy raus, denn ansonsten bist du schuldig! Deshalb hast du dich auch so bei uns eingeschleimt, nicht wahr? Das war ein ausgefuchstes Spiel, um richtig an uns zu verdienen.« Wütend funkelt Shirin mich an.

»Jetzt reicht es aber!« Emma steht mit einer Geschwindigkeit auf, die ich ihr in ihrem Alter nicht zugetraut hätte. »Du musst echt mal deinen Mund halten, du aufgebrezelte Ziege! Meli ist ein wundervolles Mädchen, und sie hat sich in den letzten Tagen vorbildlich um uns gekümmert. So etwas würde sie niemals tun.«

Für einen Moment richtet sich Shirins Wut gegen jemand anderen und ich kann durchatmen. »Niemand hat hier nach deiner Meinung gefragt. Es zeigt doch nur, wie sie hier alle um den Finger gewickelt hat. Außerdem ist sie die Einzige, die dazu die Gelegenheit hatte.«

»Du doch auch.« Maxim stößt sich von der Wand ab, um zu unserem kleinen, aber sehr angespannten

Kreis dazuzustoßen. »Du wusstest, wo das Kleid ist, und bist gestern nicht zum Abendessen oder Rodeln gekommen. Auch mehr als genug Zeit, um ein Foto zu machen und es an jeden zu schicken, der dir so einfiel.«

Schockiert schlägt Shirin sich die Hand vor die Brust, völlig theatralisch klappt ihre Kinnlade herunter. »Wie kannst du mich nur verdächtigen? Ich bin die Trauzeugin, Milas beste Freundin! Auf keinen Fall würde ich sie so hintergehen!«

Beinahe muss ich lachen, als sie sich gespielt eine Träne aus dem Augenwinkel wischt. »Diese Hochzeit ist mir so wichtig, als wäre sie meine eigene. Niemals würde ich Mila so etwas antun. Mal ganz abgesehen davon, dass ich überhaupt nicht weiß, wo dieses Nähzimmer ist, ist es sicher abgeschlossen.«

»Nein, das ist es nicht«, mischt sich Agnes nun ein. »Unser Nähzimmer ist niemals abgeschlossen. Jeder kann hineingehen.«

»Siehst du.« Maxim verschränkt die Arme vor der Brust. »Jeder schließt auch dich ein.«

»Als würde ich freiwillig in den Keller zu den Angestellten gehen.« Shirin wirft sich die Haare über die Schulter.

»Das bezweifle ich allerdings auch«, murmelt Emma, bevor sie wieder Milas Hand tätschelt.

»Aber sie«, erneut deutet die dumme Pute auf mich. »Sie hängt doch die ganze Zeit da unten herum.«

»Es reicht!« Diesmal erhebt Herr van Hausen seine Stimme, was alle anderen sofort verstummen lässt.

Mein Herz klopft viel zu schnell, hilfesuchend schaue ich mich um. Dabei fängt Maxim meinen Blick ein, ein aufmunterndes Lächeln erhellt sein Gesicht.

»Diese Anschuldigungen helfen hier niemandem.« Wütend starrt Herr van Hausen zu Shirin, die wieder die Arme vor der Brust verschränkt hat. »Aber ich möchte auch gern wissen, was genau hier passiert ist. Meli, hast du etwas damit zu tun?«

Ich versuche, von seiner Frage nicht verletzt zu sein. Er versucht nur, etwas zu verstehen. »Gestern habe ich das Kleid kurz inspiziert, zusammen mit Frau Franzka. Danach hatte ich ein Zusammentreffen mit Shirin, sofort danach habe ich es Agnes übergeben, um es im Nähzimmer zu verstauen. Das war das letzte Mal, dass ich das Kleid gesehen habe. Außerdem würde ich unser Hotel niemals so in den Schmutz ziehen, indem ich einen Gast hintergehe.«

»Wir können das ganz einfach klären.« Maxim hält mir die Hand entgegen. »Ich schaue mir jetzt Melis Fotos und ihre Mails an. Wenn sie ein Bild gemacht hat, dann finden wir es da. Bist du so lieb?«

Ohne zu zögern, reiche ich Maxim mein entsperrtes Telefon, dabei durchbohre ich Shirin mit meinem Blick. Einige Minuten herrscht Stille im Büro, während der Maxim durch meine Fotos und anschließend mein Postfach scrollt. Obwohl ich weiß, dass es dort nichts gibt, kann ich meine Anspannung kaum leugnen. Allein bei der Vorstellung, dass jemand anders sehen könnte, was ich wirklich auf meinem Handy verstecken will. Doch schließlich nickt Maxim nur zufrieden. Dann gibt er mir das Handy zurück.

»Absolut nichts. Das letzte Bild ist von einer Katze mit Mütze, und du hast noch eine ungelesene Mail von deiner Uni.« Kurz zwinkert er mir zu.

»Gut, dann haben wir das geklärt.« Zufrieden nickt Herr van Hausen. »Es tut mir sehr leid, dass du hier fälschlicherweise beschuldigt wurdest, Meli.«

Schnell winke ich ab. »Ich verstehe das durchaus. Wenn ich nicht angeschrien werde, gebe ich mein Handy auch gern freiwillig raus.«

Shirin ist mit dieser Entwicklung so gar nicht zufrieden. Sie verzieht das Gesicht, dass es mehr Ähnlichkeit mit einer Fratze hat. »Wenn sie es nicht war, wer denn dann?«

»Ist das denn überhaupt noch wichtig?«, schluchzt Mila auf einmal. »Das Bild ist draußen, die ganze Welt hat das Kleid gesehen. Der Schaden ist angerichtet. Wir haben alles getan, damit die Hochzeit unter uns bleibt. Das sollte unsere Woche sein, ohne Reporter oder irgendwelche Klatschblätter.«

Mir bricht es beinahe das Herz, als ich den Schmerz in ihrem Gesicht sehe.

»Frau Franzka, Herr van Hausen, ich kann mich gar nicht genug entschuldigen. Dieser Vorfall ist allein unsere Schuld, und ich verspreche Ihnen, dass ich alles in meiner Macht Stehende tun werde, um ihn aufzuklären«, verkündet Reinhardt mit einer Ruhe, die sogar mich überrascht. »Bis dahin halte ich es für das Beste, wenn Sie sich zurückziehen und sich entspannen. In unserem Spa und Schwimmbad können Sie einen ruhigen Tag verbringen. Sobald es neue Erkenntnisse gibt, werde ich mich sofort bei Ihnen melden.«

»Komm, Kindchen.« Liebevoll klopft Emma Mila auf den Oberschenkel. »Wir beide machen uns heute einen schönen Tag. So ein Saunabesuch kann wahre Wunder wirken.«

Mila wischt sich immer noch schniefend die Tränen von der Wange. »Okay, lass uns das machen.« Zittrig kommt sie auf die Beine und lässt sich von ihrem Verlobten aus dem Zimmer führen.

Auf dem Weg nach draußen zischt Emma Shirin noch zu: »Du solltest vielleicht wieder in dein Zimmer gehen, nicht, dass deine Kopfschmerzen bei dem ganzen Stress wieder zurückkommen.«

Wütend schnaubt Shirin vor sich hin, ehe sie aus dem Raum rauscht. Maxim folgt ihr, nicht ohne mir noch einen letzten Blick zuzuwerfen.

»Diesmal hätte ich dieser Schnepfe wirklich gern eine verpasst«, legt Agnes los, sobald wir unter uns sind. »Wie kann es sie es nur wagen, unsere Meli zu verdächtigen? Also, so etwas Dummes habe ich noch nie gehört!«

Seufzend nimmt Reinhardt die Brille ab und reibt sich den Nasenrücken. »So etwas habe ich noch nie erlebt, und mit jedem Tag wird es schlimmer. Meli, entschuldige, dass du dir das anhören musstest.«

Müde schüttle ich den Kopf. »Es ist viel zu früh am Morgen für so einen Scheiß. Lasst es uns bitte einfach vergessen. Ich mache mich jetzt an die Arbeit.«

Die beiden fangen an zu diskutieren, wie sie nun weitermachen und den Schuldigen finden sollen, doch ich gehe davon. Mein Hirn läuft noch nicht richtig. Ich brauche dringend einen Kaffee. Und es stehen einige Zimmer zum Saubermachen auf meiner Liste.

Im Flur wartet eine Gestalt auf mich. Mit zusammengezogenen Augenbrauen kommt Maxim auf mich zu.

»Bitte sag nicht, dass es dir leidtut«, unterbreche ich ihn sofort.

»Muss ich aber. Sorry, dass du da so mit reingezogen wurdest.«

Unsicher zucke ich mit den Schultern. »Ich mache mir da eher Gedanken um Mila … Das Kleid hat ihr so viel bedeutet.« Nur zu gern würde ich ihr irgendwie helfen.

»Das entschuldigt weder das Verhalten meines Vaters noch das von Shirin. Obwohl es mich schon interessieren würde, wer dahintersteckt.« Einige Sekunden schweigt er, während sein Blick ins Nichts wandert.

Ich verstehe sehr gut, was er meint. Auch wenn es mich verletzt hat, verdächtigt zu werden, will ich wissen, wer wirklich dieses dumme Foto gemacht hat.

»Aber ich will dich nicht weiter aufhalten.« Abwehrend hebt Maxim die Hände. »Du musst sicher zurück an die Arbeit.«

Er weiß ganz genau, dass er mich damit aufzieht. Und noch bevor ich so richtig fasse, was ich mir da vornehme, kommt der Entschluss schon über meine Lippen: »Gerade ist mir die egal. Ich will nur noch herausfinden, wer es war.«

Breit grinst er mich an. »Da bin ich dabei.«

WAHRHEITEN UND TRÄNEN

E ntschlossen gehe ich durchs Hotel, wobei es mir vollkommen egal ist, ob die Gäste mich so sehen. Mit jedem Schritt wächst der Orkan an Gefühlen in meinem Inneren; ich bin tief beleidigt, ein wenig verletzt, aber vor allem bin ich neugierig, wer denn wirklich hinter dem Foto steckt. Schweigend eilt Maxim neben mir her, und ich bin ihm echt dankbar, dass er mich nicht in ein weiteres Gespräch verwickelt. Im Speisesaal herrscht der übliche Trubel. Die Reste des Frühstücks werden weggeräumt und der Raum selbst saubergemacht. Niemand achtet auf uns, als ich mich zwischen den Tischen hindurch zur Kaffeemaschine dränge. Sobald der herbe Geruch in meine Nase steigt, kann ich mich besser konzentrieren. Der milchig-süße Kaffee rinnt meine Kehle hinab, und ich seufze zufrieden.

»Willst du auch einen?«, frage ich Maxim über die Schulter hinweg.

»Nein, danke. Ich hatte heute schon zwei, seit mein Vater mich aus dem Bett geholt hat.« Er reibt sich den Nacken. Erst jetzt bemerke ich, dass seine Haare noch ganz durcheinander sind.

»Dann geht es uns ja ähnlich«, murmle ich leise und leere die Tasse beinahe in einem Zug.

»Was macht ihr beide denn hier in der Ecke?« Wie aus dem Nichts taucht Raphael, der hier auch als Buttler arbeitet, auf und versperrt uns den Weg. »Ein geheimes, kleines Date, oder was?«

»Es gibt doch keinen romantischeren Ort als unseren Speisesaal«, grummle ich.

»Mann, hast du heute schlechte Laune. Hat es was mit diesem Kleid zu tun?«

Genervt verdrehe ich die Augen. »Du hast also auch schon davon gehört?«

»Jeder im Hotel. Das Thema Nummer eins überall, und der Buschfunk läuft gerade erst heiß.« Seine Aufmerksamkeit richtet sich auf Maxim. »Und was hast du mit dem Ganzen zu tun?«

»Es geht um die Hochzeit meines Vaters, und meine zukünftige Stiefmutter heult sich gerade die Augen aus, also will ich wissen, wem wir den Schlamassel zu verdanken haben«, gibt Maxim ausdruckslos zurück.

»Ihr beide spielt jetzt also Detektiv und versucht herauszufinden, wer das Bild gemacht hat?« Bedächtig nickt Raphael. »Viel Glück dabei.«

»Weißt du irgendwas darüber?« Mit verschränkten Armen drehe ich mich zu ihm um. Einen Moment scheint er darüber nachzudenken. »Nein, rein gar nichts.«

»Dann verschwende unsere Zeit nicht.«

Ich drücke mich an ihm vorbei und eile aus dem Speisesaal, Maxim direkt hinter mir. »Was machen wir jetzt?« In der Lobby hält er mich am Arm zurück. »Wie sieht dein Plan aus?«

Für einen Moment zögere ich, doch leider fällt mir keine bessere Möglichkeit ein. »Wir schnüffeln ein bisschen in anderer Leute Privatleben herum«, erkläre ich wenig begeistert.

»Vielleicht können wir so etwas herausfinden.«

»So was machst du? Damit habe ich nicht gerechnet.«

»Ich mag es eben nicht, wenn man mich zu Unrecht beschuldigt.« Erneut flammt die Wut in mir auf. »Deshalb fange ich auch mit der Person an, die das alles angezettelt hat.«

»Bin ich ein schlechter Mensch, weil ich hoffe, dass es Shirin war?«, murmelt Maxim leise neben mir.

»Da bist du nicht der Einzige, mach dir da mal keine Sorgen.« Mit schnellen Schritten gehe ich zur Rezeption, hinter der ein verblüfft aussehender Fabian steht. »Ich muss mal an den Computer.«

Verwirrt blickt er zwischen Maxim und mir hin und her, tritt dann jedoch einen Schritt zurück. Schnell öffne ich das richtige Programm im System und klicke auf den gestrigen Abend.

»Überwachungskameras, so einfach und doch so nützlich. Vor ein paar Jahren hatten wir eine diebische Elster hier, und seitdem gehen wir gern auf Nummer sicher«, erkläre ich abwesend.

»Hallo, Big Brother«, merkt Maxim an.

»So schlimm ist es nicht. Nach zehn Tagen wird alles wieder gelöscht.« Konzentriert scrolle ich durch die Videos. »Shirin war es leider nicht.«

»Bist du dir sicher?« Maxim beugt sich neben mich näher an den Bildschirm.

»Leider ja.« Ich zeige ihm die Aufnahme, in der man deutlich erkennt, wie Shirin ihr Zimmer betritt. Ich spule vor bis zum heutigen Morgen. »Danach hat sie ihr Zimmer bis zum Frühstück nicht mehr verlassen. Sie kann es nicht gewesen sein.« Seufzend schließe ich das Fenster und trete vom Computer zurück.

»Gibt es einen anderen Weg nach draußen?« Maxim ist noch nicht ganz überzeugt.

»Nur, wenn sie einen auf Mission Impossible gemacht und sich über den Balkon nach unten abgeseilt hat«, erwidere ich lachend. »Wir müssen wohl weitersuchen, der Keller wird leider nicht überwacht … Danke, Fabian.«

Dieser zuckt verunsichert mit den Schultern und macht sich wieder an die Arbeit. Nachdenklich gehe ich von der Rezeption in Richtung der Treppe zu den Katakomben. Mir ist klar, dass ich meine Aufgaben zu erledigen habe, doch aktuell liegen meine Prioritäten anders.

»Eigentlich möchte ich das nicht sagen, aber es kann nur einer der Angestellten gewesen sein«, überlege ich laut vor mich hin. »Ein Gast wäre unten sofort aufgefallen.«

»Wieso habt ihr hier keine Kameras?« Aufmerksam blickt Maxim sich um, überprüft alle Ecken des Foyers.

»Überwachungskameras sind nur in öffentlichen Bereichen erlaubt, dazu zählt unser Keller nicht.«

»Na super, also kann jeder hier herunterkommen. Unsere Chancen stehen ziemlich schlecht.«

»Keine Ahnung … Ich habe echt gehofft, dass es Shirin war.« Ich winke ihn hinter mir her die Treppe hinunter. »So gut bin ich leider nicht als Detektivin.«

»Zwei Verdächtige haben wir ja schon mal ausgeschlossen, dann bleiben nur noch …«

»Fast fünfundzwanzig Leute, wenn man die Kellner und Köche mit dazu zählt. Sie bringen manchmal Wäsche oder Wein aus dem Speisesaal oder der Küche hier herunter.« Verdammt viele Möglichkeiten. Und keinem will ich zutrauen, so etwas zu tun.

Im Keller ist nicht sehr viel los, weil alle ihren Aufgaben nachgehen. Dadurch herrscht eine beinahe gruselige Stimmung. Weil es so still ist, bemerke ich allerdings das unterdrückte Schluchzen, welches mir sicher sonst entgangen wäre. Sofort bleibe ich stehen und suche den Gang mit den Augen ab.

»Hörst du das auch?«, fragt Maxim leise neben mir.

Alle Türen im Gang sind verschlossen, aber ich weiß genau, was sich hinter jeder einzelnen befindet. Langsam schreiten wir den Korridor ab, bis ich vor einer kleinen Besenkammer stehenbleibe. Hier kann man das Weinen deutlich hören.

Kurz werfe ich Maxim einen Blick zu, bis er mir auffordernd zunickt. Dann öffne ich vorsichtig die Tür und luge hinein. In der Kammer steht Ingrid, die uns entsetzt aus glasigen Augen anschaut.

»Ingrid, was ist passiert?« Zögernd schiebe ich mich durch die Öffnung und will die Hände nach ihr ausstrecken. Sofort weicht sie einen Schritt zurück, während sie versucht, ihre Tränen zu verbergen.

»Alles in Ordnung«, hickst sie leise.

»Hat Agnes dich wieder angeschrien?« Um ihr etwas Platz zu lassen, gehe ich wieder aus der Kammer heraus.

»Nein, es hat nichts mit Agnes zu tun.« Ihre Worte kommen stotternd, bevor sie wieder in Tränen ausbricht.

»Schhh, du musst nicht weinen.« Gern würde ich den Arm um sie legen und sie trösten, aber ich halte mich zurück. »Willst du mir vielleicht sagen, was los ist?«

Wortlos schluchzend schüttelt Ingrid den Kopf und weicht meinem Blick aus. Mehrmals setzt sie zum Sprechen an, bis endlich ein vernünftiger Satz herauskommt.

»Lass mich in Ruhe!«

Langsam mache ich mir ernsthafte Sorgen, vor allem, weil sie nur noch lauter aufheult. Ich trete noch einen Schritt zurück, bis ich mit Maxim hinter der geöffneten Tür verschwinde. »Wärst du so nett und würdest ein Glas Wasser aus der Küche holen?«

Ohne zu zögern, nickt er und eilt davon. Einen Moment stehe ich nur da, dann wende ich mich wieder Ingrid zu.

»Worum auch immer es geht, du kannst es mir erzählen. So schlimm ist es bestimmt nicht. Flecken gehen wieder raus, und wir haben doch sowieso so viele Bettlaken.«

»Es sind nicht die Bettlaken.« Immer noch laufen die Tränen wie ein Wasserfall ihre Wangen herunter.

»Teppiche, Handtücher, Kissen — kann man alles waschen«, versuche ich es noch mal.

Sie weint nur weiter.

»Wände kann man auch neu streichen.« Mehr und mehr breitet sich eine Schwere in meiner Brust aus. Was könnte sie bloß Schlimmes angestellt haben?

»Das Foto von dem Hochzeitskleid, das war ich.«

Für einen Moment bin ich so schockiert, dass ich nichts sagen kann. Die Gedanken rasen durch meinen Kopf. Erst wollen ihre Worte nicht zu mir durchdringen, dann überlege ich mir hundert Möglichkeiten, warum sie so etwas tun sollte. »Aber wieso hast du das getan?«

Mehrmals atmet Ingrid durch, murmelt zusammenhanglos vor sich hin, dann hat sie sich soweit gefangen, dass ich sie verstehen kann. »Gestern Abend habe ich zufällig mitbekommen, dass das Kleid im Nähzimmer aufbewahrt wird. Ich bin ein großer Fan von Mila, genauso wie einige Freundinnen von mir. Das Bild war nur für unsere kleine Gruppe gedacht und sonst niemanden. Ich weiß nicht, wie es bei dieser Zeitung gelandet ist.«

Nach ihrem Geständnis herrscht Stille zwischen uns. Es dauert einen Moment, bis ich mir alles durch den Kopf habe gehen lassen.

»Du musst es meinem Onkel sagen«, murmle ich leise.

»Das kann ich nicht, er wird mich feuern - oder noch Schlimmeres!« Ihre Hände fangen an zu zittern, und die Tränen schimmern umso mehr in ihren Augen.

»Wird er nicht«, versichere ich ihr mit einer Bestimmtheit, die mich selbst überrascht. »Aber dafür musst du jetzt mit mir kommen.«

Mit großen Augen blickt Ingrid mich an, ohne ein Wort zu sagen. Sie rührt sich auch nicht, nur ihre Hände zittern weiter. »Bitte. Wenn du es nicht sagst, wird jeder verdächtigt, und am Ende werden vielleicht andere Leute dafür büßen«, versuche ich sie weiter zu überzeugen. »Bitte.«

Schritte erklingen im Gang hinter uns, wodurch ich beinahe so stark zusammenzucke wie Ingrid. Erleichtert atme ich durch, als Maxim mit einer kleinen Wasserflasche in der Hand im Türrahmen erscheint.

»Bitte, Ingrid, vertrau mir und tu das Richtige! Ich bin die ganze Zeit bei dir.« Ich strecke ihr die Hand entgegen, wobei ich versuche, so viel Vertrauen auszustrahlen, wie ich nur kann.

Nach einigen Augenblicken lässt sie sich tatsächlich aus der Kammer ziehen. Vorsichtig bedeute ich Maxim, ein Stück zurückzubleiben, dann folgt Ingrid mir ohne Gegenwehr zu Reinhardts Büro.

Als ich mit der völlig verängstigten Ingrid ankomme, braucht mein Onkel nicht lange, um zu begreifen, was los ist. Innerhalb weniger Minuten haben sich alle vom Vormittag versammelt, allerdings war irgendwer klug genug, Shirin nicht zu informieren.

Wie eine Angeklagte sitzt Ingrid auf einem Stuhl mitten im Raum, wo sie mit stockender Stimme wiederholt, was sie mir zuvor erzählt hat. Dabei weiche ich ihr nicht einen Moment von der Seite, sondern halte die ganze Zeit ihre Hand und nicke ihr aufmunternd zu, wann immer sie es braucht.

Alle schweigen, nachdem Ingrid geendet hat. Sie hält den Kopf gesenkt, als ich für sie einspringe. »Das war ein sehr dummer Fehler, aber es war nicht böse gemeint. Ingrid wollte niemanden verletzen.«

Reinhardt räuspert sich mehrmals, als wisse er nicht so recht, wie er damit umgehen soll. »Ich bin tief enttäuscht. So etwas ist bisher noch nie vorgekommen.«

»Eine Entschuldigung, so aufrichtig sie auch sein mag, hilft uns leider nicht sonderlich weiter. Der Schaden ist angerichtet, unsere Privatsphäre wurde verletzt«, bemerkt Herr van Hausen streng.

»Ingrid, es wäre jetzt wohl besser, wenn du gehst«, spricht mein Onkel langsam, dabei lässt er Herrn van Hausen nicht einen Moment aus den Augen. Jetzt geht es also ans Eingemachte.

Die arme Ingrid ergreift sofort die Flucht, doch nicht ohne sich erneut bei Mila zu entschuldigen. Nachdem sie aus dem Zimmer verschwunden ist, herrscht für einige Augenblicke absolutes Schweigen.

»Da fährt man ans Ende der Welt, um wenigstens mal für eine Woche Ruhe vor diesen Blutsaugern zu haben, und dann lässt das Personal etwas durchsickern.« Herr van Hausen gibt sich keine Mühe mehr, seine Verärgerung zu verbergen.

»Ingrid hat einen dummen Fehler gemacht, sie hat nicht aus Bösartigkeit gehandelt«, erinnere ich noch einmal und blicke mich hilfesuchend nach meinem Onkel um.

»Ob aus Bösartigkeit oder nicht, es sind Tränen geflossen und unser Vertrauen wurde missbraucht. Ich bin sehr dankbar für alles, was hier bisher für uns getan wurde, aber das macht es auch nicht wieder gut. Dieses Zimmermädchen kann nicht einfach so davonkommen.«

Natürlich kann ich seine Wut verstehen. Wenn man das ganze Leben lang von Paparazzi verfolgt und jeder noch so winzige Aspekt in diesen dummen Klatschblättern ausgeschlachtet wird, wünscht man sich wenigstens zur Hochzeit etwas Ruhe. Trotzdem habe ich den Drang, Ingrid weiter zu verteidigen.

»Stopp, Schatz«, mischt sich auf einmal Mila ein, die ihm beruhigend die Hand auf die Brust legt. Sie hat immer noch Tränenspuren auf den Wangen, aber ansonsten scheint sie sich im Vergleich zu vorhin wieder gefangen zu haben. »Diese ganze Situation ist schrecklich, und was Ingrid getan hat, ist nicht zu entschuldigen. Aber jetzt können wir auch nichts mehr daran ändern, und ich will nicht noch mehr Streit und Tränen. Wir werden morgen noch einmal reden.«

Ihr Verlobter überlegt einen Moment. Ich kann beinahe sehen, wie er alles in seinem Kopf abwägt, doch am Ende gewinnt wohl die Liebe zu seiner Verlobten. »Du hast recht, es sind schon genug Tränen geflossen. Wir haben die Wahrheit herausgefunden.«

Erleichtert nickt mein Onkel. »Danke für Ihr Verständnis. Ich kann nichts weiter tun, als Sie vielmals um Verzeihung zu bitten.«

Die Stimmung im Raum ist jetzt etwas gelöster, aber ich weiß, dass es noch nicht vorbei ist. Mein Onkel wird sich Ingrid noch einmal persönlich vorknöpfen, was sicher nicht glimpflich verlaufen wird.

Maxim wendet sich seinem Vater und Mila zu. »Es tut mir echt leid, dass so etwas passiert ist, aber ich werde alles tun, damit der Rest des Wochenendes perfekt abläuft. Deshalb begleite ich Mila jetzt erst mal zurück in den Spa-Bereich, damit du dich entspannen kannst.«

Mila ergreift seinen Arm mit einem schmalen Lächeln und lässt sich aus dem Raum führen. Herr van Hausen seufzt ein letztes Mal, dann hilft er seiner Mutter auf. Auf dem Weg nach draußen flüstert Emma mir noch schnell zu: »Das hast du sehr gut gemacht.«

Zurück bleiben nur Reinhardt, Agnes und ich. Mein Onkel lässt sich mit einem tiefen Seufzer auf seinen Stuhl fallen. »Meli, es tut mir so leid, dass du dir das heute Morgen anhören musstest.«

»Ich verzeihe dir, wenn du Ingrid nicht feuerst«, komme ich sofort zum Punkt. »Ja, sie hat einen Fehler gemacht, aber am Ende hat sie die Wahrheit gesagt und sich entschuldigt. Sogar Frau Franzka hat ihr verziehen. Kein Grund, bis zum Äußersten zu gehen.«

Tief atmet mein Onkel durch. »Dieses eine Mal werde ich Ingrid nicht feuern, aber ihr Job hier steht auf Messers Schneide.«

»Ich werde mit ihr reden und alles klären«, sagt Agnes ernst. »In den nächsten Wochen behalte ich sie genau im Auge und erkläre ihr noch mal unsere Richtlinien zur Privatsphäre unserer Gäste.«

»Das wollte ich hören. Wenn du mich jetzt entschuldigst, ich hatte heute noch nichts zu essen und dann warten noch einige Zimmer auf meiner Aufmerksamkeit. Wir sehen uns heute Abend.« Ohne weiter auf die beiden zu achten, eile ich aus dem Raum und mache mich auf die Suche nach Maxim.

STREITIGKEITEN

*E*igentlich sollte ich mich jetzt direkt in den ersten Stock begeben und endlich mit der Arbeit anfangen, aber ich muss noch mal mit Maxim sprechen. Im Schwimmbad hat er sicher sein Handy nicht dabei, also bleibt mit nichts anderes übrig, als ihn zu suchen. Nach dem Drama der letzten Stunden habe ich dafür immerhin eine gute Ausrede. Ich schleiche mich durch den Hinterausgang des Bades hinein, wo ich beinahe sofort von Hitze und der Luftfeuchtigkeit erschlagen werde. Sogar in meinem dünnen Pulli fange ich zu schwitzen. Hastig lasse ich meinen Blick durch den Raum schweifen, um Maxim zu finden. In der hinteren Ecke entdecke ich Mila, Emma - und leider auch Shirin, die sich auf einer Liege räkelt. Doch von Maxim fehlt jede Spur.

»Suchst du nach mir?« Wie aus dem Nichts steht er neben mir. Wassertropfen rinnen seinen Körper herunter. Erschrocken stoße ich Luft ich aus und weiche in den Gang zurück, bevor mich noch jemand entdeckt.

»Ich wollte dir nur kurz für deine Hilfe danken.«

»Was passiert jetzt mit Ingrid? Ist sie gefeuert?«

Schnell schüttle ich den Kopf. »Keine Sorge, ich habe mein Versprechen gehalten. In nächster Zeit bekommt sie etwas mehr Aufmerksamkeit von Agnes, aber das war's schon. Auch wenn das eine ziemlich harte Strafe ist.« Agnes wird ihr sicher das Leben zur Hölle machen.

»Da bin ich erleichtert.« Maxim lehnt in der offenen Tür, sein Gesicht mir zugewandt. Von drinnen sieht man jetzt vermutlich nur noch seinen Rücken. »Das hast du verdammt gut gemacht.«

»Dank dir. Ich bin nur froh, dass sich am Ende alles so geregelt hat. Aber jetzt will ich nur wieder an die Arbeit, wo hoffentlich keine bösen Überraschungen mehr warten. Das wird heute ein langer Abend.«

»Wieso das? Gehen wir Eisschwimmen oder so was?«

»Nein, ich helfe wieder im Service, und irgendwie habe ich das Gefühl, am Abend vor der Hochzeit kann alles passieren.«

Nachdenklich nickt er. »Es wird schon schiefgehen. Dann mach dich mal an die Arbeit, wir sehen uns ja später.« Er beugt sich vor und drückt mir einen kurzen, aber intensiven Kuss auf die Lippen. »Vielleicht haben wir danach noch mal etwas Zeit zu zweit.«

Bei dem Gedanken muss ich breit grinsen. »Das wäre toll.« Bevor meine Hormone mich noch überrumpeln und ich hier gar nicht mehr wegkomme, verabschiede ich mich.

Aus der Küche hole ich mir noch eine Kleinigkeit zu essen, bevor ich in den ersten Stock eile. Sechs Zimmer warten darauf, aufgeräumt und saubergemacht zu werden. Während ich jetzt pflichtbewusst meinen Aufgaben nachkomme, kann ich jedoch nicht anders, als weiter an Maxim zu denken. Fast erschrecke ich mich vor mir selbst, sobald ich einen Blick in einen Badezimmerspiegel erhasche. Das Lächeln scheint wie in mein Gesicht geklebt, meine Augen glitzern und meine Wangen sind rosig.

Kopfschüttelnd wende ich mich ab und versuche, mich auf meine Arbeit zu konzentrieren. Draußen wird es langsam dunkel, was bedeutet, dass der Abend näher rückt.

Meine innere Unruhe wird schlimmer, als ich mich auf den Weg zum Speisesaal mache. Es fühlt sich an, als läge ein Sturm in der Luft, der sich bald entladen wird. Doch hier scheint alles normal und friedlich zu sein. Niemand fragt mich nach dem Kleid, weshalb ich mich wundere, ob Frida oder Agnes bereits mit den Kellnern gesprochen haben. Trotzdem stört mich etwas und meine Unruhe wächst sogar noch weiter.

Schweigend helfe ich den anderen dabei, den Raum fertig zu machen, bevor ich wieder neben der Tür Stellung beziehe. Die ganze Zeit über warte ich aufgeregt, dass Maxim hereinkommt. Vielleicht schaffen wir es heute Abend wirklich, uns zusammen wegzuschleichen … Nach so einem Tag kann ich etwas Entspannung und Spaß gebrauchen. Nach und nach trudeln die Gäste ein, die heute besonders schick gekleidet sind, da das Abendessen auch als Probeessen für die Hochzeit dient. Dementsprechend ist der Druck auch für uns höher. Wie ein General läuft Frida im Hintergrund herum und behält alles genau im Blick. Heute wird ihr nichts entgehen, so viel ist gewiss.

In der Küche herrscht garantiert eine ähnliche Stimmung, Scott will die Gäste mit seinem Essen beeindrucken. Bis eben sind seine lauten Rufe aus der Küche gedröhnt, sodass sogar ich ein wenig Angst hatte. Doch jetzt benehmen sich alle vorbildlich und gehen voller Elan an den Abend heran. Die meisten Tische sind bereits besetzt, als endlich auch das Brautpaar und sein Gefolge auftaucht. Mir bleibt das Herz beinahe stehen, als Maxim mit Shirin an seinem Arm an mir vorbeistolziert. Sie klammert sich förmlich an ihn und wirft mir im Vorbeilaufen einen hochnäsigen

Blick zu. Während ich ihnen zum Tisch folge, versuche ich, mich wieder zu fangen. Was auch immer hier gerade vor sich geht, es muss gegen Maxims Willen geschehen. Brav warte ich, bis alle Platz genommen haben.

»Einen wunderschönen guten Abend«, begrüße ich die Gäste. Dieses Mal muss ich keine Menüs ausgeben, da das Essen bereits feststeht, dennoch frage ich nach Wünschen und möglichen Allergien.

»Unglaublich, dass sie immer noch hier arbeitet, nachdem sie das Bild verschickt hat«, meckert Shirin los, kaum habe ich das letzte Wort gesprochen.

»Ich hab dir doch schon erzählt, dass Meli nichts damit zu tun hat. Sie war sogar diejenige, die alles aufgeklärt hat.« Mila schenkt mir ein breites Lächeln. »Danke noch mal dafür. Es ist nur ein Kleid, aber es hat mir trotzdem ein wenig das Herz gebrochen.«

»Ich habe zu danken, dass du Ingrid verziehen hast«, murmle ich leise.

»Oh, bitte. Sicher hat sie das arme Zimmermädchen erpresst, um die Schuld auf sich zu nehmen, damit sie hier schön weiter alles ruinieren kann.« Anscheinend kann Shirin sich nicht einmal jetzt zurückhalten.

»Die Einzige, die hier alles ruiniert, bist du.« Mit einem Ruck steht Maxim auf und bewegt seinen Stuhl weg von Shirin, um stattdessen neben seiner Großmutter zu sitzen.

»Wieso gehst du denn weg?«, heult sie sofort los. »Die Trauzeugen müssen die ganze Zeit zusammen sein. So ist es Tradition.«

»In unserer Familie geben wir nicht so viel auf Traditionen. Außerdem würde ich dieses Essen gern in Ruhe und neben einer Frau verbringen, die ich mag.« Liebevoll drückt er die Hand seiner Oma.

Für einen Moment bekommt Shirin vor Wut kein Wort heraus, ihr Gesicht nimmt eine rote Farbe an, dann wendet sie sich mir zu. »Zwei Finger Gin, sofort.«

Ein vorbildliches Verhalten, nach Alkohol zu greifen, wenn man sauer ist. Aber ich verkneife mir jeglichen Kommentar, nehme die restlichen Bestellungen auf, dann eile davon, so schnell ich kann. Es scheint, als würde sich meine Vorahnung bewahrheiten.

Als ich kurz darauf zurückkehre, reißt Shirin mir das Glas beinahe aus den Händen, wobei sie nicht aufhört, mich mit bösen Blicken zu durchlöchern. Sofort haste ich weiter.

Mit einem Weinglas in der Hand beuge ich mich zwischen Emma und Maxim, wobei mein Ohr direkt neben seinem Gesicht ist. »Glaub mir, ich hätte sie mir am liebsten vom Hals geschafft. Im Notfall mit Gewalt«, wispert er.

Sein heißer Atem streift meine Haut, eine Gänsehaut breitet sich auf meinem Körper aus. »Vielleicht bekommt sie ja gleich wieder Kopfschmerzen.«

Er verbirgt sein Lächeln hinter dem Glas, während ich ohne eine weitere Reaktion weitermache. Kurz darauf ist auch schon der erste Gang fertig, weshalb ich den anderen dabei helfe, alles zu verteilen. Immer wieder schiele ich zum Brauttisch hinüber, denn ich habe das unbestimmte Gefühl, dass Shirins kleiner Anfall eben nicht das Ende gewesen sein kann. Eine unangenehme Spannung liegt in der Luft, bei der sich mir die Härchen im Nacken aufstellen.

Während des Hauptgangs bestellt sie noch mal drei Drinks, was mich umso nervöser macht. Normalerweise verbieten wir den Gästen keinen Alkohol, aber sie wirkt inzwischen angetrunken. Was auch daran liegen könnte, dass sie kaum etwas isst. Sie schiebt Scotts grandioses Gericht nur gelangweilt auf dem Teller hin und her.

»Noch einen Gin«, murmle ich Raphael zu.

Skeptisch hebt er die Augenbraue. »Bist du dir sicher?«

»Willst du zu ihr hingehen und erklären, dass sie nichts mehr bekommt?«

Hektisch schüttelt er den Kopf und bereitet wortlos den Drink zu. Ohne Blickkontakt aufzunehmen, stelle ich Shirin das Glas hin, doch ich kann spüren, wie sie mich anstarrt.

Emma greift nach meinem Arm, als ich an ihr vorbeigehe, und winkt mich zu sich herunter. »Ignorier sie einfach«, flüstert sie leise. »Sie ist nur unglücklich mit ihrem eigenen Leben. Und bitte schick den Sommelier noch einmal her, ansonsten überstehe ich das hier nicht.«

»Wird erledigt«, sage ich mit unterdrücktem Lachen.

Das Dinner ist beinahe überstanden, als ich endlich die Teller abräumen kann. Nur noch das Dessert, dann darf ich mich endlich entspannen. Mein Verlangen nach einigen ruhigen Minuten mit Maxim ist in den letzten zwei Stunden nur noch gewachsen.

Gerade kehre ich aus der Küche zurück, da erhebt Shirin sich schwankend und schlägt mit einer Gabel viel zu laut an ihr erneut leeres Glas. »Aufmerksamkeit, bitte. Hey, alle mal zuhören!«

Die Gespräche verstummen sofort, bevor sich ihr nach und nach alle Gäste zuwenden. Meine Vorahnung wird nun endgültig bestätigt. Als würde ich einem Zugunglück zuschauen, gegen das ich nichts tun kann.

»Sicher kennen mich hier alle, aber falls nicht, ich bin die Trauzeugin«, lallt Shirin los. »Wir sind diese Woche in dieses verschlafene Kaff am Arsch der Welt gekommen, um die Hochzeit meiner besten Freundin Mila und dem traumhaften Steffen zu feiern.«

Mit dem Glas deutet sie in meine Richtung, aber ich ignoriere sie. Ich komme mir vor wie festgefroren, während das Schauspiel weiter geht. Nur mein Blick huscht zu Maxim, der ähnlich geschockt wirkt, wie ich mich fühle.

»Wisst ihr, was lustig ist?«, fährt Shirin unbeirrt fort. »An dem Abend, als Mila und Steffen sich kennengelernt haben, wollte eigentlich ich mit ihm ausgehen.« Ihr lautes Lachen ist so traurig und schrill, dass sich mir die Zehennägel aufrollen.

»Mein Plan war es, diesen großartigen Mann auf mich aufmerksam zu machen. Wir wären ein fantastisches Paar geworden. Aber nein, unsere wundervolle Mila hat mich sofort in den Schatten gestellt, und seitdem dreht sich alles nur noch um sie, wie eigentlich immer.«

Ich bin nicht die Einzige, der die Kinnlade heruntergeklappt ist. Lediglich Emma scheint sich großartig zu amüsieren, lächelnd nippt sie an ihrem Wein.

»Dabei wäre es doch viel logischer, wenn Steffen sich für mich entscheidet! Immerhin bin ich berühmter und viel geeigneter, die Frau an der Seite eines reichen Mannes zu sein. Und jetzt sind wir hier und feiern eine Hochzeit. Nur nicht meine.«

Mit einem breiten Grinsen hebt sie das Glas und blickt in die verwirrten Gesichter der anderen Gäste. »Also auf die beiden, die ab jetzt für immer glücklich miteinander sein werden.«

Erleichtert atme ich durch. Vielleicht setzt Shirin sich jetzt wieder hin und wir alle können weitermachen? Aber leider werden meine Gebete nicht erhört …

»Schaut euch um! Wir sitzen hier in diesem alten Schloss, damit unsere gute Mila sich wie eine Prinzessin fühlen kann. Und mal wieder bin ich allein. Denn sogar hier interessieren sich die Männer mehr für die dummen Zimmermädchen. Oh ja, Maxim, ich weiß ganz genau, was du so mit unserer ach so süßen

Meli treibst.« Das letzte Wort betont sie so auffällig, dass ich am liebsten im Boden versinken würde. Für einen Moment vergesse ich die peinliche Szene vor mir, stattdessen sehe ich meinen eigenen Untergang vor meinem inneren Auge. Ich bin nicht nur geliefert, sondern im Endeffekt so gut wie tot. Das zum Glück leere Tablett rutscht mir aus den Fingern. Der Knall, als es zu Boden fällt, hallt unnatürlich laut im Saal wider.

»Das reicht jetzt!« Beinahe gleichzeitig stehen Vater und Sohn auf. Maxim kocht vor Wut, dennoch schafft er es, ruhig zu bleiben. »Für heute Abend hattest du genug! Vielleicht solltest du zurück aufs Zimmer gehen.«

»Oh, wow! Jetzt werde ich auch noch in mein Zimmer geschickt wie ein kleines Mädchen. Ihr könnt mich hier alle mal. Keiner von euch hat auch nur die geringste Ahnung, was ihr euch entgehen lasst. Ich brauche das hier nicht, ich brauche niemanden von euch.« Schwankend stolziert sie durch den Speisesaal, wobei sie an mehreren Stühlen anstößt.

Nachdem die Tür hinter ihr ins Schloss gefallen ist, herrscht für einen Moment tiefe Stille. Anscheinend weiß keiner so genau, was jetzt zu tun ist.

»Das war fantastisch«, lacht Emma auf einmal. »Endlich sind wir sie los.«

Der Bann ist gebrochen, als auf einmal alle anfangen, wild durcheinanderzureden. Unsicher stehe ich mitten im Raum und weiß einfach nicht, was ich tun soll. Ich spüre bereits die ersten Blicke auf mir, nicht nur von meinen Kollegen, sondern auch von einigen der Gäste.

»Ich muss mit ihr sprechen«, kann ich Mila trotz des Lärms sagen hören. »Sie ist sicher verletzt und braucht mich.« Und da geht die Braut dahin.

»Kannst du hier für mich übernehmen?«, frage ich Michelle, die ein Stück von mir entfernt steht. Ernst nickt diese, aber mir entgeht nicht, dass sie mich voller Neugierde betrachtet.

Einem Instinkt nach eile ich zu Fabian, der mit verwirrter Miene hinter dem Tresen im Foyer steht. »Was ist gerade passiert?«

»Frag nicht. Ruf einfach ein Taxi, das so schnell wie möglich hochkommen soll.«

Verwirrt und überrascht blinzelt er mich an, doch dann kommt er meiner Aufforderung nach. Zur Sicherheit beziehe ich vor dem Speisesaal Stellung, falls Shirin eine Zugabe geben will.

Die Minuten verstreichen, während im Raum hinter mir das Dessert serviert wird, dem vermutlich niemand groß Aufmerksamkeit schenkt. Diese ganze Szene hätte unterhaltsam sein können, wenn Shirins letzte Aussage nicht gewesen wäre.

Immer wieder dringt leises Stimmengewirr zu mir hindurch. Ich bin mir sicher, dass alle über den skandalösen Auftritt sprechen. Vielleicht auch über mich. Immer wieder schiele ich durch den schmalen Spalt in der Erwartung, dass jemand seinen Kopf herausstreckt und mit dem Finger auf mich deutet.

Aber nichts dergleichen geschieht.

Vielleicht habe ich Glück, immerhin ist Shirin ganz eindeutig betrunken. Sie hat viel Verletzendes von sich gegeben und sich dabei selbst zum Affen gemacht. Vielleicht glaubt ihr also keiner, sondern es wird auf den ganzen Gin geschoben.

Vielleicht …

Weitere zwanzig Minuten vergehen, in denen nichts passiert. Kurz überlege ich, Reinhardt Bescheid zu geben, falls ich seine Hilfe brauche, aber da gehen auf einmal die Aufzugtüren auf und Shirin stürmt heraus, ihren Koffer hinter sich herzerrend.

»Rufen Sie mir ein Taxi!«, keift sie den armen Fabian an, der nur hilfesuchend in meine Richtung schaut.

»Draußen wartet bereits eines auf Sie. Ich hoffe, Sie hatten einen angenehmen Aufenthalt und beehren uns bald wieder«, kann ich mir einfach nicht verkneifen, zu sagen.

Vor Wut schäumend stürmt Shirin an mir vorbei. Als sie das Hotel endlich verlassen hat, atme ich tief durch. Hoffentlich kommt sie niemals wieder.

Leise Schritte erklingen hinter mir, zusammen mit dem Rascheln von Stoff. Mit einem mulmigen Gefühl drehe ich mich um und blicke zu Mila, die ihr Brautkleid die Treppe herunterträgt. Oder eher das, was noch davon übrig ist. Das einst so atemberaubende Stück ist nun nichts weiter als ein Haufen Stofffetzen, der auch noch mit Lippenstift beschmiert ist.

»Sie hat es einfach kaputtgemacht«, murmelt Mila und lässt sich kraftlos auf eines der Sofas fallen, das Kleid wie ein Baby im Arm. »Sie wollte mir gar nicht erst zuhören. Sie sagt, ich bin schuld daran, dass ihr Leben zerstört ist.«

Mit dem Kopf deute ich Fabian an, Herrn van Hausen zu holen, während ich neben Mila in die Knie gehe. »Das ist nicht deine Schuld.« Behutsam löse ich den Stoff aus ihren klammen Fingern. »Shirin ist einfach sehr unglücklich mit ihrem Leben und hat es an dir ausgelassen.«

»Wieso habe ich das nicht gesehen? Die ganze Woche über war sie so gemein zu allen, und ich dachte, das liegt an dem ganzen Stress. Aber nein, sie ist so verletzt und sauer darüber, dass ich Steffen heirate … Sauer auf mich.«

Diese Erkenntnis muss ihr unglaublich wehtun. Mila scheint am Boden zerstört, dicke Tränen laufen ihre Wangen herunter. Unsicher greife ich nach ihrer Hand und drücke sie. »So schlimm das jetzt klingt, aber es ist besser so. Wenigstens ist sie jetzt verschwunden und kann morgen keinen weiteren Ärger machen.« Das hoffe ich zumindest.

Ich weiche erleichtert zurück, als Maxim und sein Vater auftauchen und das Chaos in sich aufnehmen. »Was ist passiert?« Entsetzt blickt Herr van Hausen zwischen dem Kleid und mir hin und her.

»Shirin.« Mehr muss ich gar nicht sagen.

Während Maxim vor Wut kocht, zieht Herr van Hausen seine Verlobte in die Arme. Beruhigend streicht er ihr übers Haar, doch keiner von uns weiß, was wir nun tun sollen.

»Was jetzt?«, schluchzt Mila weiter. »Alles ist ruiniert. Mein Kleid. Meine Trauzeugin ist einfach so weggerannt. Ich kann nicht mehr.«

»Alles wird gut.« Maxim kniet sich ebenfalls neben Mila und greift nach ihrer Hand. Sein Blick trifft meinen und ich kann sehen, dass er hofft, dass ich eine Idee habe. Eine Lösung.

Aber gerade fällt auch mir nichts mehr ein.

EINGESCHNEIT

E s dauert lange, bis wir Mila endlich so weit beruhigt haben, dass Herr van Hausen sie in die Suite bringen kann. Die meisten der anderen Gäste sind mittlerweile in ihren Zimmern verschwunden, doch leider haben alle die völlig verzweifelte Braut gesehen. Tief in der Nacht schleppe ich die Reste des Kleides in den Keller, um sie in irgendeiner Ecke zu verstecken. Daran ist nichts mehr zu retten, auch wenn wir die beste Schneiderin der Welt hierherschaffen würden.

Als ich wieder nach oben komme, ist das Foyer bis auf Maxim, der anscheinend auf mich gewartet hat, leer. Müde reibe ich mir die Augen und werfe mich in seine geöffneten Arme. »Das ist der schlimmste Abend meines Lebens.«

»Mit so einem Auftritt habe ich nicht gerechnet«, murmelt er in meine Haare. »Und unsere Pläne fallen wohl flach.«

»Wir beide sollten ins Bett gehen, allein. Morgen wird sicher ein anstrengender Tag, und wir können alle Kraft gebrauchen«, sage ich an seine Brust gedrückt.

Dabei will ich das gar nicht. Gerade brauche ich Maxims Nähe mehr als alles andere. Aber leider ist dafür nicht der richte Zeitpunkt, denn die Welt um uns herum versinkt im Chaos, und es ist meine Aufgabe, es zu beseitigen. Dennoch dauert es einen Moment, bis ich mich von ihm lösen kann.

»Sicher, dass du allein sein willst?« Liebevoll streicht er mir eine Strähne aus dem Gesicht. »Es war ein Scheißabend, und du siehst aus, als bräuchtest du jemanden zum Reden.«

Ein trauriges Seufzen entfährt mir. »Ich fühle mich auch ziemlich scheiße. Danke, dass du an meiner Seite sein willst, aber wir beide müssen dringend schlafen. Außerdem solltest du nach deinem Vater und Mila schauen. Die beiden brauchen dich jetzt dringender als ich.«

»Na gut, aber wenn du reden willst oder nicht schlafen kannst, dann ruf mich an.«

»Versprochen.« Ich stelle mich auf die Zehenspitzen und hauche ihm zum Abschied einen Kuss auf die Lippen. Dann wende ich mich ab und verschwinde, bevor ich doch noch schwach werde.

Mit schweren Gliedern schleiche ich zurück ins Haus. Es ist bereits kurz nach zwölf. Nicht mal sieben Stunden, dann klingelt schon mein verdammter Wecker. Am Rande registriere ich, dass es immer noch schneit, inzwischen in deutlich dickeren Flocken, wodurch die Schneeschicht erneut um ein paar Zentimeter gewachsen ist.

In meinem Zimmer lasse ich mich voll angezogen aufs Bett fallen. Mein Körper will sich nicht mehr bewegen. Doch obwohl meine Augenlider schwer sind, kann ich nicht einschlafen.

Nach einiger Zeit stehe ich unter dem Protest meiner Muskeln wieder auf und schleiche ins Badezimmer. Vielleicht hilft eine heiße Dusche dabei, mich wieder so weit zu beruhigen, dass ich wenigstens ein paar Stunden Schlaf bekomme.

Aber leider bringt auch das nichts. Den Rest der Nacht wälze ich mich von einer Seite auf die andere, doch der Schlaf will einfach nicht kommen. Um kurz vor sieben gebe ich schließlich frustriert auf und beschließe stattdessen, mich für den Tag fertigzumachen.

Heute ist es endlich soweit. In zwölf Stunden werden Mila und Herr van Hausen endlich verheiratet sein, und dann ist alles vorbei. Aber bis dahin gibt es noch einiges zu tun. Eine gefühlt ellenlange Liste muss erledigt werden. Ganz oben steht das Kleid-Problem, für das wir dringend eine Lösung brauchen.

Doch den Anfang macht das große Frühstück, was an diesem Sonntag besonders zeitig stattfinden soll, damit die Leute im Anschluss genug Zeit haben, sich fertig zu machen.

Mit einem Ruck öffne ich die Tür und will nach draußen treten, als mich beinahe eine Schneelawine überrollt. Erschrocken springe ich ein Stück nach hinten, denn ein riesiger Haufen Weiß ergießt sich über den Boden vor mir.

»Scheiße.« Mit einigen Verbiegungen schaffe ich es, über sie hinweg zu klettern, aber dahinter erwartet mich ein Bild wie aus einem Wintertraum. Jeder noch so winzige Zentimeter ist mit Schnee bedeckt. Doch in Anbetracht der Umstände ist es eher ein Albtraum. Wir sind eingeschneit.

Fast einen Meter hoch erheben sich die Massen. Es dauert zehn Minuten, bis ich mich endlich zum Hotel durchgekämpft habe, danach bin ich über und über mit Schnee bedeckt. Erneut verteile ich ihn überall im Flur. »Nicht gut.«

So schnell ich kann, eile ich die Treppe nach oben, wobei ich eine deutlich sichtbare Spur hinterlasse. Aber darum muss ich mich später kümmern. Im Laufen tippe ich eine Nachricht an Maxim, dass er

213

so schnell wie möglich in Reinhardts Büro kommen muss, damit wir klären, wie es nun weiter geht.

Mein Onkel trägt denselben verzweifelten Gesichtsausdruck zur Schau wie ich. »Wir sind eingeschneit.«

»Ist mir auch schon aufgefallen. Wie schlimm ist es?« Ich schäle mich aus meinen Wintersachen und werfe sie, ohne groß darauf zu achten, in eine Ecke.

»Die Straße ist unpassierbar, aktuell sind wir völlig abgeschnitten.« Verzweifelt schüttelt Reinhardt den Kopf, lässt sich auf seinen Sessel fallen und blickt mir entgegen. »In der Stadt sieht es auch nicht viel besser aus. Niemand kann mehr rein oder raus.«

»Wann kommen die Räumfahrzeuge?« Mit schwachen Knien setze ich mich ebenfalls hin. »Die müssen doch zu uns hochkommen!«

»Soweit ich verstanden habe, kann es noch Stunden dauern. Vielleicht auch erst morgen. Zuerst müssen sie die Straßen im Dorf und zur Autobahn frei machen. Danach kümmern sie sich um uns.«

»Also sind wir auf uns allein gestellt. Das ist furchtbar.« Müde schüttle ich den Kopf. »Was machen wir jetzt?«

Bevor mein Onkel antworten kann, wird hinter mir die Tür geöffnet, und Maxim schlüpft herein. »Sind wir eingeschneit?«

Reinhardt und ich nicken. »Deshalb solltest du herkommen. Wir müssen schauen, wie schlimm es ist, und planen, wie es weitergeht.«, erkläre ich knapp. »Ich dachte, jemand sollte Bescheid wissen, um dem Brautpaar zur Seite zu stehen.«

Erleichtert bemerke ich, dass Reinhardt nicht weiter fragt, wie ich Maxim benachrichtigt habe. Er ist viel zu sehr damit beschäftigt, eine Lösung zu finden.

»Agnes, Frida und Scott kommen auch gleich.« Nachdenklich blickt Reinhardt aus dem Fenster, an dem immer noch neue Flocken vorbeitanzen. »Dann können wir beurteilen, wie schlimm es wirklich ist.«

»Soll ich meinem Vater Bescheid geben?«, fragt Maxim leise.

»Erst mal nicht. Vielleicht können wir alles noch auf die Beine stellen«, versuche ich, ihn zu beruhigen.

Kurz darauf treffen die anderen ein, allesamt mit einer ähnlich besorgten Miene. »Niemand kann aus der Stadt hochkommen«, legt Agnes direkt los. »Ich habe nur noch vier Zimmermädchen.«

»Du hast wenigstens überhaupt noch jemanden!«, stimmt Frida mit ein. »Keine Kellner, keine Butler. Niemand ist da für den Service.«

»Bei mir sieht es ähnlich aus.« Scott schüttelt den Kopf. »Ich habe nur einen Beikoch. Der Rest sitzt im Dorf fest. Wir haben Glück, dass ich heute über Nacht geblieben bin, denn ansonsten säßet ihr heute ohne Koch da.«

»Jetzt alle mal ruhig bleiben!« Energisch springe ich auf. »Wir sind eingeschneit, gut, aber was genau heißt das? Wir haben niemanden fürs Kellnern, aber da können die Zimmermädchen bestimmt ausnahmsweise mal einspringen. Ist sicher nicht optimal, aber besser als gar nichts.«

»Das Frühstück ist sowieso ein Buffet. Da müssen nur die Teller abgeräumt und Getränke serviert werden …« Nachdenklich atmet Frida durch. »Vielleicht ist bis zum Mittagessen alles wieder normal.«

Das bezweifle ich. Es schneit unaufhörlich weiter, und bis das Dorf freigeräumt ist, ist es sicher schon Nachmittag. »Scott, du bist doch ein absoluter Meister in deinem Fach! Du wirst sicher alles geregelt bekommen, auch ohne deine ganzen Helfer.« Ich kenne nämlich wirklich niemanden, der hier ist und freiwillig zu Scott in die Küche geht.

»Dein Geschleime bringt uns nicht weiter, aber ich denke, dass ich es schaffe. Vieles haben wir gestern schon vorbereitet, und weil es heute Abend weniger Gäste sein werden, sollte das kein Problem sein.« Er zuckt mit den Schultern.

»Was meinst du mit weniger Gästen?« Verwirrt blickt Maxim durch den Raum.

»Naja, wenn unsere Angestellten nicht kommen können, dann auch nicht die übrigen Hochzeitsgäste, die heute erst anreisen sollten. Wird wohl eine kleine Veranstaltung.«

Kraftlos sackt Maxim in sich zusammen. »Ich muss es meinem Vater und Mila sagen. Sofort.«

»Noch nicht«, bitte ich ihn. »Wir machen das gleich zusammen. Ihr beide solltet zurück zum Frühstück gehen, damit die Gäste erst einmal nichts davon mitbekommen«, wende ich mich an Frida und Scott. »Wenn einer fragt, nur nett lächeln und nicken.«

Scott schnaubt abfällig und dampft wortlos ab. Frida seufzt noch einmal theatralisch, dann tut sie es ihm gleich. Bisher hat Agnes schweigend in der Ecke gestanden, aber jetzt wende ich mich an sie.

»Wie sieht es mit der Hochzeit und dem Empfang danach aus?«

Langsam kommt Agnes auf uns zu. »Nun, die Dekoration ist bereits gestern Abend angekommen, aber wir sind noch nicht ganz fertig damit, die Kapelle und den Ballsaal zu vorzubereiten. Darum muss ich mich noch kümmern.«

»Dabei kann ich helfen. Mit sechs Leuten sollten wir das geschafft bekommen.« Meine Stimme klingt zuversichtlicher, als ich mich fühle. »Scott macht das Essen, wir kellnern. Alles wird geschmückt, und schon haben wir eine fantastische Hochzeit.«

»Ein großes Problem gibt es da allerdings immer noch.« Reinhardt räuspert sich. »Der Standesbeamte.«

»Wir sind am Arsch«, brummt Maxim neben mir. »Was bringt eine Hochzeit, die nicht echt ist?«

»Mist ... Wir müssen vielleicht doch mit dem Brautpaar sprechen.« Jetzt kann ich es doch nicht mehr aufschieben. »Ich erledige das, vielleicht finden wir zusammen eine Lösung.«

Maxim erhebt sich mit mir zusammen. Schweigend sitzt Reinhardt auf seinem Sessel und blickt weiter aus dem Fenster. Er scheint nicht einmal zu registrieren, dass wir gehen.

»Ist alles in Ordnung mit deinem Onkel?«, fragt Maxim, sobald wir das Büro verlassen haben.

»Er zweifelt gerade ein wenig an seinem Können und gibt sich selbst die Schuld daran, dass alles schiefläuft«, erkläre ich abwesend. »Ist dein Vater gerade beim Frühstück?«

»Ich denke schon. Mann, auf dieses Gespräch freue ich mich so gar nicht. Das wird Mila endgültig das Herz brechen.«

»Hat sie sich von gestern Abend erholt? Wenigstens ein bisschen?«

»Keine Ahnung, sie war heute sehr still. So habe ich sie noch nie erlebt.« Traurig senkt Maxim den Kopf.

»Hol du die beiden raus, ich warte hier.« Im Foyer bleibe ich stehen und blicke Maxim nach. Im Kopf lege ich mir sorgfältig die Worte zurecht, die ich gleich sagen will. Was auch immer passiert, ich muss Ruhe und Selbstsicherheit vermitteln.

»Was ist los?«, fragt Herr van Hausen sofort besorgt, wobei er liebevoll den Arm um seine Verlobte legt.

»Heute Morgen gibt es einige Komplikationen«, spreche ich, so ruhig ich kann. »Durch den extremen Schneefall sind die Straßen blockiert.«

Mila hebt die Hand und unterbricht mich. »Meli, sag mir bitte einfach nur die Wahrheit.«

»Wir sind eingeschneit und keiner weiß, wann die Straße wieder frei sein wird. Solange kann niemand das Hotel erreichen oder es verlassen.« Entschuldigend lächle ich. »Weder Gäste noch Personal oder der Standesbeamte.«

Milas Knie geben unter ihr nach. Hätte Herr van Hausen sie nicht gehalten, wäre sie sicher zusammengeklappt. »Es ist vorbei. Wir müssen absagen.«

»Nein!«, rufe ich schnell aus. »Ich weiß, gerade läuft nichts, wie du es dir vorgestellt hast. Aber du wolltest immer hier heiraten. Eine offizielle Trauung kann man nachholen, jederzeit und überall. Feiert heute hier eine kleine Zeremonie nur für euch! Genießt den Tag zusammen! Alles andere kann man nachholen.«

»Aber wie denn? Mein Kleid ist zerstört, der Rest unserer Freunde wird nicht kommen. Und die Trauung kann nicht stattfinden, weil niemand da ist. Wo ist denn dann noch der Sinn?«

»Es geht doch nicht um Gäste oder die Deko, es geht um eure Liebe und eure Beziehung.« Mit ruhiger Stimme tritt Maxim an meine Seite. »Selbst wenn niemand da sein wird, habt ihr jetzt die Chance, euch für immer füreinander zu entscheiden. Spielt es denn da wirklich eine Rolle, wie viele Menschen dabei sind oder welches Kleid du trägst? Nur ihr beide zählt.«

Nach Maxims Rede schauen Mila und Herr van Hausen sich einige Herzschläge lang tief in die Augen. Ich wende mich ab, um den beiden ihre Privatsphäre zu gönnen.

»Die echte Trauung könnt ihr beide immer noch nachholen, wenn wir hier weg sind. So was geht ganz schnell. Aber du wolltest unbedingt hier heiraten, in einem Traum aus Schnee. Jetzt hast du genau das, was du wolltest«, bestärkt er noch einmal. »Wir sind hier, also können wir auch feiern.«

Die beiden tauschen noch einen kurzen Blick. »Anscheinend ist alles Wichtige da«, murmelt Herr van Hausen.

Nachdenklich nickt Mila. »Viel schlimmer als jetzt kann es nicht mehr werden, also lasst uns das Beste draus machen.«

»Sehr gut.« Aufgeregt klatsche ich in die Hände. »Das wollte ich hören. Dann geht ihr beide in Ruhe weiter frühstücken und entspannt euch den Rest des Tages. Die Planung übernehmen wir. Und heute Abend wird alles fantastisch sein.«

Zumindest hoffe ich das. Denn ansonsten weiß ich nicht, was ich tun soll.

Mit wenig überzeugter Miene und immer noch traurigem Blick führt Herr van Hausen Mila zurück in den Speisesaal, dabei redet er die ganze Zeit leise auf sie ein. Einen Moment sehe ich den beiden noch hinterher, dann wende ich mich an Maxim. »Du solltest auch frühstücken gehen.«

»Bist du verrückt geworden? Ich helfe euch natürlich«, ruft er aus. »Immerhin bin ich Trauzeuge, und da ist es meine Aufgabe, dass alles perfekt läuft. Also, was auch immer ansteht, ich bin an deiner Seite.«

Ich kann nicht anders, als ihn anzugrinsen. Es fühlt sich verdammt gut an, Unterstützung zu haben und jemanden an meiner Seite. Obwohl wir mitten im Foyer stehen, lege ich meine Hände um sein Gesicht und ziehe ihn zu einem langen Kuss zu mir herunter. »Das ist so süß von dir.«

»Und ich kann dabei auch noch Zeit mit dir verbringen, also eine Win-Win-Situation«, murmelt er an meinen Lippen. Voller Selbstvertrauen löse ich mich von Maxim, zusammen machen wir uns auf den Weg in den Keller. Wir haben eine ganze Menge zu erledigen, und die Zeit ist knapp.

RETTUNG

*D*ie Feier soll heute Nachmittag um sechzehn Uhr stattfinden. Also bleiben uns noch sieben Stunden, um den Tag zu retten.

»Wir müssen den Ballsaal vorbereiten, Mila ein neues Brautkleid besorgen und dann sicherstellen, dass alles glatt läuft. Oh, und den Zimmermädchen das Kellnern beibringen.«

Bedächtig nickt Maxim neben mir. »Das sollte doch zu schaffen sein. Ein bisschen Schmücken bekomme ich auch noch hin.«

»Du hast unseren Ballsaal und die Kapelle noch nicht gesehen. Aber erst muss ich mit Agnes sprechen, wie es weitergeht.«

»Mach das. Ich rufe kurz meine Mutter an. Sie wollte heute Nachmittag auch kommen, sicher weiß sie noch nicht, dass die Straße gesperrt ist.«

Nachdenklich nicke ich und mache mich auf die Suche nach Agnes. Ich finde sie unten im Gang vor der Wäscherei, wo sie den armen Zimmermädchen erklärt, was nun passieren wird. Die vier Mädchen blicken skeptisch und verängstigt drein, aber das würde ich an ihrer Stelle auch.

»Wir sind alle soweit vorbereitet«, informiert sie mich. »Die Mädchen gehen jetzt hoch und helfen im Speisesaal, danach machen wir uns an die Kapelle.«

»Super, solange kannst du mir einen Gefallen tun.« Ich ziehe sie ein Stück zur Seite. »Wir haben immer noch ein Kleid-Problem.«

Langsam nickt Agnes. »Ich habe schon gesehen, was davon übriggeblieben ist. Wie kann jemand nur so grausam sein?«

Ich zucke lediglich mit den Schultern. »Lass uns nicht mehr über Shirin sprechen, sie ist nicht mehr unser Gast. Wir müssen uns jetzt ganz auf heute Abend konzentrieren.«

Agnes führt mich ins Nähzimmer, wo die Reste des Kleides auf einem Stuhl in der Ecke liegen. Zum ersten Mal nehme ich mir die Zeit und betrachte die Tragödie genauer. Die lange Schleppe ist in mehrere Stücke geschnitten worden, die feine Spitze auf dem Oberteil mit Lippenstift beschmiert. Es sieht furchtbar aus.

»Bitte sag mir, dass du das irgendwie retten kannst«, flehe ich Agnes an. »Wir brauchen ein Kleid.«

Seufzend nimmt sie den Stoff entgegen. »Leicht wird es sicher nicht, aber ich schaue, was ich tun kann. Vielleicht kann ich da noch etwas rausholen, was eine gewisse Ähnlichkeit mit einem Kleid hat.«

»Danke dir! Ich spreche noch mal mit Reinhardt. Falls Maxim nach mir sucht, schick ihn bitte dahin.«

Skeptisch hebt Agnes die Augenbraue.

»Schau nicht so! Er will uns nur helfen.« Bevor sie mir noch Fragen stellen kann, eile ich aus der Wäscherei auf direktem Weg zurück zu Reinhardt.

Als ich reinkomme, telefoniert er gerade und klingt dabei so gar nicht zufrieden.

»Morgen früh ist zu spät, wir sind hier oben einge-sperrt!« Kurze Stille. »Das hoffe ich doch. Schönen Tag noch.«

»Keine guten Nachrichten?«

Seufzend reibt er sich den Nasenrücken. »Laut dem Bürgermeister kommen die Räumfahrzeuge erst mor-gen. Frühestens. Hast du bessere Nachrichten?«

»Die beiden wollen immer noch heute Nachmittag heiraten –und du musst die Zeremonie durchführen«, fasse ich alles schnell zusammen.

»Wie bitte? Ich kann niemanden trauen!«

»Nur symbolisch. Mila und Herr van Hausen wollen diesen Tag nutzen, um vor ihren Lieben verheiratet zu werden. Die richtige Trauung holen sie dann spä-ter im Standesamt nach. Du machst das doch, oder?« Denn ansonsten muss ich das übernehmen und dafür habe ich keinerlei Talent.

Nachdenklich nickt mein Onkel. »Etwas anderes bleibt mir wohl nicht übrig. Solange unsere Gäste glücklich sind …«

»Das werden sie sein! Jetzt schmücken wir erst ein-mal die Kapelle und dann den Ballsaal zu Ende.« Ich habe mich schon wieder zum Gehen umgewandt, als Reinhardt mich aufhält.

»Hast du heute überhaupt schon etwas gegessen oder getrunken?«

»Mach dir mal keine Sorgen um mich, ich passe schon auf mich auf.« Aber er hat recht, ich sollte dringend etwas zu mir nehmen, sonst kippe ich bald um. Auf der Suche nach Maxim halte ich kurz in der Küche an und schnappe mir ein Brötchen und einen Kaffee. »Wie läuft es hier?«, frage ich Scott bei der Gelegenheit.

Dieser ist erstaunlich ruhig, vielleicht aber auch nur sehr konzentriert. »Wir kommen voran. Es wird nicht so großartig, wie ich mir das gewünscht habe, aber immerhin werden am Ende alle satt.«

»Etwas mehr Vertrauen, bitte.«

Ich beiße in mein Brötchen, während ich zurück ins Foyer gehe.

»Hier bist du!« Maxim sitzt auf einem Sofa, immer noch am Handy. Als er mich entdeckt, hellt sich sein Gesicht auf und er beendet das Gespräch.

»Meine Mutter macht sich schreckliche Sorgen, weil wir hier oben festsitzen. Ich hab ihr erst mal erklärt, dass ihr genug Vorräte für zwei Wochen habt.«

»Das hast du dir gemerkt?«, frage ich kichernd, bevor ich schnell wieder ernst werde. »Geht es deiner Mutter gut?«

»So weit, ja. Sie checkt jetzt in ihrem Hotel ein.«

»Wenigstens wird sie so nicht auch noch eingeschneit.« In einem Zug trinke ich meinen Kaffee aus. Das Koffein brennt durch meine Adern. »Bereit fürs Dekorieren?«

Er deutet mir an, vorzugehen, und ich führe uns am Speisesaal vorbei in den hinteren Teil des Erdgeschosses. Hier kommen die Gäste eher selten her, auch wenn der Ballsaal definitiv einen Besuch wert ist. Doch darum kümmern wir uns später, erst einmal ist die kleine Kapelle dran.

»Ich wusste bis heute nicht einmal, dass ihr so was hier habt.« Andächtig legt Maxim die Hand auf die verzierte Eingangstür.

»Es ist ein altes Schloss. Damals war das sehr wichtig für die Bewohner. Und weil wir hier auf sowas achten, ist sie natürlich noch gut erhalten.«

Mit einem leisen Quietschen schwingt die Tür auf. Die Kapelle dahinter ist dunkel und kalt, da die Fensterläden, die die schönen Buntglasfenster schützen, noch geschlossen sind. »Ganz schön kalt hier.«

Maxim reibt sich die Arme, ich kann sogar seinen Atem sehen.

»Dieser Bereich ist nicht an die Heizung angeschlossen, sondern wird mit einem kleinen Ofen erwärmt.« Schnell öffne ich die Fensterläden und schalte das Licht an.

»Sieht aus wie in einem Märchen.« Langsam schlendert Maxim durch die Bankreihen und blickt sich um. »Kein Wunder, dass Mila hier heiraten will.«

Seine Bewunderung kann ich gut verstehen. Auf den alten Bänken finden zwei Dutzend Menschen Platz. Die Buntglasfenster zwischen den steinernen Wänden brechen das Licht, sodass über allem ein magischer Schimmer liegt.

Langsam folge ich Maxim zu dem mit mehreren Blumensträußen dekorierten Altar. Für einen Moment bleiben wir in der Stille nebeneinander stehen.

»Wir werden das schon hinbekommen«, bestärke ich mich selbst noch einmal.

»Denke ich auch. Du wirst das hinbekommen.« Maxim dreht sich zu mir um und legt seine Hände um mein Gesicht.

Ohne zu zögern, stelle ich mich auf die Zehenspitzen und verschließe meine Lippen mit seinen. Ich schmiege mich enger an ihn, eine Gänsehaut breitet sich auf meinem Körper aus. Für einen Moment vergesse ich alles andere, die Hochzeit, den Schnee und das Chaos. Nur noch Maxims Berührungen zählen, mehr nicht.

Nach viel zu kurzer Zeit lösen wir uns wieder langsam voneinander. Maxims Finger sind immer noch mit meinen Haaren verflochten, als wolle er mich nie wieder loslassen. Mein Herz klopft viel zu schnell, und für einen Moment kann ich nicht mehr richtig atmen.

Schritte im Gang lassen unsere Blase zerplatzen, sodass wir erschrocken voneinander zurückweichen.

Kurz darauf erscheint Agnes, zusammen mit Ingrid und einem weiteren Zimmermädchen. In großen Körben tragen sie die Deko. Die frischen Blumen und vielen Kerzen sind das Einzige, was hier drin noch fehlt. Während wir uns darum kümmern, verschwindet Agnes wieder mit geschäftiger Miene in Richtung Nähzimmer.

»Wie viel es wohl kostet, um diese Jahreszeit solche Blumen zu bekommen?« Mit schiefgelegtem Kopf betrachte ich die Arrangements aus rosa Rosen, Schleierkraut und Lilien.

»Frag besser nicht.« Maxim schnappt sich eine Lilie und blickt sich um. »Also, wo sollen die hin?«

Innerhalb einer Stunde ist die Kapelle vorbereitet, und ich muss zugeben, dass sie atemberaubend aussieht. Am liebsten hätte ich es Mila auf der Stelle gezeigt, aber das hätte die Überraschung versaut.

Als hätten wir sie gerufen, taucht in diesem Moment Agnes wieder auf, um nach dem Rechten zu sehen. Zufrieden nickt sie. »Perfekt. Auf zur nächsten Baustelle.«

Sie wirft noch schnell den Ofen an, ehe sie die Tür fest hinter uns verschließt, damit niemand mehr hinein gehen kann. Dann macht sich unsere kleine Gruppe auf den Weg zum Ballsaal.

»Dieses Hotel ist viel größer, als ich gedacht habe.« Den Kopf in den Nacken gelegt, spaziert Maxim einmal durch den Saal und schaut sich alles an.

»Wenn Sie mit allem zufrieden sind, würden Sie uns dann bitte noch einmal unter die Arme greifen?«, bittet Agnes ihn. »Wir können einen starken Mann gebrauchen.« Mit dem Kopf deutet sie auf die Tische, die noch zurechtgerückt werden müssen.

Gemeinsam mit Maxim schleppe ich Möbel durch den Saal, bis es Zeit zum Mittagessen ist. »Na los«, weise ich ihn an. »Geh zu deiner Familie! Wir erledigen den Rest.«

»Sicher? Ich kann auch auf mein Essen verzichten.«

»Jetzt verschwinde schon!« Lachend schüttle ich den Kopf. »Das hier ist bald geschafft, und dann wollte ich sowieso nachschauen gehen, ob ich Mila irgendwie behilflich sein kann. Und du solltest deinem Vater zur Seite stehen und dich fertigmachen. So willst du doch nicht auf der Hochzeit auftauchen?« Ich deute auf seine dreckige Jeans und das einfache Shirt.

»Wenn was ist, ruf mich sofort an!«, verlangt er beim Hinausrennen noch.

Zufrieden lasse ich meinen Blick noch einmal durch den Saal gleiten. Wir haben es tatsächlich geschafft! Trotz des Schnees und der fehlenden Hilfe kann diese Feier stattfinden. Ich bin verdammt zufrieden mit mir selbst, und zum ersten Mal habe ich das Gefühl, dass ich das Hotel wirklich eines Tages leiten könnte. Mit einem letzten stolzen Nicken wende ich mich ab. Schnell gehe ich zu Agnes, die gerade dabei ist, das Silberbesteck zu polieren. »Hast du das Kleid retten können?«

Seufzend legt sie das Messer zur Seite. »Ich habe getan, was ich konnte. Es ist ein Kleid, sogar ein recht hübsches, auch wenn es keinerlei Ähnlichkeit mehr mit dem Original hat.«

»Wenigstens etwas. Nachher bringe ich es hoch zur Braut.«

Mit einem Stapel Teller und Servietten beladen gehe ich zurück zu dem Tisch und fange an, ihn zu decken Um fünfzehn Uhr hole ich das Kleid aus dem Keller, um mich damit auf den Weg zur Hochzeitsuite zu machen. Von den Gästen fehlt inzwischen jede Spur, weil sie vermutlich alle dabei sind, sich für die Trauung fertig zu machen. Ein tiefes Seufzen entfährt mir, als ich aus dem Fenster schaue, wo ich noch immer Flocken sehe, die vom Himmel fallen. In der nächsten Stunde wird hier sicher kein weiterer Gast ankommen. Fest klopfe ich an die Tür zum Turmzimmer.

»Komm rein!«, erklingt eine Stimme von drinnen. Emma erwartet mich auf einem Sofa sitzend und mit einem breiten Lächeln im Gesicht. »Meli, unsere kleine Retterin. Schön, dich zu sehen.«

»Den Titel habe ich mir noch nicht verdient«, erinnere ich sie, während ich meine kostbare Fracht an einen Schrank hänge. »Aber ich habe euch ein Kleid mitgebracht.«

»Wo hast du das denn so schnell aufgetrieben?« Etwas umständlich erhebt sich Emma von ihrem Stuhl, um es genauer zu betrachten.

»Wir haben hier einige Tricks auf Lager.« Ich zwinkere ihr zu. »Kann ich euch sonst noch irgendwie helfen?«

Zu meiner Überraschung greift Emma nach meiner Hand, fest blickt sie mir in die Augen. »Du hast gar keine Ahnung, was du diese Woche alles für uns getan hast. Wir hätten kein besseres Mädchen erwischen können.«

Ich schenke ihr ein ehrliches Lächeln. »Danke, das bedeutet mir sehr viel.«

Hinter uns geht die Badezimmertür auf, in einem Bademantel gekleidet kommt Mila heraus. »Meli! Da bist du ja!« Sie ist bereits fertig geschminkt und frisiert.

»Ich habe dir nur eine Überraschung hochgebracht. Unten ist alles vorbereitet, damit wir gleich loslegen können«, informiere ich sie schnell.

»Du hast mir ein Kleid besorgt?« Mila schlägt sich die Hand vor den Mund. »Wie?«

»Zauber«, kann ich mir nicht verkneifen zu sagen.

»Du bist einfach der Wahnsinn.« Andächtig tritt sie auf Agnes' Werk zu und streicht mit den Fingern darüber. »Es sieht nicht schlecht aus.«

»Soll ich dir beim Anziehen helfen?«

Es dauert nicht lange, bis Mila fertig ist. Natürlich trägt sie jetzt nicht länger einen mit Spitze bedeckten Traum aus Weiß, aber das Kleid ist trotzdem eindrucksvoll. Der Schnitt betont ihre schmale Taille, und weil es nicht mehr lang und wallend ist, sieht Mila wie eine moderne Braut aus einem Magazin aus.

»Unglaublich.« Hektisch wischt sie sich eine Träne aus dem Augenwinkel, bevor sie ihr Make-up ruinieren können. »Es ist wunderschön.«

»Aber eine Sache fehlt noch.« Aus einem Versteck hinter dem Sofa holt Emma einen kleinen Karton hervor. »Den habe ich damals getragen, als ich Steffens Vater geheiratet habe, und ich würde ihn dir gern weitergeben.«

In der Schachtel befindet sich ein kurzer Schleier aus Spitze. Behutsam nimmt Mila ihn hoch, jetzt laufen die Tränen doch über ihre Wangen. »Danke, das ist so süß von dir!«

Liebevoll tätschelt Emma ihr die Hand. »Du bist ein gutes Mädchen, Mila, und du machst meinen Sohn sehr glücklich. Mehr will ich gar nicht.«

Unauffällig wische ich mir eine Träne aus dem Augenwinkel. Irgendwie komme ich mir wie ein Eindringling vor. »Soll ich den festmachen?«, frage ich mit belegter Stimme.

Mit zittrigen Fingern befestige ich den Schleier an Milas Hinterkopf. »Jetzt siehst du wirklich aus wie eine Braut.«

»Eine wunderschöne«, setzt Emma hinterher. »Am Ende ist doch alles gut geworden. Auch ohne diese dumme Pute Shirin.«

»Nur habe ich jetzt keine Trauzeugin mehr. Ich weiß, es ist keine echte Trauung, aber irgendwie finde ich das wichtig.« Für einen Moment senkt Mila den Blick, dann schaut sie mich direkt an. »Meli! Du wirst meine Trauzeugin.«

»Ich?« Überrascht blinzle ich sie an. »Das kann ich nicht.«

»Du musst!« Sie greift nach meinen Händen und drückt sie. »Ohne dich würde ich jetzt nicht hier stehen. Bitte, sei meine Trauzeugin!«

»Aber ich arbeite doch eigentlich …«, murmle ich leise. Keine Ahnung, wieso ich das sage, aber mir fällt nichts Besseres ein.

»Darum werden wir uns kümmern«, winkt Emma ab. »Du machst dich schnell fertig, damit wir mit der Zeremonie beginnen können.«

Langsam nicke ich Mila zu. »Es wäre mir eine Ehre.«

AUF EWIG

*S*o schnell ich kann, eile ich zurück ins Haus und reiße meinen Schrank auf. Erleichtert stelle ich fest, dass ich doch ein elegantes Kleid eingepackt habe. Ich habe es ganz zum Schluss rausgesucht, in der Hoffnung, doch mal einen Abend rauszukommen und was zu erleben.

Blitzschnell springe ich unter die Dusche, mache mir die Haare und ziehe mich an. Für Make-up bleibt leider keine Zeit mehr, aber wer wird schon darauf achten? Heute geht es nur um Braut und Bräutigam.

Um kurz vor vier eile ich durchs Hotel zur Kapelle und komme auf den letzten Drücker an. Die Gäste haben sich schon hineingedrängt, genauso wie Herr van Hausen und Maxim. Lediglich Mila und mein Onkel warten noch im Gang.

»Da bist du ja!« Mila lächelt mich glücklich an. »Dann können wir ja anfangen.«

Ich drücke mich durch die Tür und gehe dabei sicher, dass niemand einen Blick auf die Braut werfen kann. Reinhardt folgt mir auf dem Fuß. Auch er hat sich schick gemacht: ein schwarzer Anzug, blaue Krawatte und seine besten Manschettenknöpfe.

Kurz stockt mir der Atem, als ich die den Raum betrachte. Zu den vielen Blumengestecken sind noch

Hunderte brennende Kerzen gekommen. Der kurze Weg zum Altar ist mit Blütenblättern geschmückt, denen ich ausweiche, bevor ich meinen Platz beziehe.

Hier warten bereits ein sehr nervöser Bräutigam und Maxim, der seinem Vater beruhigend auf die Schulter klopft. Kurz zwinkert er mir zu, was ein aufgeregtes Kribbeln in meinem Magen auslöst.

Leise Musik setzt ein, und Mila betritt die Kapelle. Sofort drehen sich alle zu ihr um, ein leises Raunen geht durch die Menge. Sie sieht wunderschön aus. Die bunten Blüten passen perfekt zum Kleid und ihr offenes, fröhliches Lächeln müssen wir alle erwidern.

Doch Mila hat nur Augen für ihren zukünftigen Ehemann, als sie im Takt der Musik den Gang entlangschreitet. Das Lied selbst kenne ich nicht, aber da sowohl die Braut als auch der Bräutigam wortlos den Text mitsingen, scheint es ihnen wohl etwas zu bedeuten. Niemand rührt sich oder sagt ein Wort, bis Mila am Altar angekommen ist. Ich bin nicht die Einzige, die sich schon jetzt eine Träne aus dem Augenwinkel wischt.

»Liebe Gäste, wir haben uns heute hier versammelt, um die Liebe dieser beiden Menschen zu feiern«, beginnt Reinhardt seine Rede. »In der letzten Woche ist erstaunlich viel schiefgegangen, und trotzdem stehen wir jetzt hier. Tränen sind geflossen, schlimme Worte sind gefallen, genauso wie eine ganze Menge Schnee, aber nichts davon kann diese beiden davon abhalten, ihre Liebe zu feiern.«

Aus meiner Kleidertasche ziehe ich ein Taschentuch hervor und reiche es Mila, der die Tränen bereits wie ein Sturzbach über die Wange laufen.

»An dieser Stelle könnte ich jetzt mit einer langen Rede fortfahren, aber ich halte es für klüger, wenn wir direkt zum wichtigen Teil kommen, bevor noch etwas passiert.«

Ich bin nicht die Einzige, die zur Tür schielt, in der Angst, dass Shirin auf einmal hereinplatzt. Aber nichts regt sich.

»Eine Beziehung ist niemals einfach, sie braucht Arbeit, Zugeständnisse, leider auch ab und an Tränen. Sie braucht Mut, Durchhaltevermögen und allem voran Liebe.

Liebe ist das, was unsere Welt bewegt.

Sie gibt uns die Kraft, Schlimmes durchzustehen, den Mut, nicht zu verlieren und an ein besseres Morgen zu glauben. Vielleicht können wir nicht nur von Liebe leben, aber ohne sie erst recht nicht.

Eine solche Liebe ist schwer zu finden, was sie umso kostbarer macht. Deshalb sollten wir sie schätzen, sie schützen und ehren, an jedem Tag unseres Lebens.

Leider bin ich kein Standesbeamter oder Pastor, aber mit all der Macht, die mir als Hoteldirektor zur Verfügung steht, gebe ich euch meinen Segen.« Breit grinsend tritt Reinhardt zur Seite, sodass nur noch Mila und Herr van Hausen vorn stehen.

»Du und ich …«, murmelt der Bräutigam.

»… für immer«, beendet Mila seinen Satz.

Ihr inniger Kuss wird von unserem lauten Jubel untermalt. Obwohl es mich eigentlich nicht betrifft, freue ich mich so ungemein für die beiden, dass sie nun doch den Tag ihrer Träume bekommen haben.

Die Gäste werfen mit Rosenblättern, als Mila und Herr van Hausen durch den Gang zur Tür rennen. Ihr Lachen hallt von den Wänden wider.

»Darf ich bitten?« Maxim hält mir den Arm hin, gemeinsam folgen wir den beiden.

Auch die restlichen Gäste kommen nach und nach aus der Kapelle, und mir fällt ein riesiger Stein vom Herzen. Es ist tatsächlich geschafft. Zwar sind die beiden nicht rechtskräftig verheiratet, aber das interessiert gerade niemanden.

Zwischen hier und dem Ballsaal gibt es eine große Fensterfront, von der aus man einen umwerfenden Blick in den Garten hat. Gerade bezieht das Brautpaar dort Stellung und mehrere Dutzend Handykameras blitzen. Während Maxim zu den beiden geht, bleibe ich zurück. Es freut mich, diese kleine Familie so zusammen zu sehen, aber ich gehöre definitiv nicht dazu. Stattdessen warte ich in einiger Entfernung an der Wand.

»Das hast du sehr gut gemacht.« Reinhardt gesellt sich zu mir. »Am Ende war es doch eine gelungene Zeremonie.«

»Das war auch eine tolle Rede von dir. Hätte ich dir gar nicht zugetraut«, gebe ich das Kompliment zurück.

»Vielleicht sollte ich mal mit dem Stadtrat sprechen, dann könnte ich hier vielleicht echte Trauungen durchführen.« Nachdenklich blickt er ins Nichts.

»Das würdest du sicher super machen.« Liebevoll stoße ich ihn mit der Schulter an.

»Den Rest des Tages hast du frei«, fährt er fort.

»Ganz sicher nicht. Wir brauchen hier jede helfende Hand«, widerspreche ich etwas zu laut. »Noch ist der Abend nicht vorbei.«

»Ganz genau. Und du solltest heute auch deinen Spaß haben. Immerhin bist du jetzt Teil der Hochzeitsgesellschaft.«

»Es tut mir echt leid«, murmle ich zerknirscht. »Ich hätte mich nicht einmischen sollen.«

»Du hast das großartig gemacht und musst dich für nichts entschuldigen.« Liebevoll lächelt er mich an.

»Meli, die Trauzeugin muss auch mit aufs Foto«, ruft Mila aufgeregt nach mir.

»Na los, geh Fotos machen.« Reinhardt zieht sein klingelndes Handy aus seiner Brusttasche. »Ich muss hier sowieso ran gehen.«

Mit einem wohligen Gefühl im Bauch gehe ich zu den anderen und stelle mich neben Mila. Breit grinse ich in die vielen Kameras, wobei ich versuche, nicht beim Blitzlicht zusammenzuzucken.

»Und jetzt nur die Trauzeugen«, schlägt Emma nach keine Ahnung wie vielen Bildern vor. »Ihr beide passt heute so gut zusammen.«

Meine Wangen brennen, als Maxim den Arm um mich legt und mich an seine Seite zieht. Ich kann mich nicht davon abhalten, lächelnd zu ihm aufzuschauen, gerade als eine der Kameras blitzt.

»Danke, dass du das alles gemacht hast«, flüstert er mir ins Ohr.

Sofort breitet sich eine Gänsehaut auf meinem ganzen Körper aus. »Danke, dass du an meiner Seite warst.«

»Jederzeit wieder.«

Nichts will ich in diesem Moment mehr, als ihn zu küssen. Aber leider sind wir umgeben von vielen Menschen, einschließlich meines Onkels, der in der Ecke telefoniert.

»Noch ein Foto?«, frage ich Mila mit zittriger Stimme.

»Sicher, dass ihr beide nicht allein sein wollt?« Wissend wackelt sie mit den Augenbrauen.

Da es sowieso nichts bringt, es abzustreiten, halte ich den Mund. Milas Aufmerksamkeit wird sowieso im nächsten Moment von Reinhardt beansprucht, der auf uns zukommt.

»Das war gerade der Bürgermeister«, erklärt er freudestrahlend. »Die Räumfahrzeuge machen sich in der nächsten halben Stunde auf den Weg hierher. Die restlichen Gäste können also doch noch zu uns stoßen.«

Vor Freude fängt Mila tatsächlich an, auf und ab zu hüpfen. »Ein Hochzeitswunder.«

»Ich rufe schnell meine Mutter an.« Maxim grinst breit. »Dann können wirklich alle kommen.«

Die Nachricht verbreitet sich wie ein Lauffeuer durch die anwesenden Gäste. Emma legt mir die Hand auf den Arm. »Dann geht dieser Tag gut aus. Bist du so nett und bringst mich in den Ballsaal zurück? Langsam kann ich nicht mehr stehen.«

Lachend tue ich ihr den Gefallen und führe sie als eine der Ersten in den Saal. Auch jetzt bin ich noch beeindruckt, wie wunderschön alles aussieht. Die funkelnden Kronleuchter tauchen alles in ein warmes Licht und spiegeln sich im blanken Boden, sodass es aussieht, als würde das Licht auch von dort kommen.

Passend zur Kapelle sind die Wände und Tische mit Blumen geschmückt, an jedem Platz liegt eine handgeschriebene Karte. Leise Musik dringt aus versteckten Lautsprechern, und durch die großen Fenster kann man den immer noch fallenden Schnee beobachten.

Ich führe Emma zu dem in der Mitte stehenden Brauttisch und helfe ihr, sich hinzusetzen. »Ich bringe dir schon mal was zu trinken.« Die Gelegenheit nutze ich, um kurz in der Küche vorbeizuschauen.

Auch hier hat sich die gute Nachricht bereits verbreitet. Frida wirkt viel gelöster, während sie den Champagner eingießt. »Kommst du helfen?«, fragt sie mich.

»Heute Abend habe ich frei. Aber du bekommst gleich noch Unterstützung, wenn die Straßen erst mal frei sind.«

»Mach dir einen schönen Abend«, murmelt sie und wendet sich dann wieder ihrer Arbeit zu.

Kurz stecke ich den Kopf in die Küche, ziehe ihn allerdings sofort wieder zurück, weil ich Scott pfeifen höre. Das ist sogar mir zu gruselig.

Als ich in den Saal zurückkehre, haben die meisten der Hochzeitsgäste schon ihre Plätze bezogen. Maxim winkt mir zu, worauf ich mich selig lächelnd zu ihm geselle.

»Wo warst du?« Fragend blickt er mich an.

»Hab deiner Oma nur schnell ein Glas Wasser geholt.« Ich reiche es Emma, dann wende ich mich wieder ihm zu. »Hast du mich etwa vermisst?«

»Kommt drauf an. Bleibst du den Rest des Abends an meiner Seite?« Unter dem Tisch greift er nach meinen Fingern und drückt sie.

»Ich glaube, Onkel Reinhardt schmeißt mich raus, sollte er mich heute Abend noch mal beim Arbeiten erwischen«, erwidere ich völlig aufgedreht. »Fühlst du dich auch so losgelöst?«

»Die beiden sind verheiratet, oder zumindest fast, die anderen Gäste können noch kommen und wir beide verbringen den Abend zusammen. Was kann es Besseres geben?«

»Meine Lieben.« Als Herr van Hausen sich erhebt, verstummen alle sofort. »Wie ihr vielleicht schon mitbekommen habt, werden unsere restlichen Freunde nun doch bald zu uns stoßen. Leider können wir nicht genau sagen, wann, also denke ich, es wäre das Beste, wenn wir mit der Party schon einmal beginnen.«

Ingrid huscht zwischen den Tischen hindurch, direkt auf mich zu. In der Hand hält sie ein Champagnerglas, das anscheinend für mich gedacht ist, da alle anderen bereits versorgt sind.

»An dieser Stelle sollte ich eigentlich eine Rede über meine wunderbare Nun-endlich-Ehefrau halten. Doch ich möchte den Moment nutzen, um den großartigen Menschen zu danken, die uns in den letzten Tagen so fantastisch unterstützt haben. Dem großartigen Direktor, der uns heute seinen Segen gegeben hat, und natürlich Meli, ohne die wir heute Abend nicht hier stehen würden.«

Am liebsten würde ich unter dem Tisch versinken, stattdessen hebe ich mit brennenden Wangen mein Glas und proste dem Bräutigam zu. »Es war mir eine Ehre.«

»Mit dem Abendessen werden wir noch warten, aber ich eröffne schon einmal die Tanzfläche für euch alle, damit uns bei dem Wetter auch schön warm wird.« Herr van Hausen deutet auf die Mitte des Saales, wo genug Platz zum Tanzen ist.

»Die beiden sehen so glücklich aus«, flüstere ich Maxim zu, während ich das vor Freude glühende Brautpaar beobachte.

»So habe ich ihn schon lange nicht mehr gesehen. Die beiden haben es verdient.« Er hält unter dem Tisch weiterhin meine Hand.

»Unglaublich, dass es doch zu einem Happy End gekommen ist.« Heute Morgen habe ich noch kaum daran geglaubt.

»Darf ich um diesen Tanz bitten?« Maxim erhebt sich und hält mir auffordernd die Hand hin. Einen Moment zögere ich. Aktuell achtet niemand auf uns, aber ich bin mir durchaus bewusst, dass wir hier alles andere als unbeobachtet sind. Aber Maxims auffordendes Lächeln lässt mich das vergessen.

Wir haben die perfekte Ausrede, uns nahezukommen, und nichts will ich jetzt lieber als genau das. Mit einem wilden Kribbeln im Bauch ergreife ich seine Hand, bevor wir Seite an Seite auf die Tanzfläche schreiten.

Freudestrahlend lege ich Maxim die Arme um die Schultern und wiege mich mit ihm im Takt der Musik. Die Welt um uns herum ist mit einem Mal vergessen. Nur er und seine Nähe zählen noch für mich. Ich komme mir vor, als würde ich auf Wolken schweben, frei von all dem Stress der letzten Tage.

»Das hier ist viel besser als ein gestohlener, versteckter Moment irgendwo«, murmelt er und lehnt seine Stirn an meine. »Daran könnte ich mich gewöhnen.«

»Jeden Tag spontan eine Hochzeit auf die Beine stellen? Lieber nicht! Aber mit dir tanzen tue ich gern.«

Keine Ahnung, wie lange wir so ineinander verschlungen sind, als wir auf einmal lautes Gehupe vor der Tür hören. Erschrocken fahren wir auseinander und versuchen zu erkennen, was da vor sich geht. Ein Blick aus dem Fenster liefert eine Erklärung: die anderen Gäste sind nun auch endlich angekommen.

Die Feier ist vergessen, stattdessen strömen jetzt alle ins Foyer, um die Neuankömmlinge zu begrüßen. In dem Chaos, das eintritt, greift Herr van Hausen behutsam nach meinem Arm und hält mich zurück.

»Ich wollte dir noch einmal persönlich danken. Das werde ich dir niemals vergessen.«

»Sehr gern, Herr van Hausen. Es war mir eine Ehre, und werde mich für immer an diese Woche erinnern«, gebe ich freudestrahlend zurück.

»Nenn mich doch bitte Steffen! Hoffentlich werden wir beide uns demnächst öfter sehen.« Kurz blickt er in Maxims Richtung, dann geht er los, um die anderen Gäste zu besuchen.

Im Tumult verliere ich schnell den Überblick. Alle reden durcheinander, es wird gelacht, geweint und erstaunlich oft gerufen. Mila schwebt zwischen allen hindurch, während das selige Lächeln nicht für eine Sekunde ihr Gesicht verlässt.

Von den neu ankommenden Gästen kenne ich keinen, also verziehe ich mich in eine Ecke. Freude liegt in der Luft, zusammen mit großer Aufregung. Doch nach und nach beruhigt sich alles wieder, und die Hochzeitsgesellschaft wandert zurück in den Ballsaal.

Bald darauf haben die Gäste ihre Plätze eingenommen, und Scott kann endlich sein fantastisches

Essen präsentieren. Erleichtert stelle ich fest, dass auch die Kellnerinnen inzwischen eingetroffen sind. Die Konversationen verstummen, als die ersten Teller gebracht werden. Verübeln kann ich es ihnen nicht. Scott hat mal wieder gezeigt, wieso er hier angestellt ist. Das komplette Menu ist ein Meisterwerk, perfekt aufeinander abgestimmt und einfach nur atemberaubend. Alles hat einen winterlichen und märchenhaften Touch, von den aromatischen Gewürzen bis zu der feinen Dekoration.

Vor Aufregung bekomme ich kaum einen Bissen herunter, obwohl unser Chefkoch sich selbst übertroffen hat. Stattdessen lausche ich den anderen Gesprächen.

Der ganze Stress scheint auf einmal vergessen. Die letzte Woche ist bereits zu einer lustigen Anekdote geworden, die man den Neuankömmlingen erzählt. Wobei das Highlight neben der wundervollen Zeremonie wohl Shirins Auftritt ist. Erleichtert stelle ich fest, dass alle Gäste inzwischen darüber lachen können. Nach dem grandiosen Hauptgang senkt sich eine gefräßige Stille über den Saal. Alle sind mit sich selbst und der Welt zufrieden. Mila und Steffen machen ihre erste Runde zwischen den Tischen hindurch, um bei ihren Freunden nach dem Rechten zu sehen.

Ich nippe entspannt an meinem Champagner. So locker war ich schon seit Tagen nicht mehr. Das wohlige Gefühl wird dadurch verstärkt, dass Maxim den Arm über meine Stuhllehne gelegt hat und sanft über meinen Arm streicht. Aber anscheinend sind nicht alle dafür, dass wir kurz Pause machen, denn neben Maxim erhebt sich seine Oma und klopft mit dem Löffel gegen ihr Glas.

»Keine Sorge, ich will jetzt hier keine ungefragte Rede schwingen«, beruhigt sie uns. »Zeit für die Hochzeitstorte!«

Kurz darauf wird das dreistöckige Ungetüm hereingefahren, begleitet von großem Jubel. Dieses Meisterwerk stammt nicht von Scott, sondern von einer wundervollen Konditorei im Dorf. Ich muss grinsen, da sie erschreckend gut zum heutigen Wetter passt. Der weiße Fondant ist bedeckt mit feinen Eisblumen und weißem Glitzer, auf dem fröhlich lächelnde Figürchen von Braut und Bräutigam thronen.

Glücklich erhebt sich das echte Brautpaar, um die Torte anzuschneiden und die Stücke unter den Gästen zu verteilen. Die dunkle Schokoladenfüllung ist ein starker Kontrast zu dem weißen Äußeren und schmilzt mir förmlich auf der Zunge.

Gerade, als ich mir die letzte Gabel voll Essen in den Mund schiebe, kommt eine schick gekleidete Frau direkt auf mich zu. »Du bist also die berühmte Meli.«

Ich verschlucke mich beinahe an dem Kuchen und versuche verzweifelt, nicht zu husten. »Ja, das bin ich.«

»Frederike, Maxims Mutter.« Lächelnd reicht sie mir die Hand. »Mein Sohn hat mir schon von dir erzählt.«

Wieder brennen meine Wangen wie verrückt. »Schön, Sie kennenzulernen. Maxim freut sich sehr, dass Sie doch kommen konnten.«

»Das hier würde ich mir doch niemals entgehen lassen. Eine wirklich schöne Feier. Vielleicht können wir beide uns später in Ruhe unterhalten.« Mit einem Zwinkern geht sie davon.

Das war seltsam. Keine Ahnung, ob das jetzt ein gutes oder ein schlechtes Treffen war. Bevor ich weiter darüber nachdenken kann, kommt Maxim zu mir und reicht mir die Hand. »Lust, noch eine Runde zu tanzen?«

Sofort stelle ich meinen Teller weg. »Nichts würde ich lieber tun.«

Doch bevor das nächste Lied anfangen kann, erhebt Steffen sich und bittet um Ruhe. »Ihr alle wollt jetzt sicher feiern, und das sollt ihr auch. Aber ich will jetzt mit meiner Frau allein sein. Ihr alle macht euch noch einen schönen Abend.«

Unter lautem Johlen und viel Gelächter rennen die beiden aus dem Saal. Ich blicke ihnen noch kurz hinterher, dann lege ich kichernd den Arm um Maxims Hals, um ihn für den nächsten Tanz zu mir heran zu ziehen.

Das haben wir uns verdient

*B*ist du sicher, dass wir hier sein dürfen?« Skeptisch blickt Maxim sich um, als ich ihn in die Küche führe.

»Scott ist schon längst abgehauen. Wer soll uns aufhalten?«, erkläre ich völlig losgelöst. Die zwei Gläser Champagner machen sich langsam bemerkbar.

Bis auf ein paar Sicherheitsleuchten ist die Küche dunkel, und so will ich es auch lassen. Halb blind taste ich mich zwischen den Arbeitsflächen hindurch, bis ich zum großen Kühlschrank komme. Das grelle Licht blendet mich für einen Moment, dann schnappe ich mir ein paar der abgedeckten Schüssel und Teller und bringe sie zu Maxim. »Scott kocht immer viel zu viel, da fällt es nicht auf, wenn wir uns was gönnen.«

Lachend nimmt er mir ein paar Sachen ab, bevor sie mir noch herunterfallen. »Dann gibt es ja keinen Grund, mich zurückzuhalten.«

Wir tragen unsere Beute in den verlassenen Speisesaal, wo das einzige Geräusch die entfernte Musik der Party ist. Obwohl es schon weit nach Mitternacht ist, sind die meisten Gäste noch gut drauf.

Zufrieden schiebe ich mir ein kaltes Törtchen in den Mund und kaue genüsslich darauf herum. So entspannt habe ich mich seit einer Woche nicht mehr gefühlt. »Verdammt.«

»Was?« Maxim belegt sich gerade ein Brötchen mit Hühnchen.

»Ich bin erst vor einer Woche hier angekommen.« Ungläubig schüttle ich den Kopf. »Es fühlt sich an wie ein ganzes Leben.«

»Es ist verdammt viel passiert«, stimmt Maxim mir zu. »Und ich hatte Angst, dass ich mich hier zu Tode langweile.«

»Mit dieser ganzen Aufregung hat echt niemand gerechnet.« Zufrieden nehme ich mir eine Schale mit Schokoladencreme. »Auch wenn Reinhardt jetzt sicher einen Monat Urlaub braucht.«

»Der Arme. Das hat sicher sein ganzes ruhiges Leben zerstört.«

»So schnell wird hier keine Hochzeit mehr stattfinden.«

»Wir beide können auch eine Auszeit gebrauchen.« Grinsend nimmt Maxim mir die Schüssel aus den Händen.

»Zum Glück sind jetzt Semesterferien.« Doch bei dem Thema wird mir das Herz schwer, denn das Ende der Hochzeit bedeutet auch, dass ich Maxim bald nicht mehr sehen kann.

»Noch ist es ja nicht vorbei, also lass uns nicht mehr davon reden.« Stattdessen beugt er sich vor und küsst mich. Seine Lippen schmecken nach Champagner und Schokolade.

»Willst du noch mal tanzen gehen?«, fragt Maxim, als er kurz vor mir ablässt.

»Mir steht eher der Sinn nach etwas Ruhe«, murmle ich mit rasendem Herzen.

»Guter Plan.« Anzüglich wackelt Maxim mit den Augenbrauen.

»Eine Sache fehlt aber noch.« Schnell renne ich hinter die Bar, wo ich aus dem Kühlschrank eine weitere Flasche Champagner hervorhole. »Die wird sicher niemand vermissen.«

»Eine mehr wird auf der Rechnung auch nichtauffallen.« Zustimmend nimmt Maxim sie mir ab, um gekonnt den Korken knallen zu lassen. Kichernd nehme ich die Flasche entgegen und trinke einen großen Schluck. Die vielen kleinen Blasen kitzeln in meiner Nase.

Hand in Hand gehen Maxim und ich durch das dunkle Hotel und zu den Aufzügen. Der Alkohol prickelt zunehmend in meinen Adern, während die Schmetterlinge in meinem Bauch tanzen. Die ganze Zeit kann ich nicht von Maxim ablassen, und als sich die Aufzugtüren endlich hinter uns schließen, ziehe ich ihn zu einem tiefen Kuss heran.

Meine Finger wandern in seine Haare, als ich mich an ihn schmiege. Maxims freier Arm legt sich um meine Hüfte, als er mich gegen die Wand drückt, den Champagner immer noch in der anderen Hand. Schwer hallt unser Atem von den Wänden wider. Meine Gedanken verabschieden sich. Ich kann nur noch fühlen und handeln.

Als die Türen sich wieder öffnen, stolpern wir - immer noch eng umschlungen - in den Flur. Ich bin mir nicht einmal sicher, ob wir im richtigen Stockwerk sind, aber Maxim scheint genau zu wissen, wohin wir gehen.

Mit einem leisen Piepen öffnet sich die Tür vor mir und ich stolpere hinein. Ich blicke mich um, während Maxims heiße Lippen meinen Hals streifen. Lachend lege ich den Kopf in den Nacken und schließe die Augen. Auch hier im Zimmer ist es fast völlig dunkel. Das einzige Licht kommt vom Fenster, durch das ein paar Lichtstrahlen von der Außenbeleuchtung fallen. Etwas ungeschickt knallt die Champagnerflasche gegen die Wand, und der prickelnde Inhalt ergießt sich über Maxims Hand und meine Beine. Kichernd springe ich ein wenig nach hinten und betrachte meine ruinierte Strumpfhose und Schuhe.

»Tut mir leid«, murmelt Maxim geknickt, dann nimmt er einen großen Schluck aus der Flasche, damit nicht noch mehr überläuft.

»Alles gut.« Ich greife danach und trinke selbst etwas. »Allerdings sollte ich die Strumpfhose wohl lieber ausziehen.«

Sein Lächeln wird beinahe wölfisch. »Dabei helfe ich dir doch gern.«

Ich stelle die Flasche auf einem Tisch in der Nähe ab, damit wir nicht noch mehr verschütten, bevor mich wieder Maxim zuwende. Auf einmal ist mir nicht mehr nach Lachen zumute, stattdessen muss ich fest schlucken. Erneut tritt Maxim vor mich, bis uns nur wenige Zentimeter voneinander trennen. Mein Herz schlägt viel zu schnell, als ich zu ihm aufsehe. Keiner von uns rührt sich.

Diesmal strecke ich meine Hände nicht aus, um ihn erneut zu einem Kuss herunterzuziehen, sondern um seine Krawatte zu lösen, zusammen mit den ersten Knöpfen seines Hemdes. Mit zittrigen Fingern arbeite ich mich seinen Oberkörper herunter, bis ich seine Gürtelschnalle erreiche. Doch noch fehlt mir der Mut dazu. Stattdessen erkunde ich seinen gut gebauten Oberkörper. Behutsam beugt Maxim sich wieder zu mir hinunter und verschließt meine Lippen mit seinen, gleichzeitig zieht er sein Hemd aus. Mein Herz schlägt immer schneller, während ich meine Hände über seine Muskeln gleiten lasse. Als Maxim sanft an dem Reißverschluss meines Kleides zieht, halte ich für einen Moment den Atem an. Kalte Luft trifft auf meine heiße Haut, gefolgt von seinen rauen Fingern, die unter den Stoff wandern.

Stöhnend grabe ich die Nägel in seinen Rücken, als Maxim erneut meinen Hals küsst und mir vorsichtig die lästige Kleidung von den Schultern streift. Als meine nackte Haut auf seine trifft, seufze ich auf.

Seine Finger graben sich in mein Haar, seine Lippen kehren zu meinem Mund zurück. Behutsam drückt er mich in Richtung des Bettes. Als ich die Matratze in meinen Kniekehlen fühle, lasse ich mich widerstandslos darauf fallen.

Vor mir geht Maxim in die Knie. Geschickt löst er den Verschluss meiner Pumps. Mein Mund wird trocken, als ich ihn so vor mir hocken sehe, ich sehne mich danach, ihn erneut zu mir heranzuziehen.

Langsam richtet er sich auf, während seine Lippen einen brennenden Pfad auf meiner Haut hinterlassen, als er behutsam meine Hüfte küsst. Stöhnend lehne ich mich zurück, vergrabe die Hände in der Decke. Alles dreht sich. In meinen Adern rasen der Alkohol und die Erregung. Mein Rücken wölbt sich ihm entgegen, als seine Küsse zu meinen Brüsten wandern.

Maxims Finger huschen unter meinen Körper, blitzschnell lösen sie den Verschluss meines BHs. Mit einem Ruck richte ich mich auf und helfe ihm beim Ausziehen. Während ich meine Strumpfhose zusammen mit meinem Slip loswerde, öffnet Maxim seinen Gürtel und kramt in seiner Nachttischschublade nach einem Kondom.

Mein ganzer Körper zittert vor Aufregung, als ich mich weiter aufs Bett schiebe und schwer schlucke. Maxim sieht nackt verdammt gut aus.

Bittend hebe ich die Arme, winke ihn zu mir heran. Seine Hände legen sich auf meine Hüften. Ich sinke tiefer in die Kissen, als Maxim sich langsam auf mich senkt. Erneut vergrabe ich meine Finger in seinem Haar, unsere Zungen umschlingen sich im Tanz. Maxims Hände wandern über meine Haut und lassen mich förmlich brennen.

Stöhnend bewege ich mich unter ihm und versuche, meinen Körper in die richtige Position zu bringen. Worauf wartet er denn bitte noch? Ich vertiefe den Kuss in der Hoffnung, dass er den Wink endlich versteht.

Maxim stützt sich auf den Unterarmen ab und blickt auf mich herunter. Einen Moment lang schauen wir uns in die Augen. Mein Herz rast, am liebsten würde ich die Zeit anhalten.

Langsam versenkt er sich in mir. Stöhnend kralle ich mich an Maxims Schulter fest und werfe den Kopf in den Nacken. Maxim beginnt sich zu bewegen, weshalb ich schon bald keinen klaren Gedanken mehr fassen kann. Keuchend winde ich mich unter ihm, folge seinem Takt und kratze mit den Nägeln über seinen Rücken. Den Rest meines Körpers spüre ich kaum noch, nur Maxims Berührungen. Sein heißer Atem vermischt sich mit meinem, als er schneller wird. Ich drücke mich noch enger an ihn, kein Zentimeter darf mehr zwischen uns sein. Immer weiter baut sich die Erregung in mir auf, droht mich zu verschlucken. Dann endlich finde ich Erlösung, die mich in tausende Stücke zu reißen scheint.

Es dauert einen Moment, bis ich mich wieder so weit gefangen habe, dass ich in meinen Körper zurückkehre. Über mir stöhnt Maxim ebenfalls auf, bevor er auf mir zusammenbricht.

Keine Ahnung, wie lange wir so liegenbleiben, dicht beieinander. Ich kann meine Augen nicht öffnen. Maxims Gewicht drückt mich in die Matratze, sein rauer Atem kitzelt mein Ohr. Irgendwann wälzt er sich von mir herunter und zieht mich an seine Brust.

Ich bette meine Wange auf seine Schulter, immer noch nicht dazu in der Lage, meine Lider zu heben.

Behutsam streichelt Maxim meine nackte Haut. Unter meinem Ohr kann ich sein Herz immer noch schnell schlagen spüren. In diesem Moment fühle ich mich so zufrieden mit der Welt, dass ich mich nie wieder bewegen will.

***

Ich muss eingeschlafen sein, denn als ich das nächste Mal meine Augen öffne, liege ich auf der Seite, umschlossen von Maxims Armen. Meine Blase drückt und meine Kehle ist trocken, also schleiche ich mich so leise wie möglich in das angrenzende Badezimmer. Das grelle Licht blendet mich für einen Moment. Schnell erleichtere ich mich, wobei ich hoffe, Maxim nicht zu wecken. Ein Blick in den Spiegel offenbart, dass meine Haare wild von meinem Kopf abstehen und sich an meinem Hals bereits Knutschflecke abzeichnen. Ich fühle mich so gut wie schon lange nicht mehr, völlig losgelöst von der Welt. Doch als ich zurück ins Zimmer gehe, verschwindet dieses Gefühl auf einmal. Maxim liegt immer noch tief und fest schlafend da. Der Platz neben ihm lädt mich ein, zurück ins Bett zu klettern. Aber ist das wirklich eine gute Idee?

Aus meinem Kleid ziehe ich mein Handy hervor, das mir verrät, dass es kurz vor drei ist. In zwölf Stunden wird Maxim abreißen. Dann kann niemand sagen, wann wir uns wiedersehen.

»Wie lange willst du da noch so herumstehen?«, brummt er verschlafen und streckt die Hand nach mir aus.

»Damit kann man einige Zeit verbringen.« Unsicher nehme ich auf der Bettkante Platz. »Vielleicht sollte ich jetzt gehen.« Von meinen eigenen Worten muss ich schwer schlucken. Ich will nicht gehen, nicht jetzt und auch nicht später.

Sofort ist er hellwach und setzt sich auf. »Wieso das?«

»Du brauchst sicher ein paar Stunden Schlaf, und ich muss morgen früh wieder bereitstehen.« Unsicher knete ich meine Finger. »Immerhin muss ich dann die Gäste verabschieden.« Was für eine bescheuerte Ausrede ... Aber etwas Besseres fällt mir nicht ein.

»Ach, darum geht es.« Maxim legt die Hände auf meine Wangen und zwingt mich, ihn anzusehen. »Bloß, weil ich weggehe, heißt das noch lange nicht, dass wir uns nie wiedersehen. Ich kann jederzeit hierherkommen, und wir können uns auch so treffen. Immerhin sind wir beide erwachsen und in der Lage, unsere Handys zu benutzen.«

Er hat recht, aber das ändert leider nichts an meinem wild klopfenden Herzen und dem Knoten in meinem Magen. »Ich weiß. Aber irgendwie fühlt es sich wie ein Abschied für immer an. Da draußen wartet die echte Welt auf uns.« Ich nicke zum Fenster. »Hier schützt uns immerhin eine riesige Schicht Schnee davor.« Aber auch die wird irgendwann schmelzen. Danach hätte die Wahrheit uns beide wieder zurück. Dagegen kann ich nichts tun, ganz egal, wie sehr ich es mir auch wünsche.

»Vielleicht haben wir beide ja Glück, und morgen ist alles wieder eingeschneit. Und selbst wenn nicht, sobald wir nicht mehr hier sind, müssen wir uns auch nicht mehr verstecken.«

Ich lege meine klammen Finger über seine und schmiege mich in seine Berührung. »Irgendwie hat es Spaß gemacht.« Aber so aufregend eine geheime Liebe auch ist, ich sehne mich nach mehr. Mehr von Maxim und mehr von uns beiden zusammen.

»Verbotene Liebe hat schon etwas. Und jetzt hör auf, an morgen zu denken! Wenn wir uns voneinander verabschieden müssen, dann lass uns wenigstens den Rest der Nacht zusammen verbringen. Dann haben wir beide noch gute Erinnerungen.«

Ohne Protest lasse ich mich von ihm zurück ins Bett ziehen. Kichernd schlinge ich die Arme um seinen Hals und kuschle mich an ihn. Erneut vergesse ich die ganze Welt, stattdessen konzentriere ich mich ganz auf Maxim.

ABSCHIED

*S*chweren Herzens gehe ich die Treppe hinunter, wo ich meine Jacke anziehe. In zehn Minuten wird die Hochzeitsgesellschaft abreisen, dann muss ich mich von Maxim verabschieden. Wie er sagt, ist es nur für kurze Zeit, aber das scheint mein Herz noch nicht verstanden zu haben. Nachdem ich meinen Schal umgelegt habe, trete ich seufzend hinaus in die Kälte. Die Sonne strahlt auf uns herunter, als hätte es den Schneesturm nie gegeben. Jemand war sogar so nett und hat die Auffahrt zum Hotel frei geschaufelt.

Vor dem Eingang kann ich bereits die ersten Taxen sehen, die auf die Gäste warten. Die Pagen bringen schon die Koffer nach draußen. Am liebsten würde ich diesen Abschied einfach überspringen, weil ich so was nicht kann.

Doch ich reiße mich zusammen und gehe mit festen Schritten ins Hotel. Die Angestellten haben sich bereits im Foyer versammelt, ähnlich wie beim Empfang. Schnell beziehe ich Stellung neben meinem Onkel, die Hände hinter dem Rücken verschränkt.

Kurz darauf erscheinen Mila und Steffen. Arm in Arm treten sie aus dem Aufzug, beide mit dem gleichen seligen Lächeln auf den Lippen wie gestern Abend.

»Unglaublich, dass wir schon wieder fahren«, seufzt Mila und schüttelt den Kopf. »Ich könnte noch Wochen hier verbringen.«

»Wir würden uns freuen, wenn Sie uns noch einmal besuchen kommen«, springt Reinhardt sofort darauf an. »Sie sind gern gesehene Gäste hier.«

»Wir kommen ganz sicher noch einmal wieder.« Aufgeregt nickt Mila. »Im Sommer ist es hier auch wunderschön, das will ich mir nicht entgehen lassen.«

Das Brautpaar macht sich daran, seine Gäste zu verabschieden, und auch Reinhardt stellt sicher, dass er jedem einzelnen die Hand reicht und die Angestellten es ihm gleichtun. So viel Kontakt habe ich mit den anderen Leuten zwar nicht gehabt, trotzdem tue ich, was von mir verlangt wird.

Nach und nach fahren die Taxen ab, wodurch das Foyer immer leerer wird.

Am Ende bleiben nur noch Mila und Steffen zurück, die anscheinend wirklich nicht gehen wollen. Unauffällig blicke ich mich um. Wieso ist Maxim denn noch nicht aufgetaucht?

»Meli!« Steffen ruft mich zu sich heran. »Ich muss mich noch einmal bedanken.«

Schnell winke ich ab. »Es war mir eine Ehre, ganz ehrlich. Und ich würde es jederzeit wieder tun. Wann hat man schließlich schon mal die Chance, die Hochzeit eines echten Stars auszurichten?«

»Apropos, wenn ich dir jemals einen Gefallen tun kann, dann sag mir Bescheid.« Mila ergreift meine Hände und drückt sie. »Ich schulde dir so viel, und würde mich freuen, wenn du mal auf eines meiner Konzerte kommen würdest.«

»Das mache ich gern. Hoffentlich sehen wir uns auch hier noch einmal wieder.«

»Definitiv! An mir habt ihr einen Stammgast gewonnen«, bestätigt sie ausgelassen.

»Solltest du jemals ein Praktikum brauchen oder sonstige Hilfe, dann ruf mich an.« Steffen reicht mir eine Visitenkarte aus edlem, schwerem Papier. »Was auch immer es ist, zögere nicht.« Er reicht mir noch einen weißen Umschlag. »Das ist für deine ganzen Mühen.«

»Vielen Dank«, murmle ich mit brennenden Wangen und stecke die Karte ein. In den Umschlag werde ich erst später schauen.

»Wir müssen jetzt leider los, wenn wir unseren Flug noch erwischen wollen.« Steffen legt seiner Frau den Arm um die Schultern. »Auch wenn es mir sehr schwerfällt, zu gehen.«

Mila fällt mir um den Hals und drückt mich fest. »Danke für alles. Bis zum nächsten Mal.«

Reinhardt begleitet die beiden nach draußen, während ich kurz in den Umschlag schiele. Okay, das ist ein verdammt großes Trinkgeld. So viel verdiene ich sonst in einem Monat. Schnell stecke ich es zurück in meine Tasche, um es nachher sicher zu verstauen.

Mit einem Ping öffnen sich die Aufzugtüren, und Maxim führt Emma am Arm heraus. »Siehst du, jetzt sind alle weg und wir haben unsere Ruhe.« Zufrieden blickt sie sich um. »Das Letzte, was ich nach dieser Woche gebrauchen kann, ist ein lang gezogener und tränenreicher Abschied.«

Diese Frau ist der Wahnsinn. Schnell eile ich ihr entgegen und ergreife Emmas anderen Arm. »Da geht es uns beiden ja ähnlich.«

»Ach Meli, wie schön, dein Gesicht noch einmal zu sehen. Ihr beide wart gestern Abend zu schnell verschwunden.« Sie wirft ihrem Enkel einen vielsagen den Blick zu. »Ich war die Letzte, die heute Nacht ins Bett gegangen ist.«

»Bist du so ein Partytier?«, frage ich überrascht.

»Unterschätz mich bloß nicht. In mir steckt noch viel Kraft, vor allem, wenn ich die ganze Zeit sitzen und mich über andere amüsieren kann.«

»Allerdings sind Mila und Steffen auch schon weg«, informiere ich die beiden.

»Kein Problem. Meinen Sohn und seine neue Frau sehe ich andauernd, da muss ich mich nicht jedes Mal von ihnen verabschieden«, winkt Emma ab. »Aber von dir wollte ich das unbedingt.«

»Es hat mich sehr gefreut, dass du hier warst. Hoffentlich kommst du uns noch mal besuchen.« Schnell dränge ich die Tränen zurück.

»Ach, Kindchen.« Liebevoll tätschelt sie mir die Hand. »Dieser Ort hier ist nichts für eine Dame in meinem Alter. Aber ich habe so das Gefühl, dass wir beide uns schon sehr bald wiedersehen. Nur nicht in einem alten Schloss.« Bedeutungsvoll zwinkert sie mir zu.

»Komm, Oma. Wir beide sollten auch langsam fahren«, mischt Maxim sich nun ein. »Sonst kommen wir erst spät in der Nacht an.«

»Mein guter Maxim fährt mich nach Hause. Er hat wenigstens einen ordentlich schnellen Fahrstil«, gackert Emma, löst sich von uns beiden und geht davon. »Herr Hoteldirektor, bringen Sie mich doch bitte zum Auto, während die beiden sich in Ruhe verabschieden.«

»Deine Oma ist schon eine besondere Frau.« Ich lache leise hinter vorgehaltener Hand.

»Oh ja, das weiß sie allerdings auch. Sie mag dich sehr.« Maxim vergräbt die Hände in den Hosentaschen, mit schiefgelegtem Kopf blickt er mich an. »Ich auch.«

Meine Wangen brennen, unsicher streiche ich mir eine Strähne hinters Ohr. »Geht mir genauso.«

Für einen Moment stehen wir uns gegenüber, ohne dass jemand von uns etwas sagt. Ich habe das Gefühl, eine riesige Uhr tickt über meinem Kopf, und unsere Zeit läuft gerade ab.

»Hast du noch gut geschlafen?«, frage ich leise, nur, um noch etwas länger mit ihm hierzubleiben. Um kurz vor sechs bin ich vorhin aus seinem Zimmer verschwunden, damit mich niemand entdeckt.

»War etwas einsam in dem Bett. Und du?«

Ich schüttle nur mit dem Kopf. »Du solltest jetzt gehen, Emma wartet sicher schon auf dich.« Wieso sage ich so was bloß?

»Begleitest du mich noch hinaus?«, fragt er leise. Obwohl die meisten bereits wieder an die Arbeit gegangen sind, halten sich noch einige Angestellte im Foyer auf, und ich kann die neugierigen Blicke auf mir spüren.

Gemeinsam schlendern wir zur Tür, durch die mein Onkel gerade wieder hereinkommt. Mit einem breiten Lächeln reicht er Maxim die Hand. »Natürlich hoffe ich, auch Sie bald wieder bei uns begrüßen zu dürfen.«

»Ich werde sicher nochmal wiederkommen. Aber dann, wenn es nicht schneit. Ich gehe doch lieber wandern, als Ski zu fahren.«

»Im Sommer bieten wir ein paar sehr schöne Wanderungen an, geführt von unserer guten Meli.« Reinhardt drückt noch einmal seine Hand. »Dann sehen wir uns wohl im Sommer.«

Zusammen treten wir in die kalte Luft hinaus, bleiben aber noch unter dem Vordach stehen. »Unser Geheimnis ist wohl raus«, murmelt Maxim mit einem Blick über die Schulter.

»Wir waren wohl nicht so unauffällig, wie wir gehofft haben. Sicher wissen bereits alle von uns.«

»Damit habe ich kein Problem.« Locker zuckt Maxim mit den Schultern. »So müssen wir im Sommer nichts vorspielen.«

»Keine Ahnung, wann ich im Sommer hier bin«, gestehe ich leise. »Immerhin habe ich zur der Zeit Uni, und langsam geht es bei mir auf den Bachelor zu, da kann ich mich nicht immer hier oben verstecken.« Auch wenn ich nichts lieber tun würde.

»Das Studium ist natürlich wichtiger«, stimmt Maxim mir zu.

»Und was wirst du so machen?«, frage ich weiter. Ich kann ihn noch nicht gehen lassen.

»Mir darüber bewusst werden, was ich mit meinem Leben anfangen will.« Sein Blick wandert zu seinem Auto, in dem Emma sitzt und wartet. »Ich muss jetzt los.«

Nun kann ich es nicht mehr aufhalten. »Fahr vorsichtig und komm gut an!«

»Werde ich. Ist ja zum Glück nicht so weit.« Er macht einen Schritt auf mich zu und greift nach meiner Hand, sodass sich unsere Fingerspitzen gerade so berühren. »Pass du auch gut auf dich auf - und melde dich.«

»Werde ich auf jeden Fall«, verspreche ich mit belegter Stimme. »Bis bald.«

»Bis bald, Meli.« Er löst sich von mir und eilt zum Auto. Obwohl es eiskalt ist, kann ich nicht reingehen, bevor der Wagen aus meinem Sichtfeld verschwunden ist.

Mit jedem Meter, den der Wagen zurücklegt, geht es mir schlechter. Schon jetzt vermisse ich Maxim unendlich, sehne mich nach seinem Lachen, seiner Nähe, seinen Berührungen. Am liebsten hätte ich ihn aufgehalten oder wäre mit ihm gefahren, was auch immer nötig ist, um noch etwas mehr Zeit mit ihm zu verbringen. Schmerzhaft klopft mein Herz, und die Tränen brennen in meinen Augen. Zittrig hole ich Luft und versuche, mich irgendwie wieder in den Griff zu bekommen. Ich klammere mich an die Erinnerungen der letzten Woche, schließe sie in meinem Herzen ein wie einen Schatz. Keine Sekunde davon werde ich vergessen, genauso wenig wie Maxim.

Drinnen ist Reinhardt schon wieder in sein Büro verschwunden, nur Agnes steht noch mit verschränkten Armen im Foyer. »Du siehst nicht gut aus.«

»War eine anstrengende Woche«, gebe ich leise zurück.

»Dann geh ins Haus und ruh dich aus, Meli. Das hast du dir verdient.«

»Nein!«, rufe ich aus. Unter keinen Umständen will ich jetzt allein mit mir, meinen Gedanken und Erinnerungen sein. Ansonsten werde ich noch heulend zusammenbrechen. »Ich möchte euch gern helfen!«

Nach einigen Augenblicken nickt Agnes. »Na, dann komm. Morgen Nachmittag kommen die nächsten Gäste, und wir müssen vorher noch das ganze Hotel putzen.«

Voller Tatendrang mache ich mich an die Aufgaben. Ziehe die Betten ab, helfe dabei, den Ballsaal wieder in Ordnung zu bringen, und sauge die Flure. Doch am späten Abend schickt Agnes mich gegen meinen Willen ins Haus zurück.

Die ganze Nacht über wälze ich mich in meinem Bett von einer Seite auf die andere. Aber egal, wie ich mich auch hinlege, immer noch meine ich, Maxims Berührungen auf meiner Haut zu fühlen. Irgendwann ziehe ich mir genervt die Decke über den Kopf und kneife die Augen zusammen.

Wie kann es sein, dass ich ihn jetzt schon so sehr vermisse?

Unter der Decke schiele ich auf mein Handy, nur um zu sehen, dass keine neue Nachricht eingegangen ist. Seufzend schließe ich die Augen in der Hoffnung, endlich etwas Schlaf zu finden.

***

Den darauffolgenden Vormittag verbringe ich damit, meinen Koffer zu packen und mein Zimmer für den nächsten Arbeiter fertig zu machen. Vielleicht ist es das Beste, dass ich jetzt wieder nach Hause fahre. Hier verfolgen mich nur die Erinnerungen an Maxim.

»Verlässt du uns schon wieder?« Im Flur renne ich in Ingrid hinein, die gerade vom Frühdienst wiederkommt.

»Ja, zuhause wartet auch noch ein Leben auf mich. Aber ich hoffe, dass wir uns bei meinem nächsten Besuch wiedersehen.«

»Das würde mich sehr freuen. Hoffentlich bekomme ich in der nächsten Saison die Chance, hier noch einmal zu arbeiten.«

Kurz drücke ich sie an mich, dann trage ich meinen Koffer nach unten. Da bisher nur ein einziger neuer Gast angekommen ist, kann ich mir die Zeit nehmen, mich von jedem einzelnen verabschieden. Das fällt mir deutlich leichter als gestern, denn ich weiß, dass ich die anderen schon bald wiedersehen werde.

Mein letzter Weg führt mich wie immer zu Reinhardt. Als ich hereinkomme, legt er einen Stapel Rechnungen beiseite, um mich anzusehen. »Unglaublich, dass du schon wieder fährst.«

Traurig senke ich den Blick. »Die Zeit vergeht einfach immer viel zu schnell.«

»Ich persönlich bin heilfroh, dass diese Woche vorbei ist. Vielleicht kehrt jetzt wieder etwas Ruhe hier ein. Aber darum musst du dich nicht kümmern. Du hast dir deine Semesterferien mehr als nur verdient.«

»Ja, übers Studium wollte ich noch mit dir sprechen.« Unsicher setze ich mich hin und knete dabei meine Hände. »Bisher war ich mir nicht ganz sicher, ob ich dafür geeignet bin, das Hotel eines Tages zu übernehmen, aber jetzt weiß ich, dass ich es kann. In der letzten Woche habe ich sehr viel Verantwortung übernommen, und seltsamerweise ist am Ende alles gut geworden. Deshalb würde ich nach meinem Bachelor gern hier raufkommen und fest hier arbeiten, damit du mir alles beibringen kannst.«

Einen Moment starrt Reinhardt mich ausdruckslos an, dann nickt er. »Du weißt gar nicht, wie sehr mich das freut. Ich habe immer gehofft, dass du eines Tages hier arbeiten willst, aber ich wollte dich nie drängen.«

»Das hast du auch nicht. Diese Entscheidung habe ich selbst getroffen, und ich freue mich schon darauf. Aber jetzt muss ich los, sonst bin ich nicht vor heute Abend zu Hause.«

Reinhardt steht auf, um mich in eine feste Umarmung zu ziehen. »Fahr vorsichtig, und pass gut auf dich auf!«

Einen Moment bleiben wir noch so stehen, dann löse ich mich von ihm. Seufzend verlasse ich das Büro und mache mich auf den Weg zum Auto. Gerade, als ich mich hinters Steuer setze, vibriert mein Handy.

Na, wie geht es dir so? Schon auf dem Rückweg? xx Maxim

So sieht man sich
wieder

»Ich fahre noch schnell in die Bib«, informiere ich
Mama, die in der Küche gerade das Mittagessen
kocht.

»Willst du nicht mit uns essen?« Mit dem Messer in
der Hand blickt sie zu mir hoch.

»Fangt ruhig ohne mich an. Ich will die Hausarbeit
noch fertig machen.« Ich schnappe mir meinen Autoschlüssel und springe hinters Steuer. Nachdem ich
Reinhardt versprochen habe, dass ich das Hotel übernehmen will, stürze ich mich mit besonderem Elan
auf mein Studium. Andernfalls werde ich noch ein
paar Semester mehr dranhängen müssen.

Noch ist der Parkplatz der Uni recht leer, da das
neue Semester erst nächste Woche beginnt. Die
warme Frühlingssonne scheint bereits auf uns herab,
die Bäume tragen bereits die ersten zarten Blätter.
Hier in Köln hat es nicht ein einziges Mal geschneit,
ganz anders als unten in Bayern.

Unsicher ziehe ich mein Handy hervor. Wieso
schaue ich eigentlich immer noch darauf? Es ist
mal wieder keine neue Nachricht eingegangen. Das
letzte Mal habe ich vor über einer Woche von Maxim

gehört, und inzwischen sollte ich es eigentlich aufgeben. Aber mein Herz hat die Botschaft noch nicht ganz verstanden.

Nach der Hochzeit habe ich für einige Wochen echt geglaubt, dass wir beide auch auf die Ferne Kontakt halten können. Wir haben täglich geschrieben und mindestens jeden zweiten Tag telefoniert. Doch mit jeder neuen Woche sind die Nachrichten weniger geworden, genauso wie die Anrufe.

Am liebsten würde ich mir selbst dafür in den Arsch treten, dass ich mir überhaupt Hoffnungen gemacht habe. Immerhin haben wir uns nur kurz gekannt und kommen aus zwei völlig verschiedenen Welten. Leider ändert das nichts an meinen Gefühlen.

Kräftig schüttle ich den Kopf und vertreibe die Gedanken an Maxim. Ich muss mich jetzt auf mein Studium konzentrieren. Doch bevor ich in die Bibliothek gehe, hole ich mir noch schnell einen Kaffee.

Obwohl der Campus recht leer ist, ist in dem kleinen Café neben der Bibliothek überraschend viel los. Vor mir sind noch einige Leute, also stelle ich mich an, während ich durch die Notizen auf meinem Handy scrolle.

»So sieht man sich wieder«, erklingt auf einmal eine sehr bekannte Stimme hinter mir.

Langsam senke ich das Telefon, bevor ich mich erschrocken umwende. Beinahe klappt mir die Kinnlade herunter, als Maxim wie aus dem Nichts hinter mir steht und mich anlächelt.

»Was machst du denn hier?«, frage ich völlig verblüfft.

»Nicht die Reaktion, mit der ich gerechnet habe. Schön, dich zu sehen, Meli.«

Schnell reiße ich mich zusammen und umarme ihn. »Auch schön, dich zu sehen. Aber ehrlich, was machst du hier?«

Als wir uns voneinander lösen, lässt er meine Hand nicht los, sondern verschränkt seine Finger mit meinen. »Ich studiere jetzt hier. Master in VWL.«

»Du studierst wieder? Hier?«, wiederhole ich wie eine Dumme.

»Das hast du gut erkannt.« Breit grinst er mich an. »Ich habe mich dafür entschieden, mit meinem Studium weiterzumachen. Und die Uni hier hat ein großartiges Master-Programm.«

»Das heißt, du wohnst auch hier?« Wieso stelle ich die ganze Zeit nur Fragen? Was ist denn los mit mir?

»Bin vor zwei Tagen hergezogen. Deshalb habe ich mich auch nicht mehr bei dir gemeldet.« Entschuldigend lächelt er mich an. »Bei dem ganzen Umzugsstress bin ich nicht dazu gekommen.«

»Ach, Quatsch«, winke ich schnell ab. »Darauf habe ich doch gar nicht geachtet.«

»Sehr schade. Ich hab irgendwie gehofft, du hast mich vermisst. So, wie ich dich.«

Mein Herz schlägt mal wieder viel zu schnell, für einen Moment bekomme ich keine Luft mehr. »Wenn ich ehrlich bin, habe ich das auch.«

»Der Nächste, bitte«, unterbricht uns die Barista hinter der Theke, auffordernd blickt sie zwischen Maxim und mir hin und her.

»Du hast sicher schon was vor, aber vielleicht hast du später Lust, mir den Campus zu zeigen, und danach gehen wir was zusammen essen?«, schlägt Maxim vor.

»Klar, ich hab nichts anderes vor«, sage ich sofort und verlasse die Schlange.

Auf einmal kommt mir die Sonne noch wärmer vor. Das breite Grinsen will meine Lippen gar nicht mehr verlassen, als ich Maxim aus dem Café führe. Den Kopf in den Nacken gelegt, genieße ich die warme Sonne auf meiner Haut. Obwohl um uns herum Studenten durch die Gegend eilen, nehme ich keinen von ihnen wahr. Ich habe nur noch Augen für Maxim, der zufrieden neben mir steht.

Mit einem aufgeregten Kribbeln im Bauch blicke ich ihm in die Augen. Seine starken Arme legen sich um meine Hüften. »Hoffentlich sehen wir uns jetzt häufiger.«

»Das würde mich freuen,«, erwidere ich. Dann stelle ich mich auf die Zehenspitzen und ziehe ihn zu einem langen Kuss zu mir heran.

ENDE

DANKSAGUNG

Als Erstes möchte ich Annie Laine, Saskia Stanner und Justine Pust danken, die damals den ersten Entwurf dieser Geschichte gelesen und mir klargemacht haben, wie schlecht er war. Nur dank euch habe ich mich verbessert.

Danke an Isabel Walery und Jenna Liermann, die mich diesen ganzen Roman über begleitet haben und stets gute Tipps für mich auf Lager hatten.

Danke an Samantha Blake, July Winter, Christin und Vivien Verley, die sich mein Gemecker angehört haben und mich immer bestärkt haben.

Vielen Dank an meine großartige Coverdesignerin, Lektorin und Freundin Emily Bähr, die das absolut Allerbeste aus diesem Projekt herausgeholt hat.

Danke an Patrizia Spanke, meine Korrektorin, die meine vielen kleinen und großen Rechtschreibfehler behoben hat. Auf viele weitere Projekte.

Danke an die tollen Blogger*innen, die mich tatkräftig unterstützen und mir helfen, meine Geschichten unter die Leute zu bringen.

Danke an meine nervige Familie, die mich niemals in Ruhe lässt.
Danke an Michi, der immer versucht, auf dem neuesten Stand zu bleiben.
Und natürlich danke an euch Leser*innen.
Hoffentlich sehen wir uns in meinem nächsten Buch wieder.

ÜBER DIE AUTORIN

Cosima Lang ist eine junge Studentin, die mit der
Liebe zu Büchern erzogen wurde. Seit einigen Jahren
schreibt sie Fantasy und Liebesromane, um dieser
Liebe Ausdruck zu verleihen.

Von der Autorin erschienen:

Eine Liebe zwischen Himmel und Hölle

Amicia hadert seit jeher mit ihrem Schicksal: als gefallener Engel für immer auf der Erde bleiben zu müssen. Bis plötzlich ein Bote des Himmels vor ihr steht und ihr die einmalige Chance gibt, in ihr früheres Dasein zurückzukehren. Der Engel verlangt nichts Geringeres, als dass Amicia den Teufel persönlich bestehlen soll. Obwohl ihr die Aufgabe nicht ganz geheuer ist, willigt sie schließlich ein. Denn Lucifer wirkt zwar unbezwingbar, doch selbst der Herr der Hölle muss eine Schwäche haben. Und der Schlüssel zur Lösung scheint ausgerechnet in Amicias Herzen zu liegen …

NOCH MEHR WINTERLICHE GEFÜHLE?

Ein Kleid, schöner als der Nachthimmel.
Ein Ball, der wahren Cinderella würdig.
Und ein Kuss, der den Traum platzen lässt …

Ariel weiß genau, was sie will: Keinen langweiligen Maskenball. Stattdessen würde sie sich am liebsten mit einem Buch einkuscheln, während draußen der Schnee rieselt. Aber auf den Wunsch ihrer Freundinnen hin beschließt sie, einmal etwas Mutiges zu tun. Auf dem Winterball der Schule küsst sie Prince Charming - doch der stellt sich ausgerechnet als Elijah Harris heraus. Elijah, der faszinierende Mädchenschwarm, der so perfekt ist, dass Ari ihn auf den Tod nicht ausstehen kann. Doch Prince Charming braucht ihre Hilfe: Ari soll bis Weihnachten seine Freundin spielen, dann ist sie ihn los. Ari ist wenig begeistert, willigt jedoch ein. Sie hat schließlich keinen Schuh zu verlieren - nur ihr Herz …